유니폼

박영희 장편소설

유니폼

bookin

차 례

유니폼

프롤로그

유니폼은 계급이다

계약직은 유전된다.

희진의 원룸 계약서에 사인을 해주고 나서 불쑥 튀어나온 말이었다. 깊은 생각 끝에 나온 말은 아니었고 한숨처럼 무심결에 나온 것이다. 그렇다고 통 난데없는 말도 아니었다.

대학 졸업반 때부터 여태껏 딸아이가 본 면접은 서류만 넣은 것까지 포함하면 100번도 넘는다. 혹시나 하는 기대로 본 면접까지 일일이 헤아릴 수도 없다. 그렇게 눈도 높지 않고 고른 적도 없는데 불러주는 곳이 없으니 여태껏 이력서에 글쓰기 연습만 한 꼴이었다. 그런데 며칠 전 별 기대 없이 면접을 본 공기업 외주업체에서 연락이 왔다. 일 년 계약직이라도 하겠느냐는 의향을 물어왔을 때 희진은 곧바로 오케이했다. 소속된다는 것에 감사해서 갈 데가 있다는 것에 안도해서 승낙한 것이 그대로 느껴졌다. 아직 이십대 중반인데도 머리카락이 쑥쑥 빠지는 게 청춘의 정기를 다 빼주고 얻은 귀하고 귀한 자리였다. 불안과 초조함 때문에 저지른 일이었지만 희진의 얼굴에 묻어나는 씁쓸함은 어쩔 수 없이 보였다. 낮은 연봉 얘기는 들먹이지도 못하고 잘했다고 다독였지만 나 역시 서운했다.

좁은 침대에 멍하니 앉아 있는 희진을 바라보자 재가 원래 저렇게 허당인가 싶었다. 대학 입학원서 쓸 때도 담임과 의논했다며 혼자 결정하곤 통보만 했었다. 그때 그냥 집안 형편 무시하고 이기적으로 굴었다면 자기가 원하던 서울의 사립대학으로 보냈을 것이다. 그랬다면 지금의 결과는 조금 달라지지 않았을까?

마지막으로 희망을 걸었던 지방은행의 최종 면접에서 떨어졌을 때 희진의 얼굴을 한참이나 들여다봤다. 대학 다니는 4년 내내 전액 아니면 반액 장학금을 받았고 방학 때마다 쉬지 않고 편의점 알바를 해서 일본 배낭여행도 스스로 다녀온 아이였다. 해달라고 한다고 선뜻 해줄 형편도 아니었지만 뭐했냐고 나무랄 수도 없는 지방 대학생의 최선을 다한 삶이었다. 근데 뭐가 문제였지? 카드 할부를 하면서까지 나름대로 마음에 걸리는 건 해줬다. 대학 입학 선물로 쌍꺼풀 수술도 해줬고 희미한 눈썹이 마음에 걸려 저번 면접 앞에는 마사지숍에서 눈썹 라인도 심었다. 어떤 경력이 있는지는 모르겠지만 산뜻한 유니폼을 입고 은행 창구에 앉아 있는 여직원들의 얼굴을 뜯어봐도 눈에 띄는 인물도 없었다. 내 딸이지만 재들과 비교해도 하나도 꿀릴 게 없어 보였다.

"넌 별로 한 게 없네."

면접관의 최종적인 평을 면접을 마치고 나온 딸아이가 들려주었다.

뭐가 더 부족한지 생각해봤다. 어학연수를 기왕 보낼 거였으면 캐나다로 일 년 보냈어야 했나? 착실하게 대학 다니고 학점도 4점대를 넘었고 토익도 900점 가까운데 어떤 것을 더 채워야 하나? 지방대가 흠이었나. 혹시 아는 연줄이라도 찾아서 인사라도 했어야 했나. 온갖 챙기지 못한 가능성들이 머릿속을 날아다녔다.

남편 혼자 외벌이로는 생활하기도 빠듯해 마트에서 2교대 계산원을 하며 지금껏 괜찮은 영양크림 하나 마음대로 못 사 발랐다. 친구들과 함께 가려고 들었던 해외여행계도 핑계를 대며 가지 않고 목돈 받아 토익 학원과 운전학원 다니는 데 보태주었다. 그래서 지금 무슨 결과가 나왔는지 아무리 따져봐도 백지 상태였다. 내가 지금 이 꼴 보려고 그 고생을 한 줄 아냐고 목까지 치밀어오른 말은 감히 꺼낼 엄두조차 못냈다. 스스로에게 실망하고 있는 아이에게 무슨 말을 할 수 있을까. 도리어 부모가 되어 화끈하게 지원 못해준 게 더 크게 와닿았다.

"정 안 되면 영어교습소나 하나 차려주지 뭐."

저녁 식탁에서 남편은 고등어 뼈라도 발라내듯이 툭, 내뱉었다. 걱정 끝에 나온 말이었지만 어이가 없어 그 입을 물끄러미 바라봤다. 조그마한 카페도 아니고 교습소라니? 세상물정을 몰라도 한참을 모르는 소리를 하고 있었다. 요즘 초등학생들 수준을 어떻게 알고 저러는지 지방대 졸업한 경험 없는 여선생이 하는 교습소에 어떤 학부모가 자녀를 맡긴다고, 말아먹기 딱 좋은 짓을 들먹이고 있었다.

"그래, 돈은 있수?"

열받은 김에 남편에게 따지듯 되물었다.

너에게 내세울 이력이 없다면 그럼 부모 탓인가. 아니면 사회의 구조적인 문제인가. 한번도 생각해보지 않았던 내 이력과 부모의 이력을 곰곰이 짚어봤다. 내 아버지는 연탄공장에서 경비 일을 한 일용직이었다. 나는 대기업의 수습직원이 최종 이력이다. 남편은 결혼할 때 중소기업에서 직장생활한 것을 빼고는 지금껏 직업을 열 개도 넘게 바꿨다. 지금에 와서야 겨우 정신차려 자동차 부품 만드는 하청업체에서 일하고 있다. 딸아이 희진도 수습직원이다. 가계의 이력들을 따라가자 희진의 앞날이 그림 그리듯이 그려졌다. 희진도 자신과 비슷한 처지의 녀석 만나서 변변찮게 시작한다는 소리다. 집 한 칸 마련하려고 동동거리다가 아이라도 태어나면 학원비와 아파트 대출금 대느라고 평생을 일터와 카드빚에서 벗어나지 못하겠지. 딱 이 정도의 삶이 희진이 도달할 수 있고 누릴 수 있는 것이란 말이지. 세월이 흘러도 변한 게 하나도 없었다. 혓바닥 뿌리에서부터 밀고 올라오는 징글징글한 소리가 들렸다.

유니폼은 계급이다.

내뱉고 보니 네가 누구인지 깨우쳐주는 충고 같았다. 아이들 대학 졸업하면 괜찮겠지 하며 버틴 희망은 나와 내 아이의 위치가 어느 계급에 속하는지를 알아차리게 하는 과정이었다. 희진의 좁은 원룸에서 첫 밤을 보내고 기차를 타고 내려올 때 비좁은 좌석만큼이나 마음이 갑갑해졌다. 수습은 유전된다는 말이 무심결에 나온 말이 아니었다. 내 속에서 오래된 젓갈처럼 곰삭아서 나온 말이었다.

내가 겪은 수습의 시절이 KTX 속도처럼 빠르게 다가왔다. 사회가 규정하는 정상적인 인간이 되기 위해 그 힘센 권력을 갖기 위해 얼마나 애

태웠든가. 빛나는 별처럼 동경만 하다만 그 세계가 어지러운 바깥 풍경처럼 펼쳐진다. 그 시절 어떤 일들이 있었는지 해답이라도 찾겠다는 듯이 두 눈을 부릅떴다. 계약직의 기억들이 30년이 훨씬 흐른 지금도 유효하니 내 의식에서 누르면 튀어나올 자판기 속의 음료처럼 쌓여 있었다. 의식이 깊어지자 피곤이 물밀 듯 밀려왔다. 눈을 감으며 어둠 속에 감춰진 맛의 단추를 가만히 누른다.

맛의 세계

"야, 단발파마! 넌 꼴에 전문대 졸이라면서?"

땡땡이 검은 점이 박힌 블라우스를 입은 여직원이 우리 쪽을 향해 오면서 물었다. 이빨에 들어붙는 질 낮은 젤리처럼 찐득한 목소리로 건네는 인사치고는 상당히 인상 깊었다. 단발파마의 학벌을 정확하게 지칭하는 걸로 봐서는 우리의 이력을 훤하니 꿰뚫고 있다는 것이다. 회사의 로고가 선명하게 찍힌 유니폼이 움씰움씰 움직이며 다가오는 게 그 속에 들어 있는 살덩이도 단발파마에 대해 무척이나 궁금한 것 같았다. 저 태도가 회사에서 인정하는 정식 여직원의 공식적인 입장인지는 모르겠지만 기분이 살짝 상한 것은 사실이다. 아무리 좋게 봐주려고 해도 첫 만남부터 꼴이라니? 도대체 뭐야, 싶었다. 욕 좀 하는 동네 언니도 아니면서 애교머리 날리며 짝다리 짚는 매점 장악조 언니들 수준으로 말하고 있었다. 잘나갔던 그 시절의 언니들은 졸업과 동시에 전설 속으로 사라진 줄 알았는데 이렇게 버젓이 존재한다는 것을 움직이는 유니폼이 말해주고 있었다.

도대체 어떻게 생겨먹은 언니이기에 아침부터 대기실에 대기하는 신입들을 엿먹이는지 내 궁금증이 재빨리 언니의 얼굴을 훑어보게 했다. 짧은 몇 초간이지만 볼 건 다 봤다. 길게 볼 것도 없었다. 전설 속의 언니는 짜리몽땅한 키에 넓은 어깨와 목의 위치를 전혀 찾아볼 수 없는 사각형 얼굴의 소유자였다. 넙데데한 얼굴에 눈만 굵은 것이 마치 제주도 돌하르방인 줄 착각할 뻔했다. 내가 너무 전설 속의 언니를 과소평가했니 싶어 살짝 반성을 하자 그건 쌍꺼풀 수술의 후유증이라고 귓속의 까불이가 속닥거렸다. 그것도 아주 최근이라고.

촌구석에서 야매로 시술을 해도 그렇지 어쩌다가 저렇게 고속도로 사이즈로 해놓았을까? 부기도 빠지지 않은 붉은 눈두덩 위에 칠해져 있는 분홍색은 또 어떻고, 탐색할 거리가 넘쳐나 바빠진 내 눈알이 절로 휘둥그레졌다.

저 모습에 노는 언니라?

내가 알고 있는 그때 그 시절의 언니들은 향토 아가씨 선발대회에 나갈 정도의 미모는 되고도 남았는데 어쩌다가 저런 언니가 그쪽 흉내를 내는지 빌려줄 수만 있다면 삼빡한 내 55사이즈 몸매를 잠시 빌려주고 싶다. 언니 외모의 하향곡선이 내 시건방을 단박에 밀어올렸다. 높이 올라간 김에 언니의 언사에 토를 좀 달았다.

서로 간에 통성명도 없이 사각턱을 가리느라 자기 머리도 단발파마면서 누구 보고 단발파마야? 또 전문대 졸인 게 무슨 흠이 된다고 빈정거리시나. 말투로 보아 판촉 여사원을 하기엔 너무 높은 학력이라는 말씀인데 그럼 그쪽 학벌은 어떻게 되시는데? 얼굴이 안 되면 말이라도 좀 곱게 하든지.

따질거리가 넘치도록 많았지만 속으로 조용히 삼키고 꼬고 있던 다리의 힘을 풀고 나란히 두 발을 바닥에 내려놓았다. 그건 회사 로고가 선명하게 찍힌 유니폼이 시킨 짓이다. 비굴한 약자의 태도라고 비난해도 어쩔 수 없다. 내 앞에 선 상대는 회사가 인정한 정식 유니폼으로 자신의 몸을 감싸고 있지 않은가. 회사 로고도 없이 색깔만 흉내낸 짝퉁 유니폼을 입은 수습 주제에 감히 정식 유니폼에게 대꾸할 만큼의 용기는 좁쌀만큼도 없다. 좀 더 솔직해지자면 지금 내 처지는 오로지 저 유니폼 속으로 내 몸을 집어넣기 위해 발바닥에 티눈이 생기도록 뛰어야 할 판이나. 부러우면 지는 것이라고 하지만 나는 지금 저 유니폼이 엄청 부럽다는 것을 다소곳해지는 내 꼴이 대신 말해주고 있었다.

어쨌든 정식직원이 불렀으니 대답은 해야 했다. 헤어스타일을 확인하느라 급하게 둘러보는 서로의 눈들이 잠시 허공에서 얽혔다. 대기 중인 세 명의 스타일은 제각각이다. 나는 어깨를 덮는 생머리이고 내 왼쪽은 두 귀가 훤하게 보이는 숏커트다. 단발파마는 정확하게 내 오른쪽에 앉은 진숙 언니였다. 커트와 생머리인 나는 바로 너,라고 단발파마에게 눈짓으로 말했다.

"그런데요."

단발파마를 확인한 단발파마가 느릿하게 대답했다. 다리를 꼰 채 한 대답은 상당히 불량한 대꾸에 가까웠다. 진숙 언니, 왜 이러시나 싶어 화들짝 놀란 눈으로 쳐다봤다. 생긴 것은 야들야들하니 생겼으면서 말투는 질긴 문어 뒷다리처럼 뻣뻣했다. 몇 초간의 무거운 침묵이 흘렀다. 껄끄러운 이 분위기는 뭐지 싶어 전설 속의 돌하르방 언니의 얼굴을 재빠르게 훑어봤다. 붉고도 굵은 쌍꺼풀이 말려올라간 두 눈이 붉은 신호등처럼 환해졌다. 불안의 전조가 느껴져 진숙 언니 쪽으로 다시 눈을 돌렸다. 아무런 표정도 읽을 수 없었다. 코 옆에 난 작은 점만 또렷하게 보일 뿐이었다. 접신이라도 하는지 다리까지 덜덜 떨어대는 자세로 보아 그래서 뭐 어쩌라고 하는 태도였다. 일관성 있는 태도가 어디서 많이 본 반항의 자세였다. 몇 가닥 내 눈을 찌르는 애교머리를 급히 날리고 현장 상황을 주시했다. 혹시 놓칠 위대한 순간이 있는가 싶어 몸의 촉수를 모두 기립시켰다.

"차~암. 말하는 꼬락서니하고는. 선배가 그것도 자신을 트레이닝 시켜줄 하늘 같은 선배님이 물으면 싹싹하게 대답해도 시원찮을 것을 뭐~어, 그런데요? 어디서 배워먹은 말버릇이야? 어쭈구리, 이제 다리까지 떨고?"

거슬리는 점을 두루두루 지적했다. 그러니까 저 하늘 같은 선배님의 말씀에 의하면 우리가 대기하고 있었던 것은 이 분을 만나기 위해서였다. 그런데 눈치코치도 없는 단발파마의 태도가 지금 이 선배님을 열받게 한다는 것이다. 길게 생각하기 싫은 내 짧은 머리로 생각해봐도 오늘 진숙 언니는 확실히 똥 밟은 것 같다. 정녕 언니의 눈에는 회사 로고가 선명하게 박혀 있는 진짜 유니폼이 안 보인단 말인가. 같은 색깔의 유니폼을 입었다고 다 같은 유니폼이 아니라는 걸 잘 알면서 왜 이러시는지 모르겠다. 머리가 나쁘면 눈치라도 있든지, 이도 저도 아니면 곧바로 꼬리를 내리든지 콧대도 낮은 것이 곧 죽어도 저당 잡힌 빌딩처럼 치켜세운다. 똥이 무서워서 피하나 더러워서 피한다는 그 명언을 듣도 보도 못했다는 듯이 여전히 진숙 언니는 다리를 꼰 채 대꾸했다.

"묻는 말에 대답했는데요."

돌하르방은 가당찮다는 듯이 피식 웃었다. 그리고 가볍게 머리를 한 번 흔들더니 눈앞을 가리는 앞 머리카락을 입김으로 세게 불어 넘겼다. 그리고는 두 발 앞으로 전진해왔다. '판촉일지'라고 적힌 노트를 들고 우리 앞에 놓인 탁자 위를 탁탁 두드렸다. 들려오는 소리가 마음의 준비 좀 하시라는 경고음 같았다.

"여보세요, 단발! 내가 충고 하나 해주지. 너 보아하니 학교 다닐 때 껌 좀 씹은 것 같은데 여긴 껌 씹는 곳이 아니야. 그리고 뭘 모르는 것 같은데 너는 그렇게 싸가지 없이 대답할 위치가 아니야. 똑똑히 들어, 넌 수습! 난 정식! 오케이?"

간단하게 우리의 처지를 짚어주며 오케이라고 외치는 마지막 목소리에서는 알래스카의 빙하를 자를 듯 시퍼런 서슬이 느껴졌다. 딱딱 끊는 말투에 온몸이 부르르 떨렸다. 조짐이 많이 좋지 않다고 내 육감이 전해왔다. 그래도 진숙 언니는 아무렇지 않다는 듯 손톱의 거스러미를 떼고 있었다.

"꼴에 전문대 나왔다 이거지, 나 참 웃겨서. 여긴 고졸이면 충분해. 뭐 하러 이 짓거리하러 왔을까? 나 같으면 더러워서 당장 저 문을 열고 나갈 텐데?"

말투가 떨리기 시작한 걸 보니 감성이 이성을 잡아먹고 있다는 신호 같았다. 보는 사람의 가슴을 지나 배꼽까지 쪼릿쪼릿하게 만드는 재주는 둘 다 막상막하였다. 저 특유의 건들거림은 대기시킨 자의 권위에서 나오는 것이고 예의 없이 내뱉은 막말은 돌하르방 고유의 성격 같았다. 긴장감이 폭풍처럼 일어나자 오줌씻기병이 도졌나, 갑자기 방광이 묵직해진다. 이 역사적인 순간에 이러기 없기다, 한번만 봐달라고 아랫배에 힘을 꽉 주었다.

"싫은네요."

"그~래. 너 혹시 예전 회사에서 고따위 태도로 말대꾸하다가 쫓겨난 것 아냐? 말하는 싸가질 봐서는 딱 그럴 것 같은데?"

능글능글한 말투가 약올리기 딱 좋은 후렴조로 변했다.

"아닌데요. 분위기가 더러워서 나왔는데요."

진숙 언니도 질 수 없다는 듯이 곧바로 대꾸했다.

"너, 자꾸 그렇게 깐죽대다가는 며칠도 못 가 아웃시켜버리는 수가 있다!"

어마 무시한 충고였다.

쿵쿵쿵.

저 멀리서 들려오는 공포의 북소리는 내 놀란 심장이 뛰는 소리였다. 열받은 화살이 내게로 올까봐 얼른 어깨 힘 빼고 고개를 숙였다. 나는 진짜 얌전히 사회생활을 시작하고 싶다. 잘 나갔던 유니폼의 영광을 다시 한번 찾고 싶고 엄마의 당부도 무너뜨리고 싶지 않다. 사돈의 소개이니 어떻게 처신해야 되는지를 오늘 아침 마당을 걸어나와 대문을 지나 골목 끝까지 따라나오며 염불 외듯 들려줬다.

나서지 말고 시키는 대로만 하라고.

하지만 지금 이 순간 엄마의 당부를 깜빡 잊어버리고 싶다. 재빨리 오른쪽 팔꿈치로 진숙 언니의 옆구리를 찔렀다. 그만하라고, 제발 좀!

진숙 언니는 옆구리가 아팠는지 다행히 대꾸는 안 했다.

"그리고 여기 딴따라도 있다며… 오호, 너니?"

깜짝 놀라 고개를 들자 돌하르방의 때꾼한 눈이 정확하게 나를 바라보고 있었다. 이죽거리는 입매가 재미있는 뭔가를 발견했다는 듯이 너는 또 어떤 맛이니, 하는 표정이다. 우리의 이력을 다 알고 있으면서 이렇게 배배꼬며 사람 염장 지르는 저 인간은 도대체 어느 별에서 제작되었을까? 참고 있던 분노 게이지가 순식간에 상승했다.

돌하르방 주제에 네가 지금 나를 딴따라라고 불렀어?

화려한 유니폼을 입고 전국체전이 열리는 종합운동장에서 수많은 관중과 대통령 앞에 선 나를, 티브이에까지 나온 나를, 넌 죽었다 깨어나도 입지 못할 유니폼을 입은 나에게 딴따라? 싸구려 유니폼만 걸쳐 입은 주제에 어디서 함부로 말하는지 분하다 못해 기가 막혀 할 말을 잃을 정도였다. 유니폼이라도 급이 다르다는 것을 듣도 보도 못했는지 내 이력서의 자랑스러운 한 부분을 이렇게 헐값에 처분하다니, 상상력 제로에다 언어 표현력 미달인 저 싸구려 입을 그냥 사포로 확 밀어버리고 싶었다.

"그… 그런데요?"

마음과 달리 대답은 엉뚱했다. 떨려서 더듬은 것이 아니다. 딸꾹질 때문도 아니다. 내 옆자리의 단발파마 흉내내서 하는 말은 더더욱 아니다. 변명 같지만 급하게 나오려는 말들이 서로 꼬여서 그런 것이다.

"오호, 내 그럴 줄 알았어. 커트, 너는 섬에서 왔다며? 여기까지 왜 왔을까? 무슨 영광을 누리겠다고. 그냥 섬마을에서 총각선생님이나 그리며 전복이나 따지."

이번에는 짧은 커트를 한 경하 차례였다.

"네? … 네."

이죽거리는 말투에 경하도 나만큼이나 당황했는지 더듬거렸다. 음식간을 보듯이 맛나게도 집적거린다. 나에게도 이름 있다. 정미정, 앞으로나 뒤로나 어떻게 불러도 되는 좋은 이름이다. 커트도 이름 있다. 박경하라고. 한글을 모르는지 그냥 취미가 이런 건지 이력서를 보셨으면 이름이라도 외우시지 왜 자꾸 신입들의 기를 죽이시는지 그 깊은 의도를 도저히 모르겠다.

"하~아. 이번 것들은 아주 물건들만 고르셨네, 고르셨어. 어디서 골라도 꼭 꼴같잖은 것들만 끌어와서는. 아무리 다시다에 이겨먹으려고 눈이 뒤집혔어도 저런 싸가지 없는 것들을 다 고르고."

텅 빈 사무실을 울리고도 남을 목청이었다. 첫날부터 조짐이 지랄 맞았다. 정식직원의 충고대로 대한민국에서 제일 잘 나가는 식품회사에 입사한 수습 여직원들인 우리들의 꼴은 싸가지도 매가지도 없는 꼴이었다. 일주일 동안 지루한 제품 교육을 끝내고 드디어 현장실습을 위해 월요일 첫 출근을 한 신입 셋은 3인용 소파에 묵언수행자처럼 앉아 있었다. 대기하라고 해서 대기하고 있었지만 낡은 소파만큼이나 주눅들어 있었다. 그런데 난데없이 통성명도 없이 무작정 힘도 세고 말발도 세고 성질은 더 셀 것 같아 보이는 언니가 우리들의 처지를 다시 한번 확인시켜주었던 것이다. 내가 생각하는 회사생활은 이런 게 아니다. 깔끔한 유니폼을 입고 격려의 말이 오가고 모르는 업무도 친절히 가르쳐주는 다정한 선배와 친절한 동료들에게 둘러싸여 있는 곳이었다. 아무리 이름 있는 대기업이라도 저런 인간들만 우글거린다면 난 오늘만 하고 땡칠 것이다. 먹여 살려야 할 가족들이 있는 것도 아니고 백수하는 김에 조금 더 한다고 우리 집 오 여사님께서 딸내미 내쫓을 것도 아니다. 또 다른 곳에 이력서 넣으면 될 일이다. 그러니 기죽지 말자고 스스로 최면을 걸었다.

하지만 나는 유니폼을 입어본 사람이다. 그것도 아무나 입을 수 없는 특별히 선정된 자만 입을 수 있는 그런 유니폼을 입었다. 나라는 존재가 어떻게 증명되는지, 타인의 시선을 받는다는 것이 어떤 기분인지 그건 진정으로 빛나는 유니폼을 입어본 사람만이 아는 특별한 맛이다. 그러면 미친년 널뛰듯 막무가내인 내 앞의 돌하르방도 유니폼의 맛을 안다는 것일까? 저런 외모에도 당당함의 극치를 보여주는 것을 보아서는 중독의 차원까지 간 것 같다. 그러면 돌하르방이 입고 있는 저 유니폼은 가질 만한 가치가 있는 유니폼이란 말이지.

꿀꺽!

침이 넘어갔다. 그건 긍정의 신호였다. 아무래도 나는 유니폼의 맛에 제대로 걸려든 것 같다.

두런거리는 소리가 들리더니 월요 회의가 끝났는지 여직원들과 남자 직원들이 하나둘씩 사무실에 나타났다. 정식 유니폼이 먼저 들어섰다. 그 다음 수습 유니폼이 쏟아져 나왔다. 정식보다 수습이 더 많아 보인다. 이러면 정식 유니폼 입기가 좀 많이 힘들다는 소리인데 내가 잘못 짚은 건가 계산이 아리송해지려고 했다. 예의상 엉거주춤 일어섰다. 그때 정식 유니폼을 입은 긴머리 여직원이 우리 쪽을 향해 다가오며 말했다.

"고 주임, 무슨 짓을 한 거야? 신입들이 왜 이렇게 시무룩하게 있어?"

누구 보고 고 주임이라는 거야? 설마? 그러니까 돌하르방이 고 주임?

"심심해서 간 좀 봤지. 이번 것들은 아주 죽여주는 맛이던데. 이렇게 싸가지 없는 것들은 교육도 필요 없다니깐. 말씀하시는 태도와 말투는 아래위도 없이 어떻게나 막 나가는지 지금 바로 현장에 투입해도 하나도 안 꿀리겠어. 나보다 더 잘하겠더라고."

긴머리 여직원은 우리와 고 주임을 번갈아 쳐다보았다. 그건 누가 이분의 성질머리를 건드려주신 것인가 궁금해하는 표정이었다.

"그래? 그러면 고 주임이 먼저 싸가지 있는 신입 정해봐."

"난 이미 정했어. 조 주임은 단발파마 데리고 나가. 넌 이제 팔자 편하게 생겼다. 너 구역에 다시다 그 무식한 년 있지. 단발파마 그쪽에 붙여놓으면 끝내주겠더라. 말하는 싸가지가 사람 간 뒤집어지게 하거든. 걔랑 붙여놓으면 두 년 중에 한 년은 개박살나겠더라고."

싸움 나면 구경이나 어디 한번 가볼까 싶다고 심드렁하게 덧붙였다. 그만하라는 듯 어깨를 치는 것으로 봐서 돌하르방의 성질을 달래는 것 같았다. 다시 빙그르르 몸을 돌려 우리 쪽을 향해 섰다.

"여러분, 만나서 반가워요. 오늘부터 현장근무 한다는 것은 알고 있죠? 여러분들을 데리고 나갈 선배들은 모두 세 분의 주임들입니다. 저는 조현숙 주임이고요, 저 분은 고안나 주임. 그리고 또 한 분은 저쪽에 서 있는 최민숙 주임입니다. 열심히 선배들이 하는 것을 잘 배워 앞으로 근무하는 데 지장이 없도록 하세요. 선배님들이 친절히 잘 가르쳐줄 거예요."

'뭐~어? 고안나?'

나 혼자 잘못 들었나 싶어 어리둥절한데 큭, 하고 옆자리 진숙 언니의 웃음이 먼저 터졌다. 덩달아 우리 셋 다 동시에 터져나오는 웃음을 참느라 고개를 소파 밑으로 깊숙이 처박았다. 살다보니 이렇게 대박으로 웃겨주는 이름이 있다니. 이름하고 이미지가 저렇게도 조화가 안 되는 사람은 태어나서 처음 본다. 저 무지하고 더 센 인간에게 끝순이도 아니고 말자도 아니고 고안나라니. 미치고 팔짝 뛸 만큼 위로가 되는 이름이었다. 남에게 웃음을 주는 이름은 무조건 좋은 이름이다.

고안나.

얼마나 세련되고 도회적인 이름인가? 저 부자연스럽고 언밸런스한 이름으로 사는 고안나 주임도 살아가는데 참 많이 힘들어 보인다. 아무리 생각해도 그냥 말자가 딱인데. 어쩌자고 저 고운 이름으로 이 거친 생에 도전장을 내밀었는지 죽을 때까지 남의 입에 오르내릴 구설수가 심히 걱정된다.

실습 나갈 조가 곧바로 정해졌다. 돌하르방은 나를 지목했고, 조 주임은 단발파마 진숙 언니를, 깡마른 몸에 머리카락 한 올 없이 올백으로 묶은 최 주임은 짧은 머리를 한 경하를 현장 근무에 동행하도록 결정했다. 순식간이었다. 하늘 높이 올라갔던 내 기분은 곧바로 하강곡선을 그었다. 내가 남을 너무 욕했나보다 그래서 부메랑이 되어 나에게 돌아왔나 싶었다.

엄마가 올해 신수를 보니 내가 뜻밖에 귀인을 만난다고 했다. 설마 돌하르방을 지칭하는 것일까? 에이, 설마? 아니다. 아닐 것이다. 귀인은 결단코 저런 모습이 아니다. 귀한 인연이란 서로에게 진실한 마음이 느껴지는 사람이어야 한다. 첫 만남부터 지랄맞은 인연은 결코 귀인이 아닌 것이다. 동행은 같은 일을 하는 파트너라는 뜻으로 알아듣고 싶은데 돌하르방은 파트너라고 말할 수 없는 안하무인 저팔계인 것이다. 그만 맥이 탁, 풀렸다.

동행이 언제까지냐고 묻고 싶지도 않았다. 완전히 의욕상실이었다. 머리를 흔들었다. 여전히 기분은 엿 같았다. 딴 생각을 하려고 사무실의 의자를 세기로 했다. 눈길가는 대로 사무실을 둘러봤다. 직원들이 앉은 책상이 두 개씩 나란히 일렬로 두 개 분단으로 나뉘어 있는 게 학교 교실 같았다. 둘러보는 김에 건물 전체를 그렸다. 일층은 회사에서 생산되는 모든 제품을 쌓아놓은 창고였다. 계단을 따라 올라가면 2층 입구에 화장실과 세면대가 있고 유리문을 열고 들어가면 넓은 공간이 나온다. 유리문 안에는 경리실이 있고 지점장실과 탕비실이 보였다. 3층은 교육장으로 쓰이는 강당이었다. 내가 앉아 있는 모습을 그리는 순간 사무실 왼쪽 벽에 걸린 괘종시계가 열 시를 알렸다. 딱딱하게 굳어 있는 심장을 깨우는 것 같았다. 조용하게 일지를 쓰고 있던 사람들이 일어나 움직이자 굳어 있던 건물이 웅성거리듯 활기가 돌았다. 오늘은 첫째 월요일 지점 전체 조회시간이다. 각 지역의 영업소와 대리점 소속 직원들과 지점의 전 직원들이 모여서인지 사무실 안이 시끌벅적했다. 내 머릿속도 사무실 못지않게 시끄러웠다.

돌하르방이 건네준 영업일지에 신도시에 있는 슈퍼 네 곳을 동행한다고 사인했다. 그건 내가 원해서가 아니고 회사가 정해준 근무 지역이었다. 오늘부터 나는 수습 여직원이라는 이름 아래 대선배 돌하르방과 대형 슈퍼마켓과 소형 마켓을 방문해야 한다. 자사의 제품을 타사의 제품보다 우의의 위치에 진열하여 더 많은 판매고를 올리는 데 주력해야 할 수습 판촉 여직원의 업무를 성실히 수행해야 한다는 뜻이다.

건너편 책상 앞에서 진숙 언니와 경하가 나를 보고 얼굴을 찡그린 채 입 모양으로 위로했다. 수고해가 고생해로 들렸다. 위로라고 느껴지지 않았다. 아무리 생각해도 똥 밟은 것은 진숙 언니가 아니고 바로 나인 것 같다. 그것도 아주 더럽게. 혹시 오늘 진숙 언니에게 받은 스트레스를 내게 분풀이하는 것은 아닐까?

아! 뭣 때문에 진숙 언니는 돌하르방 열받게 만들어 나만 힘들게 하는지 모르겠다. 어깨 힘이 스르르 빠졌다. 눈동자도 흐릿하게 풀렸다. 기대할 게 없었다. 위로한답시고 지나가던 조 주임이 내 어깨를 다독이며 말했다.

"힘내! 고안나 주임이 얼마나 트레이닝을 잘 시켜주는지 알면 앞으로 은인으로 모실 거야. 정식되려면 무조건 고 주임 하라는 대로 하면 돼. 알겠지?"

느닷없는 조 주임의 격려가 도리어 다가올 일들이 더 위험하게 느껴졌다. 무조건이라고 했다. 그건 이유도 의문도 까닭도 달지 말라는 명령에 가까운 말이었다. 얼마나 센 뺑뺑이를 돌릴 것인지 귀신도 잡는다는 해병대가 바로 돌하르방으로 보였다.

기분은 더럽지만 이대로 있을 수는 없다. 출발하기도 전에 패배의 맛을 느끼고 싶지도 않다. 그러면 나만 손해 보는 짓이다.

상대를 바꿀 수 없으면 내가 바뀌어야 한다.

이 말씀은 영업과장님이 교육 과정에서 당부한 말씀이다. 그 말씀을 실천할 기회를 이렇게 입사와 동시에 주시다니, 아량도 더럽게도 넓은 회사이다. 믿음을 믿기로 했다. 그래야 내 기분이 좀 나을 것 같았다. 최면을 걸듯 납작 엎드린 기분을 쭈~욱 일으켜 세우며 말했다.

쳇, 고안나 주임으로 불러주지 뭐!

활동 나가기 전 경리실에서 오늘 하루치 활동비를 받아나오며 고안나 주임은 우두커니 서 있는 나를 보고 말했다.

“어리버리하게 서 있지 말고 빨리 이쪽으로 와!”

급하게 어리버리 촌뜨기가 된 나는 재빨리 고 주임 앞에 섰다. 어떤 토를 달아도 마음에 두지 말자고 다짐한 몇 분 전의 마음을 떠올렸다. 그런데 발끝을 까딱거리며 내 몰골을 머리에서 발끝까지 훑는 모습에 다시 불안감이 밀려들었다.

“너, 지금 화장한 거니?”

“네? 예, 좀….”

사람 무안하게 큰소리로 물었다.

“왜?”

“첫 출근이라서….”

흐리는 내 말투에 피식 웃었다.

“너, 무대 서냐? 펭귄 입술에다 허옇게 밀가루 뒤집어쓴 꼴하고는 당장 지워라. 낼부터 그 꼴로 나오지 말라고 분명히 말한다.”

“네~에.”

말꼬리에 힘이 절로 풀렸다.

“블라우스는 왜 그렇게 착 달라붙어? 가슴 큰 것 자랑하려고? 좋게 말할 때 큰 사이즈로 바꿔 입어라.”

심사의 시간은 잔인했다. 등교시간에 교문 앞에서 선도부에게 호되게 걸린 기분이다. 검정 스커트와 흰 블라우스에 낮은 검정 구두를 신고 출근하라고 해서 그렇게 했다. 정식직원은 회사에서 유니폼이 지급되지만 수습은 본인이 구입해야 한다는 말에 내 돈으로 사서 바르고 입었다. 이 모든 경제적 부담을 견뎌내며 내 돈으로 성의껏 차려 입고 발랐는데 더럽게도 지적질을 한다. 애초에 수습 여직원의 복장과 태도에 대한 매뉴얼을 주든지, 그것도 아니면서 초반부터 사람 기부터 죽이는 게 진짜 인간이 정이 안 간다.

옆에 서 있던 여직원들의 시선이 내 얼굴로 쏟아졌다. 굳어버린 내 혀가 도통 움직일 기미를 보이지 않았다. 풀죽은 내 자존감은 코 푼 휴지 쪼가리로 추락해버렸다. 휴지도 거울도 없이 얼굴에 바른 파운데이션을 손바닥으로 실실 닦아냈다.

"따라와."

신입의 기분은 눈곱만큼도 관심 없다는 듯 먼저 사무실 문을 텅 하니 열고 휙, 하니 나가버린다. 기방을 챙거 재빠르게 뒤따랐다. 고 주임이 간 곳은 버스 정류장 앞에 있는 구두수선집이었다. 신고 있는 구두의 굽을 갈기 위해 벗은 힐은 높기도 하다. 무려 9㎝나 되는 힐이었다. 짜리몽땅한 키에 욕심을 내는 건 자기 소관이지만 종일 걸어다니는 직업치고는 높아도 너무 높다. 힐을 신어도 나랑 같은 높이면서 웬 욕심인지 그녀의 이름만큼이나 힐도 참 언밸런스하다. 저런 겉치레로 포장한 고 주임과 오늘 하루를 견뎌내야 하다니 오늘 일진은 아무래도 꽝인 것 같다. 오늘 따라 미팅하느라 나랑 만나 수다떨 시간도 없는 대학 간 미진이가 진짜 부러워진다.

9월인데도 여름 햇볕처럼 따가웠다. 소나기라도 한번 퍼부었으면 좋겠다 싶어 하늘을 봤다. 비 올 기색은 눈곱만큼도 없다는 듯이 매지구름만 동동 떠다녔다. 마음이 스산했다. 쓸데없는 잡생각 접으라는 듯이 고 주임의 9㎝ 하이힐 소리만 투박하게 들려왔다.

버스는 도심을 벗어나서 다리를 건너고 바다를 끼고 공장 지역을 지나서 아파트가 들어서고 있는 신도시 지역으로 향했다. 버스는 돌고 돌아서 목적지까지 가는데 40분이나 걸렸다. 이쪽 도시는 고등학교 동기인 정숙이가 사는 동네였다. 아버지가 논농사를 짓는데 공장과 아파트가 들어서는 바람에 집과 논을 팔고 사거리에 건물을 지어 건물주가 되었다는 소식을 들었다. 정숙이는 4년제 대학을 원하는 아버지의 뜻에 따라 부산의 재수학원에 다닌다는 소식을 친구 미진을 통해 들었다. 우리 아버지는 뭐하신다고 연탄공장에만 다니시는지 이런 곳에 쬐끄만한 밭이라도 있었으면 얼마나 좋을까. 정숙이 말대로 조상을 잘 만난 덕분이겠지.

"내려!"

목적지에 다 왔다는 듯 문 쪽에서 고 주임이 말했다. 아침부터 긴장한 탓에 졸음이 슬슬 내려와 눈을 덮는 중이었다. 뒤쪽에 앉은 탓에 화들짝 놀라 일어서자 몸이 무슨 용수철처럼 튕겨 나갔다. 운전기사님께서 내게 당부할 얘기라도 있다는 듯이 차를 너무나 급하게 세웠다. 그 다급한 부름에 연약한 내가 행위예술적인 움직임으로 응해야 했다. 정류장에 서야 할 명분 하나는 죽여줬다. 냅다 달리다 보니 기둥처럼 서 있는 고 주임이 보였다. 유리창을 뚫고 나가는 참사를 막기 위해서라도, 아저씨 저 불렀어요 하는 설렁한 개그를 하기 전에 뭔가를 얼른 잡아야 했다. 튼튼한 손잡이보다 더 튼튼한 고 주임의 팔을 감사하는 마음으로 붙잡는 동시에 나는 휙, 뿌리쳐졌다. 그 반동으로 버스 중앙에서 한 바퀴 멋지게 돌았다. 덩달아 어깨에 걸친 끈 가방도 원 없이 원을 그렸다.

"쪼~옴."

긴 말도 아니었다. 쫌이었다. 짜증난다는 말을 이렇게도 적절하게 표현할까. 오만상을 다 찌푸리며 아파 죽겠다고, 두꺼운 자기 팔을 호들갑스럽게 들여다본다. 멍자국이라도 찾겠다는 듯 의심이 묻어 있는 눈초리까지 보냈다. 진짜 사람 무안하게 만드는 데는 타고났다. 연약한 내가 잡으면 얼마나 세게 잡는다고 저렇게 방방 뛰는지 서러움에 눈물이 핑, 돌았다.

아, 정말 싫다. 좀 전에 했던 다짐은 어디로 갔는지 돌하르방 탓도 아니고 조상 탓도 아닌 내가 정말 싫다. 그 흔한 타자 자격증이라도 있었다면 지금쯤 총무과나 경리과에 앉아서 우아하게 업무를 보고 있을 텐데. 이 무슨 개망신인지 모르겠나. 위기에 처한 후배에게 매정하게 구는 고 주임 참 너무하다. 나보다 못 생긴 게 몸매도 안 되는 게 성질만 더러운 게 주임이라고, 저 지랄을 떨어도 끽, 소리도 못하다니.

땡땡이가 그려진 블라우스의 힘이 세긴 세다. 인간 정미정, 진짜 성질 다 죽었다. 만약에 정식 유니폼을 입었다면 이렇게 당하고 있을 내가 아니다. 돌하르방, 경고하는데 내가 정식되면 그날이 바로 너 제삿날이 될 것이다. 장마철 일기예보 같은 변덕을 다독이며 터벅터벅 걸었다. 마음도 몸도 뚱했고 얼굴은 더 뚱해졌다.

4차선 도로 건너편은 사원용 아파트가 공사 중이었다. 위쪽에 있는 아파트 단지까지 가려면 공사 중인 건물들 사이로 걸어가야 했다. 깔끔하게 지어져 있는 아파트와 짓기 시작하는 아파트 사이로 걸어들어갔다. 공장지대의 아파트를 바라보자 정식과 수습의 모습을 보는 기분이다. 작은 평수의 기숙사 아파트와 사원 아파트가 확실히 구역별로 나눠져 있었다. 오늘 일정에 대해서 한마디도 없더니 좀 전에 한 짓이 마음에 걸렸는지 고 주임이 먼저 말을 걸었다.

“오늘은 그냥 시키는 대로만 해. 하다 보면 차차 알게 될 거니까. 그리고 내가 일지에 적으라는 것만 적고. 괜히 아는 척해서 골치 아프게 하지 말란 말이야. 뭔 말인지 알아먹었지?”

“네.”

당연히 알아먹지. 그러니까 판촉일지에 오늘 하루 얼마나 열심히 했는지를 간단하게 쓰라는 말씀 아닌가요? 거래처 동향과 상대사 반응 그리고 재고물품에 대한 것까지 사소한 것이라도 보고에 누락하지 말고 세세히 적어 담당 팀장에게 보고하라는 말씀으로 알아들으면 되는 것 아니냐고요.

“그리고 지금 가는 곳은 대기업 구판장이야. 규모가 장난 아니니깐 잘 보고 따라해. 그리고 나에 대해서 뭐 들은 얘기 있어?”

“네. 우리 회사의 탑, 그러니까 최고라고요.”

들은 대로 말했다.

“하긴 내가 좀 하지. 지고는 못 사니깐. 나랑 일하는 게 영광이라 생각하고 잘 배워둬. 내 밑에서 일한 년치고 정식 안 된 년 없거든. 안 되면 그게 바로 내 욕이니까. 그러니 잘 따라하라고. 내 말 무슨 말인지 알지?”

분명 잘난 척인데 그 잘난 척이 너무 어울린다. 그러니까 선배님 말씀은 내 편은 확실하게 밀어준다. 나만 믿고 따르면 너의 미래는 걱정할 필요 없다는 뜻이란 말이죠? 나는 재빠르게 무한긍정을 실은 표정을 짓고 고 주임을 바라봤다. 좀 전에 버스에서 취한 액션은 나의 수제자가 되는 조건으로 보여준 제스처일 뿐이라고 급하게 해석했다. 이력서에 적을 급수는 없지만 사회생활 급수는 지금부터 따면 된다. 들리는 소문대로 고안나 주임의 활동은 전국 단위를 넘어 서울 본사까지 널리 알려져 있다니 얼마나 영업을 잘하는지 따라서 배우면 된다. 다른 동기들보다 먼저 정식 유니폼을 입을 수 있다면 돌하르방의 그 어떤 성질도 견뎌낼 것이다.

그럼요, 고안나 주임님. 전 그저 짝퉁 말고 진짜 땡땡이 유니폼만 입으면 되니깐 지금껏 보여주신 지랄도 이해하고 앞으로 보여주실 어떤 초특급 지랄발광도 다 이해할 것입니다. 덧붙여 제 입에서 더 이상 돌하르방이라고 낮춰 부르는 일만 없도록 확실하게 보여주소서. 그러니 너무 배려해주는 척하지 않으셔도 된답니다.

고안나 주임의 때꾼한 눈을 마주보며 충성심을 듬뿍 담은 예쁜 눈웃음을 지어보였다. 고 주임의 눈이 잠시 길을 잃어 허공을 더듬는 것 같았다. 흠, 이게 약점일까? 아니면 나의 착각인가?

“네~에. 잘 알겠습니다.”

진심을 담아 공손하게 대답했다. 나에 대한 인사권을 가진 힘 있는 자에게 아부하는 자세는 결코 아니다. 누군가 그랬다. 나보다 좀 센 놈한테는 기어타도 된다고, 하지만 많이 센 놈한테는 바로 머리 숙이는 게 현명한 처사라고. 난 현명해지려고 한다. 확실하지 않은 미래를 확실하게 해준다는 약속을 꺼낸 고 주임이다. 나는 시키는 대로 내 영혼과 몸을 이 순간부터 유니폼에 던지기로 했다.

“일주일 동안 제품 교육 받은 것 잘 기억하고 있지? 이론과 실기는 확실히 달라. 현장에 나오면 완전히 다르다는 뜻이야. 정신 똑바로 차리고 있어.”

이어지는 당부의 말에도 착실하게 대답했다. 만 하루 만에 아니지, 몇 시간 만에 돌하르방에서 고안나 주임님으로 상향조정되었다. 그렇게 하게 만든 그분과 조신한 걸음으로 어떤 맛이 기다리고 있을지 모를 콘크리트 건물 속으로 들어갔다.

매대 매출학

매장 안은 회사 규모답게 넓었다. 세제 코너와 과자와 조미료, 화장지, 그릇 코너가 구별되어 있고 화장품과 옷가게까지 매장 안에 있는 것을 보니 규모가 백화점 수준이다. 카운터에 있는 두 명의 여직원에게 먼저 활기차게 인사를 건넸다. 매장 여직원은 인사를 받는지 마는지 눈으로만 까딱할 뿐이다. 어쩐지 되게 무시당하는 느낌이 들었다. 월급쟁이들 주제에 별로 높아 보이지도 않는 저 자리에 앉으면 왜 다들 저러는지 희한했다. 내가 아직 이 세계의 상하관계를 이해 못하고 있는 것인지는 모르겠지만 도움을 주러가는 사람에게 어떻게 저런 표정을 지을까. 꼭 늦게 출근한 게으른 직원을 대하는 태도였다. 아니나 다를까 고 주임의 성깔 어느 부위를 건드려주셨는지 가던 걸음을 멈추고 카운터 쪽으로 유턴했다.

"여보세요, 김 양. 넌 귀에 말뚝 박았어? 사람이 인사를 건네면 인사를 받아줘야 될 것 아냐?"

"어머! 고 주임님, 제가 좀 딴 생각하느라고 몰랐어요."

급하게 변명을 늘어놓았다.

"요즘 연애해?"

"아, 아니에요."

"그럼 왜 아침부터 정신줄 놓고 있냐고?"

"그… 그게요."

더듬거리는 작은 김 양의 눈을 똑바로 쳐다보며 말했다.

"너희 점장한테 가서 한번 물어볼까? 카운터 여직원의 태도가 이렇게 시건방져도 되는지?"

느닷없는 구판장님 찾는 소리에 김 양의 얼굴이 벌게진다.

"똑바로 해라. 나 너한테 이런 대접받으려고 아침부터 찾아온 것 아니다."

우후, 역시 고 주임이다. 갑도 아닌 것이 갑질 하는 매장 직원의 그 시건방을 한방에 날려버리는 저 배짱 역시나 대단하시다. 다른 주임들과 동행을 나간 입사동기들은 어떤 경험을 하고 올지 모르겠지만 내기 걸 것도 없이 내가 제일 수준 높은 경험을 할 것은 확실해 보인다. 안쪽 매장으로 걸어들어가며 각자의 코너에서 일하고 있는 매장 직원들과도 인사를 나누고 다른 회사에서 파견되어온 여직원들도 보이는 대로 인사를 건넸다. 고 주임은 가방에서 면장갑을 꺼내더니 조미료가 진열되어 있는 식료품 코너 앞으로 건들건들 걸어갔다.

"어디 보자."

조미료 코너는 매장의 제일 중심에 자리하고 있다. 그리고 그 중심의 중앙에 우리 회사 제품이 진열되어 있었다. 회사가 주는 파워에 덩달아

말단 직원인데도 어깨에 힘이 들어가는 것은 사실이다. 구색 갖추느라 가져다놓은 회사의 여직원이 아니라는 말씀이다. 나도 천천히 그 뒤를 따랐다. 이렇게 자기 구역으로 들어가서 필요한 게 무엇인지 어떤 제품이 주로 잘 나가는지 살펴보는 게 업무의 시작이다. 우리 회사의 간판 제품인 발효 조미료 미원 코너가 텅 비어 있다. 옆자리에 차지하고 있는 상대사의 제품인 미풍은 먼지만 잔뜩 뒤집어쓰고 있었다. 역시 베스트 제품인 미원의 압도적인 승리였다.

"뭐야, 이거?"

"네? 뭐가요?"

"넌 눈으로 보고도 몰라?"

갑자기 고 주임의 언성이 높아졌다. 다시 돌하르방으로 변신하는 순간이었다. 무엇이 저 분의 심기를 건드렸는지 얼른 알아채야 했다. 하지만 모르겠다. 눈밑이 파르르 떨리는 것만 보였다.

"너희 집 티브이 없어? 티브이 광고도 안 보냐고? 우리 회사가 왜 너를 채용했겠어? 지금 천연조미료 전쟁이잖아. 김혜자보다 더 젊은 전원일기의 며느리 고두심까지 나서고 있는 판에 옆에 있는 제품하고 비교해 봐. 금요일에 내가 진열해놓은 맛나가 그대로잖아. 젊은층에 먹혀들 줄 알았는데 왜 이 모양이야? 다시다, 이것들이 미쳤나? 뭣 때문에 이 자리에 이렇게 진열을 많이 해놓은 거야?"

상사의 어지러운 마음을 얼른 알아채지 못한 죄가 컸다. 성질머리의 불통을 튀게 한 것은 다시다 때문이었다. 돌하르방의 벌게진 얼굴을 보니 심기가 아주 많이 불편하시다. 고 주임의 말대로 두 경쟁사의 천연조미료 판매가 확연하게 차이나 보였다. 다시다 진열매대가 텅 비어 있다면 저번 주 금요일에 진열해놓은 맛나는 그 자리에 차렷 자세로 있었다. 이렇게 표현하면 안 되지만 미원의 승리에 반해 천연조미료 맛나는 다시다에 완벽한 패배였다.

고 주임은 하고 싶은 성질대로 옆 경쟁사의 천연조미료 봉지를 쓰윽 쓸어서 한쪽으로 확, 밀어붙였다. 오늘 확실하게 영토 확장을 할 폼이다. 고 주임은 건들건들 코너 주위를 돈다. 또 어떤 게 제 비위를 건드리나 싶어 저울질하는 폼이다. 오뚜기 마요네즈 옆에 처박혀 있다시피 한 우리 회사 리본표 마요네즈와 케첩을 들여다보더니 또 욕을 한바가지나 해댔다. 어떤 무식한 년의 상거래 기본도 모르는 것에 대해서, 아래위도 모르고 덤벼드는 사회 초년생의 처세에 대해서, 자신의 성질을 건드리는 모든 잡다한 것에 대해서 겁나게 씹었다. 무생물 제품들까지도 힘없이 휘리릭 넘어지게 하는 찰진 욕이었다. 욕과 동시에 제품들의 자리 이동이 시작되었다. 오뚜기 제품을 밀어제치고 우리 마요네즈를 있는 만큼 넓게 자리잡는다. 분개하는 고 주임 앞에 선뜻 나서지 못하고 그저 욕이 끝날 때까지 고 주임의 뒷자리에 대기하고 있었다.

"너, 교육받을 때 잘 들었겠지만 매장 진열대가 얼마나 매출에 영향을 주는지 알고 있지. 잘 키운 매대 하나면 열 매장 안 부럽다는 말이 그냥 나온 말이 아니야? 그만큼 매대를 잘 지키는 게 중요하다는 거야. 내가 그냥 상대사 년들을 갈구겠니? 이 매대 하나를 지키기 위해서야. 한마디로 매대의 진열은 '말 없는 판매원' 한 명을 두는 것이나 마찬가지란 말이야."

"아, 네."

얼른 대답했다.

"매대만 잘 관리해도 먹고 산다는 소리면 매대를 제대로 관리 못하면 아웃이라는 뜻이겠지? 근데 왜 경영하는 인간들은 이런 현장에서의 경험을 듣고 공부하지 않는지 난 그게 항상 불만이거든. 책상에서 종일 탱자탱자하지 말고 현장에서 뛰는 나 같은 사람한테 맡기면 '매대매출학'에 대해 2시간짜리 수업도 거뜬하게 해줄 수 있는데 말이야."

뭔 소리인지 정확히 모르지만 무조건 알아듣는 척했다. '매대매출학'이란 용어를 말할 땐 고 주임이 잠깐 멋지게 보이기까지 했다.

"성질대로라면 우리 회사 전용 매대를 전국의 모든 매장에 깔고는 우리 것만 진짜 폼나게 진열하는 게 내 소원이다. 소원!"

고 주임의 소원에 일조하느라 눈에 거슬리는 상대사 제품들을 부지런히 우리 회사 제품 뒤로 숨겼다. 그게 지금 내가 할 짓이었다.

"새로 온 신입이야?"

소리가 나는 쪽으로 돌아보니 맛소금 포대를 어깨에 걸친 젊은 남자가 서 있었다.

"어머, 백 과장님. 제가 들고 와도 되는데 뭘 이렇게 무겁게 들고 와요. 뭐해? 멍청하게 서 있지 말고 얼른 인사해! 이 매장 관리하는 백 과장님이야."

순간 어리둥절했다. 어마무시하게 욕지거리를 내뱉는 입에서 어떻게 순식간에 저런 고운 말씨가 나올 수 있는지 희한했다.

"안녕하세요."

유순하게 보이는 백 과장에게 도망간 영혼을 다급하게 불러와 인사를 했다.

"인상 좋은 아가씨가 힘든 조미료 회사에 왜 들어왔을까? 예쁜 얼굴에 화장품 회사에 들어가면 딱 어울릴 스타일인데."

"참 나, 백 과장님. 무슨 그런 섭섭한 말을 다하세요. 우리 회사가 어땠어요? 그리고 백 과장님이 모르시는 게 있는데 원래 예쁜 것들이 성질머리가 더 더럽다고요. 예쁜 것들 그렇게 밝히다간 한번 세게 당할 테니 두고보세요. 앤 내가 알아서 잘 가르칠 테니 과장님은 신경 끄시죠?"

"고 주임 화났어? 나는 그런 뜻이 아니었는데 말이야. 잘 가르치라는 뜻에서 한 소리야. 괜히 경쟁심 불러일으켜서 저번처럼 상대사 아가씨랑 싸움 부추기지 말고 말이야."

홱, 돌아서며 성질난 듯 벌건 얼굴로 상대편 조미료를 손으로 탁탁 밀치며 대꾸했다.

"제가 뭘 어쨌다고 그래요? 싸움은 다시다 쪽에서 먼저 걸어왔으니 시작한 거죠. 잘 알지도 못하면서 왜 자꾸 저에게만 그러세요?"

다시다 진열 자리가 없어지는 것을 바라보고 있던 백 과장이 손짓으로 가리킨다.

"진열 자리는 왜 또 건드리고 난리야. 그냥 정해져 있는 줄에 제품 정리해둬. 다시다 민 양 오면 난리난다고. 그리고 잘 팔리는 제품 많이 진열하는 게 우리 매장의 원칙이야."

"원래 정해져 있는 자리가 어디 있어요? 저번 주에 많이 팔았으면 이번 주엔 우리가 진열을 좀 많이 해서 우리 것도 좀 팔아야 되잖아요. 고생하는 저는 안 보이고 민 양만 보여요?"

"시끄러우니깐 그렇지. 진열 자리는 고 주임이 정해놓고서는 왜 또 변덕이야?"

백 과장은 염려스럽게 온통 노란색으로 진열해놓은 천연조미료 코너를 보며 말했다.

"과장님, 그렇게 말씀하시면 저 섭섭해요. 우리 미원이 매장에 얼마나 매상을 올려주는 효자 상품인데요. 조미료 사러 와서 이것저것 다 사가잖아요. 그리고 신제품이 나오면 좀 알아서 자리 밀어주는 게 상식 아닌가요? 곧 우리 맛나가 다시다 이겨먹을 테니 두고보세요."

"누가 이겨먹든 관심 없어. 매장에서 제발 싸우지만 않으면 돼."

"내 성질만 안 건드리면 돼요."

"고 주임이 참아. 응? 내가 부탁할게. 생머리 아가씨, 우리 고 주임 따라하면 큰일나요."

더 이상 말싸움에 관심 없다는 듯이 눈을 찡긋해 보이고는 백 과장은 돌아서 가버렸다. 조미료 코너 앞에서 백 과장이 사라진 방향으로 쳐다보던 고 주임은 다시 어정쩡하게 서 있는 나를 머리에서 발끝까지 훑어본다.

"큰일은 무슨? 상사가 시키는 대로 하는 게 정식직원 빨리 되는 비결인 줄 모르고. 너 똑바로 들어. 정식직원 되고 싶어? 안 되고 싶어?"

묻는 말에 재빠르게 대답했다.

"되고 싶어요."

"그러면 내가 하는 대로 따라해. 알았어? 실세가 누구인지 그걸 알아야지. 너 하는 것 봐서 지점장님께 추천해줄 테니 잘하라는 말이야. 지금 잘 나가는 김 양하고 박 양을 내가 추천했잖아. 그년들 지금 살판났지. 백화점 매장에서 얼마나 삼빡하게 근무하는지 선배는 이렇게 신입 교육시킨다고 뺑뺑이를 도는데."

"아, 네."

"대답만 하지 말고 알아들었으면 저기 있는 조미료나 빨리 건네!"

얼른 비닐을 찢어 규격별로 차례대로 건넸다. 손이 덜덜 떨렸다. 손장갑을 탈탈 털며 내게 자리를 넘겨 선입 선출을 강조하며 진열 방식을 지시한다. 시키는 대로 했고 말하는 대로 했고 재빠르게 진열했다. 실세의 눈 밖에 날까봐 숨도 쉬지 않고 집중했다.

"너, 혹시 사귀는 남자 있어?"

느닷없는 물음이었다.

"없는데요."

"괜히 숨기는 것 아냐? 너 같은 스타일이 좀 앙큼한 데가 있거든. 어쨌든 매장에서 널 예쁘게 봐주면 일하는데 수월하지만 얼굴만 믿고 설쳐대다간 머리털 뽑힐 수가 있으니 나대지 마라. 내 말 허투루 듣지 말고 명심해."

그럼요. 그래야지요. 안 그러면 상대사 아가씨한테 가기도 전에 고 주임한테 먼저 뜯길 것 같았다. 그래서 진열하는 데 온 신경을 모았다. 지켜보고 있는 눈이 그렇게 시켰다. 다섯 칸 진열대의 맨 아래 칸에는 미원과 맛소금이 네 번째 칸은 간장과 식초가 진열되어 있다. 다음 세 번째 칸은 우리 회사 제품인 마요네즈와 케첩이 경쟁사 제품과 자리를 차지하고 있다. 상대사 제품이 들쭉날쭉하게 있는 것을 보니 아직 상대사 아가씨는 이 매장에 들러 정리하지 않았다는 뜻이다. 여기서 두 번째 칸이 정말 중요하다. 사람이 섰을 때 제일 위 칸과 두 번째 칸이 눈높이와 비슷하다. 그 중심 칸에는 각 상대사마다 제일 밀어주는 인기 제품을 진열한다. 그것이 판매의 포인트였다.

손이 위로 뻗는 것보다 가슴 높이로 뻗는 게 편안한 위치이기에 우리 회사 신제품 쇠고기맛 천연조미료 맛나를, 백 과장이 충고하든가 말든가 고 주임은 마음껏 원하는 대로 진열해버린다. 제일 처음으로 손쉽게 잡히는 50g을 멸치와 쇠고기 순으로 진열하고 다음으로는 100g 위주로 하고 그 다음으로는 대형으로 진열했다. 걸리적거리는 상대사 제품인 다시다는 아무렇게나 뭉쳐 구석에 몰아놓았다. 말 그대로 우리는 판매를 촉진시켜야 하는 여직원이었기에 본분에 충실하는 것이 '매대매출학'에 일조하는 것이다. 최선을 다해 영토 확장에 힘을 보탰다.

천연조미료 진열이 끝나자 백 과장이 가져다놓은 포대를 가리키며 고 주임은 작은 핀을 꺼내 부풀어오른 미원과 맛소금의 봉지에 숨구멍을 뚫으라고 했다. 그래야 공기가 빠지면서 보기 좋게 차곡차곡 높게 쌓아 놓을 수 있다고 했다. 시키는 대로 했다. 일요일이 지나서인지 빠진 제품들이 많았다. 고 주임은 우리 제품의 진열 상태를 찬찬히 살피고 빠진 물건들은 창고에 가서 찾아와 진열하고 없는 제품은 수첩에 기록했다.

우리 일이 끝나갈 때쯤 매장 입구 쪽에서 롯데제품 과자가 들어오는지 계속 과자 코너 바닥에 과자 박스가 높게 쌓인다. 롯데의 판촉 여직원이 할 일이지만 이렇게 오전 중에 빨리빨리 매장이 진열되어야 오후에 고객들이 불편함 없이 쇼핑을 할 것이다. 빨간 블라우스가 유니폼인 롯데 여직원은 마지막으로 작은 박스를 들고 과자 코너로 들어오는 게 보였다.

"롯데, 오늘 물건 많이 들어오네. 내가 좀 도와줄까?"

고 주임이 과자 코너로 걸어가면서 말을 걸었다.

"도와주면 고맙지. 언제 왔어? 다음 코스는 어디 매장이야?"

롯데 여직원은 우리 고 주임과 나이가 비슷한지 말을 편안하게 주고받았다. 동갑인지 모르겠지만 웃으면서 나긋하게 말하는 말투가 예뻤다.

"점심 먹고 대양 슈퍼 갈 거야."

"그러면 점심 먹고 같이 가. 나도 그쪽 지역이야."

"그러든지."

고 주임은 선선하게 대답하고는 과자 박스의 테이프를 우악스럽게 떼어낸다.

"뭐해? 너도 와서 도와야지. 눈치껏하라고 했잖아."

우리 쪽 코너에 서 있는 나를 고 주임은 무안스럽게 몰아세웠다.

"신입인가 봐. 좀 부드럽게 해. 무서워서 도망가겠다."

농담처럼 진담을 얘기하는 것으로 들렸다. 눈치 있게 보이려고 재빠르게 나도 과자 박스의 테이프를 뜯었다. 그런데 어디에 놓아야 될지 몰라 두리번거리자 롯데는 나에게 손으로 밑에 놓여 있는 박스를 가리켰다. 새 박스를 놓고 조금 남아 있는 과자 봉지를 그 위에 놓으라는 것이다.

"선입선출 알죠?"

간단하게 말했고 친절하게 설명했다.

"먼저 들어온 것을 먼저 판다. 항상 그걸 명심하면 돼요. 유효기간을 봐서라도 먼저 팔아야 되잖아요."

사근사근하게 알려주는 고운 말씨에 눈물이 나오려 했다. 내가 이렇게 감동받는 사람이 아닌데 미스 롯데만큼이나 예쁜 미모에 고운 말씨에 울컥해버렸다. 옆자리에서 뚱하게 말하는 고안나 주임하고 비교가 되어도 너무 비교된다. 이런 다정함을 보면 느끼는 게 없을까? 정말 내가 회사를 잘못 들어온 건가. 할 수만 있다면 아니, 물릴 수만 있다면 나도 빨간 블라우스 입고 상냥한 선배 모시고 다정하게 롯데과자를 진열하고 싶다.

점심시간에 맞추어 매장을 나와 상가 이층에 있는 분식집으로 갔다. 밥값이 나온다고 하지만 분식 정도에 만족해야 할 금액이다. 우리는 우동 두 개에 김밥 한 줄을 시키고 롯데는 우동에 떡볶이를 덤으로 시켰다. 음식이 앞에 놓이자 어디에 숨어 있었는지 모를 왕성한 식욕이 내 몫의 우동국물까지 남김없이 홀라당 마시게 했다.

"어머, 너 힘들었는가 보다. 떡볶이도 더 먹어. 우리 같은 외근직은 잘 먹어야 되거든."

내 앞으로 떡볶이 접시를 밀어준다. 마음까지 미스 롯데였다.

"이 집은 우리 회사 제품을 사용해서 그런지 국물 맛도 시원하네."

우물거리며 고 주임이 말했다.

"요즘 너희 회사 새 제품 나와서 그런 거야? 가는 곳마다 장난 아니더라."

"말도 마. 신입들 계속 뽑아서 투입시키며 진짜 난리가 아니다. 맛나가 다시다 이겨먹을 때까지 얼마나 볶아댈 건지 눈앞에 훤하게 그려지는 게 사람 죽을 맛이다."

"고생한다. 너희들."

"그러니까 내가 날마다 다시다 년들 하고 붙잖아. 맛나 나온 이후로 하루도 편한 날이 없어. 곧 본사에서 영업총괄 직원들까지 내려보내면 아마 3차대전이 일어나겠지. 전국 지점에서 우리 쪽이 제일 문제지역이거든. 우리 쪽만 잡아놓으면 전국통일이라나? 뭐라나? 사는 곳도 잘 선택하면서 살아야지. 이건 뭐 사람 잡는다니까. 아마도 곧 면소재지까지 돌면서 제품 홍보하러 다녀야 될 판이야. 장돌뱅이가 따로 없어."

젓가락으로 집은 김밥을 내려놓으면서 말했다. 대박성질인 고안나 주임도 스트레스 받긴 받는가보다. 밥맛까지 잃는 눈치를 보니.

"근데 다시다 개 있잖아? 민 양?"

"왜 그년에게 무슨 일이라도 생겼어?"

"너는 년이 뭐니? 신입 앞에서. 민 양이 너 한해 선배라면서 그렇게 불러도 되는 거야? 아무리 우리가 월급값 한다고 하지만 그래도 선배잖아. 사람살이에 그렇게 막 대하는 게 아니다. 막말로 평생 이 회사에 다닌다는 보장 있어? 회사 나가면 끝이야."

"넌 경쟁이 치열하지 않는 회사 다니니까 그런 소리 나오지. 우리는 이 옷을 입는 순간 내 자신이 곧 맛나가 되고 미원이 된다니깐."

회사와 일심동체라는 고 주임의 말은 그냥 해보는 빈말이 아니다. 행동으로 몸소 보여주시는 데 의심의 여지가 없다.

"너희 회사 대단한 줄 알아. 오죽하면 그 회사에서 교육받은 애들 데려오려고 영업회사에서 로비를 하겠니? 그래도 민 양이랑 잘 지내."

"난 선배로 생각 안 해. 저번 일도 그래. 우리 회사 새 제품이 나왔잖아. 그러면 좀 모른척해줘야 하는 것 아니야. 지점장님이 순회 확인 차 들르셨는데 어떻게 했는지 아니? 지점장님도 있는 앞에서 내가 자리 확장해서 진열한 신제품을 구석에 몰아 처넣어버리느냐고? 개망신을 줘도 그런 개망신이 없었어. 내가 미리 우리 제품을 앞쪽에 진열 좀 하자고 백 과장에게 양해도 구했어. 자기들 제품이 늘 앞자리 차지하라는 법이 어디 있냐고? 그리고 자기들 제품 잘 나가고 있잖아. 그러면 자리 비켜주면 어디가 덧나니? 나는 자기들 제품 세일 들어갈 때 자리 이동 모른척해주었고 자기네 과장들하고 매장 확인 왔을 때도 우리 자리 많이 양보해줬어. 그러면 자기도 나에게 그렇게 해줘야 되는 거 아니야? 내 체면을 봐서라도.”

“먼저 민 양에게 귀띔이라도 해두지. 내일 우리 지점장님 오시니깐 네가 좀 모른체해라. 가시고 나면 자리 다시 원상복구 시켜주겠다고 하면 됐잖아. 민 양 걔가 그런 눈치 없는 애도 아닌데.”

“너도 참, 그걸 꼭 일일이 말해야 아니? 밥맛없게. 넌 지금 내 편이니? 아니면 그년 편이니?”

고 주임 열받게 롯데 언니께서 민 양 편을 많이 드신 것은 확실하다. 떡볶이 하나를 집었는데 입으로 가져가야 될지 말아야 될지 머뭇거릴 정도로 눈치가 보였다.

“민 양, 올 겨울에 결혼한다더라.”

“꼴 보기 싫었는데 잘됐네. 그 인간 누가 데려간대?”

“너도 아는 사람이라던데 대석 씨라고.”

“뭐~어?”

고 주임의 목소리가 갑자기 커졌다. 커진 목소리가 이렇게 나에게 속삭였다. 지금 이렇게 자지러지게 놀라는 것은 결혼할 상대를 우리의 고 주임이 너무나 잘 아는 사람이거나 너무나 짝사랑을 해서 간 뒤집어지는 꼴이라고.

“확실해?”

“그럼. 걔랑 지난 금요일에 같이 밥 먹으면서 들었어.”

고 주임은 앞에 놓인 물컵을 들어 단숨에 꿀꺽 마셨다. 목이 탄다는 것보다 뭔가를 삼키기 위한 것 같았다.

“대석이 오빠랑 결혼을 한다고? 그 인간은 왜 항상 나하고 엮이는지 모르겠어. 사람 열받게.”

“대석 씨, 사람 참 좋아보이더라. 민 양 남자 하난 잘 잡은 것 같아.”

“아, 됐어. 그만해!”

롯데 언니 무안하게 딱 잘라 말했다. 고 주임의 얼굴이 굳어지며 눈을 내리깐다. 커다랗게 쌍꺼풀진 눈 주위가 붉다. 기분이 말이 아니라는 뜻으로 읽혀졌다. 우물쭈물 눈치를 보며 냅킨으로 입술을 슬슬 닦는데 말도 없이 고 주임이 가방을 챙겨 카운터로 향했다. 엉거주춤 뒤따라 분식집을 나서자 옆 다방으로 쑥 들어간다. 롯네 언니는 아무렇지도 않다는 듯이 다방으로 나를 이끌었다. 창가 쪽 푹신한 의자에 몸을 묻고 있는 고 주임은 스타킹만 신은 맨발을 길게 뻗었다. 나에게 음악 신청이나 하라고 했다. 시험 삼아 윤형주가 부르는 〈웨딩케이크〉와 바브라 스트라샌드의 〈추억〉을 적어냈다. 예상은 적중했다. 저건 실연의 포즈였다. 눈을 감고 있는 모습이 좀 짠하다. 가재는 게 편이라고, 말투는 얄밉지만 불퉁하게 앉아 턱살이 잡히도록 고개를 숙이고 있는 모습이 좀 안되어 보였다. 그리고 커피만 홀짝일 뿐 아무런 말이 없었다. 롯데 언니도 아무런 말이 없다. 음악다방 스피커에선 바브라 스트라샌드의 〈추억〉이 잔잔히 흐르고 거리의 가로수는 가을을 향해 익어가고 있고 고 주임의 마음에도 스산한 가을바람이 드나드는가보다. 긴 한숨이 새어나오는 걸로 봐서는. 구두를 신은 발도 아프고 지겹고 힘든 가을이 나에게도 오는 기분이다. 다방 커피 맛이 오늘 따라 더 쓰다. 설탕 한 스푼 더 넣을 걸 그랬나 싶었다.

네가 누구인지 유니폼은 말해주지

대양슈퍼는 버스를 타고 두 정거장 코스의 거리에 있었다. 원주민들이 사는 동네의 시장 입구 쪽에 위치한 규모가 큰 슈퍼였다. 가까운 면 소재지로 가는 버스정류장이 있고 오일장이 서는 곳이어서 늘 사람들이 북적거리는 곳이다. 매장 입구에는 음료수 상자와 과자 박스와 두루마리 화장지와 기저귀 박스들이 무더기로 쌓여 있다. 판매 회전이 빠른 슈퍼라서인지 하루 입고되는 물량이 만만찮아 보였다. 장이 서는 5일과 10일이면 아침 일찍부터 메이커 여직원들이 고정으로 근무하는 곳이라고 일지에 표시되어 있었다. 그건 일반 슈퍼보다 두세 배의 매출을 올리는 곳이니 매일 점검을 해야 하는 1급 거래처라는 뜻이다. 인원이 충원되고 나면 곧 고정 근무할 곳이라고 고 주임이 말해주었다. 창고 쪽 골목에는 우리 지점에서 직거래를 하는지 회사 로고가 박힌 탑차 앞에서 물건을 쌓아두고 영수증을 보며 슈퍼 직원과 물량을 확인하고 있는 남자직원의 모습이 보였다.

"과장님, 식사 하셨어요?"

고 주임은 언제 그런 기분이었냐는 듯 싹싹하게 인사했다.

"먹었지. 다들 식사는 하셨고? 지금 물건 들어온 것 확인하고 신입이랑 정리 깔끔하게 해주면 고맙겠어. 구판장에서 오는 길이지. 그쪽은 어때?"

"전멸이던데요. 금요일에 진열된 제품에 별 변동이 없어요. 젊은층이 주로 고객이라고 해서 기대했는데 놀러다닌다고 바쁜지, 동네가 후져 그런지 빠지지를 않네요. 과장님도 이쪽 실적 계속 안 좋으면 이번에 영업소로 밀려가는 것 아니에요?"

"내가 요즘 지점장 때문에 죽을맛이다. 뭣도 모르면서 외국물 먹고 들어와서는 나만 깐다. 이대로 가다가는 나 곧 엿 먹을 것 같아. 고 주임이 신경 좀 써주라. 내 진하게 한잔 살게!"

"나만큼 과장님 챙겨주는 사람 어디 있다고 그래요? 새로 오신 지점장님이 돌아가는 꼴을 모르긴 모르더라고요. 내 의견을 귓등으로 듣는 걸 보니."

"그래?"

"여직원 간담회에서 내 의견 싹 무시하고 계속 조 주임에게 질문을 하는 꼴이 가관이더라고요. 도대체 중심이 누구인지 아직 파악이 안 되는 것인지 아니면 나를 싹 무시하겠다는 뜻인지. 예전 지점장님하고는 완전히 다른 스타일인데 그게 해외파 스타일인지는 모르겠지만 어쨌든 내 기분이 지금 엿같다는 거죠. 앞으로 얼마나 잘하는지 그냥 구경이나 하고 있으려고요."

"아니, 고 주임 왜 이래? 그냥 다양한 의견을 들어보시려고 그런 것이겠지. 고 주임이 그렇게 배째라고 나자빠지면 나는 어쩌라고? 날 보고 그냥 좀 넘어가면 안 될까?"

"제가 왜요?"

"아직 우리 지점장이 분위기 파악하느라 그러시겠지만 곧 고 주임하고 단독 면담 한번 가져야겠다는 소리 들은 것 같은데."

"웃기지 말라고 하세요. 조 주임하고 나를 경쟁시키는 것은 말이 안 되죠? 아무리 나이가 같아도 나랑 걔는 같은 레벨이 아니잖아? 그걸 아셔야지."

고 주임의 심기를 건드린 것은 바로 조 주임이었다. 눈치 없는 지점장님께서 심히 걱정스런 행동을 하신 게 분명해 보였다.

"머리 돌아가면 알겠죠. 최 지점장님처럼 서울행 티켓을 잡으려면 어떻게 해야 되는지. 계속 내 의견 생까든지 지방으로 뺑뺑이 돌든지 둘 중에 하나 아니겠어요?"

"고 주임이 많이 섭섭한 것 같은데 이러면 우리 지점장님 많이 힘드시겠는데 내가 어디 한번 귀띔을 넣을까?"

"쓸데없는 소리하지 마세요. 스스로 느낄 때까지 내버려두세요."

"이번 매출도 최 지점장님 있을 때보다 차이가 나든데 그 원인이 우리 고 주임에게 있었네. 판촉 여직원들이 돌아서면 이번 맛나 건은 힘들 것 같은데."

"제 일은 제가 알아서 할 테니 과장님 일이나 신경쓰세요."

"기분 풀어. 고 주임, 우린 다 같은 공동체라고. 그리고 조직개편이 있다는 소리 들은 것 같은데 아직 고 주임은 모르지?"

뚱한 얼굴이 갑자기 긴장으로 확, 변했다.

"무슨 조직개편이라고요?"

"맛나 땜에 여직원들이 계속 늘어나니까 본사에서 여직원 총괄할 과장을 여주임들 쪽에서 낸다는 소문이 들리더라고."

"어디서 들었어요?"

"지난 주에 신제품 교육 갔을 때 부산 팀에서 그러더라고. 부산은 그렇게 한다고 하던데 곧 우리 쪽도 할 예정 아니냐고 묻더라고."

미간을 모이기며 곰곰이 생각하는 표정이 역력했다.

"그래도 지점에서 정식으로 꺼낸 얘기 아니면 과장님도 쓸데없이 앞서가지 마세요. 괜히 여직원들 편 가르기 싸움 부추기는 꼴 만든다고요."

"나는 그냥 들은 얘기 전하는 것뿐이야."

"그 얘긴 안 들은 걸로 할게요. 지점장님이 해외공장에 있다 왔으니 이쪽 영업 파트를 잘 몰라서 까는 것 같은데 몇 달 물 먹고 나면 정신차리겠죠. 어쨌든 실적이 나와야 되고 과장님은 살아남아야죠. 구판장에다 서비스 물품 팍팍 좀 뿌리고 세일 행사 한번 해요. 이쪽 슈퍼하고 너무 매출이 차이나는데."

"그럴까? 이쪽은 기대 이상으로 매출이 높아서 걱정을 안 해도 되는데 그쪽이 늘 말썽이야. 그 구판장 백 과장 말이야. 혹시 다시다 쪽하고 술 한잔 한 것 아닌가 몰라. 눈치로 봐서 너무 다시다를 밀어주는 것 같던데."

"그럼. 과장님도 한잔 해야죠. 제가 날짜 한번 잡을까요?"

"그래 주면 나는 고맙지. 세일 행사 건은 바로 지점장님께 보고하게 고 주임이 판촉일지에 원하는 날짜 적어줘. 백 과장하고는 월말에 마감

하고 나서 한잔 할 자리 만들어주고."

"알았어요."

멀뚱하니 서서 그들의 대화를 듣고 있으려니 우리 지점의 지점장은 바로 고안나 주임 같았다. 자신의 자리를 확실히 잡은 실세 중의 실세다운 포스로 말했다. 고 주임의 파워가 어느 정도인지 짐작은 못하겠지만 회사 입장에서 본다면 충신이었다. 눈치껏 살살 한다는 것은 고안나 주임에게는 용납할 수 없는 일이었다. 어디에서 뭘 하든지 간에 승부근성 하나는 끝내주는 스타일이었다.

매장 안으로 들어서자 각각의 회사 소속 메이커 여직원들이 자신의 세품을 정리하기에 바쁘게 움직이고 있었다. 그만큼 물량의 빠짐이 빠른 곳이었다. 매장은 구판장보다 크지는 않았지만 물건만큼은 꽉꽉 채워져 있는 게 우수 매장인 것은 확실해 보였다. 식품 진열장이 있는 조미료 코너 쪽에 잿빛 블라우스에 검은 치마와 조끼를 입은 여직원 둘이 조미료 코너에서 바삐 움직이고 있었다. 내 직감으로는 다시다 쪽에 있는 걸로 봐서 말로만 듣던 바로 그 민 양인가 싶었다. 그녀의 손에 붉은 천연조미료 봉지가 들려져 있고 바닥에는 진열하기 위해 가져다놓은 제품이 박스째로 쌓여 있었다. 우리 쪽 천연조미료가 밑에 진열되어 있고 상대사는 위에 진열되어 있었다. 둘 다 위치는 중앙에 있어 부딪힐 일은 없을 것 같았다. 하지만 발효조미료 코너인 맨 아래 칸에는 미원이 먼저 선점되어 있었던 자리 같은데 한 쪽으로 밀려져 있고 발효조미료에서는 미풍이 세 칸이나 자리를 턱하니 차지하고 있었다. 손을 좀 많이 봤다는 증거였다.

끝내주는 만남이었다. 보나 마나 우리의 고 주임을 우울하게 만든 곧 시집을 간다는 그것도 대석이 오빠를 차지한 그년이라고 지칭하는 민 양과 드디어 외나무다리에서 만난 것이다. 우리보다 일찍 이곳에 물건이 들어와서 정리하고 있는 중이었는지 바쁘게 움직이고 있었다. 오늘 고 주임의 기분으로 봐서는 민 양께서 좀 많이 실수하신 것으로 보인다.

선배가 어떻게 상대사 직원을 접대하는지 배울 게 있으면 배워두려고 처신편의 빈 페이지를 마음속으로 펼쳤다. 마른침이 꼴깍 넘어가고 손에 긴장감이 몰려왔다. 고 주임은 팔짱을 끼고 가만히 바라보더니 슬슬 걸어서 민 양 앞쪽으로 걸어갔다. 아직까지도 정리에 빠져 있는 민 양은 우리의 존재를 알아채지 못하고 제품 진열하기에 바빴다. 옆에서 보니 민 양은 날씬한 몸에 귀여운 외모였다.

툭, 고 주임은 심술도 사납게끔 예쁘게 잘 정리정돈해놓은 발효조미료를 구두코로 건드렸다. 도미노처럼 쓰러지는 조미료를 보고서야 민 양이 얼굴을 들었다. 동시에 민 양 옆에서 보조역할을 하고 있는 아가씨가 누군지 단번에 알아챘다. 내 초등학교 동창생인 정은이가 아직도 감을 못 잡고 멍하니 고 주임만 쳐다보는 게 둘 다 사태를 알아차리기에는 센스가 많이 모자란 표정이다. 뒤늦게나마 이 사태가 파악되는지 전열을 가다듬듯 옷매무시를 고치며 일어섰다. 정은을 향해 내가 먼저 눈짓을 보냈다. 여기 지금 동창회할 분위기 아니지 않느냐고, 가만히 있는 게 서로에게 좋다고. 한 발 물러서서 두 선배가 하는 짓거리나 구경하자고 눈짓으로 말했다. 정은이도 알아먹었는지 한 발 뒤로 물러선다.

"야! 너 지금 뭐하고 있냐?"

고 주임이 먼저 물었다.

"보면 몰라?"

표정을 수습한 민 양의 대꾸에 어이없다는 듯 고 주임은 피식, 웃음을 날렸다.

"다시 말하는데 좋은 말할 때 우리 제품 바꾼 것 바로 진열해라. 나 지금 무지 열받았거든."

"오늘 너도 구판장에서 우리 제품 엉망으로 해놓았잖아."

"그래서! 내가 그랬다고, 너도 이렇게 해놓는다는 거야? 뭐야?"

고 주임의 언성이 높아졌다.

"목소리 낮춰. 여긴 남의 영업장소지. 너희 집 가게방 아니거든."

"싸가지 없는 게, 너 지금 우리 집 가정사 들먹였냐? 너 그래 가지고 시집간다는 게 참 용타 용해?"

"말 좀 예쁘게 해라."

내 머리털을 걸고 장담한다. 민 양은 아무래도 신문 꼬랑지에 있는 오늘의 운세를 확인해봐야 할 것 같다. 분위기가 장난 아니다. 민 양이 한마디라도 더 했다가는 귀싸대기가 아니라 머리털 다 뽑아버릴 태세였다. 민 양도 그냥 물러날 폼이 아니었다. 곧 시집가실 몸인데도 이제 마지막이니 너 버릇 좀 고쳐놓고 갈 태세였다. 민 양도 우리 진열대에 있는 미원을 발로 냅다 차버리며 한 성깔 하신다고 알려왔다.

둘의 대처에 불안감이 밀려들었다. 서로의 행동을 관찰하고 있는 것은 곧 터질 풍선을 누가 먼저 터트리는 게 문제인 것 같았다. 조릿조릿해지는 발바닥을 살살 문질렀다. 어쩔까, 말려야 되나. 정은이도 생각이 같은지 나와 눈이 마주쳤다. 순간 둘의 눈빛이 동시에 말하고 있었다. 가만히 있자고, 그냥 두 분이 하는 대로 두고 보는 게 좋겠다고 무언의 합의를 했다.

그때 덩치도 좋고 혈색도 좋고 손목까지 두꺼운 아줌마가 조미료 코너로 다가왔다. 난데없는 등장이었다. 덕분에 긴장감이 누그러들면 다행 중에 다행이었다. 조미료 봉지를 들고 이것저것 뒤집어보더니 맛나를 들고 앞뒤로 들여다보다가 아니라는 듯이 제자리로 던져놓고 붉은색의 다시다를 집어든다. 그리고는 돌아섰다. 순간 고개를 돌린 고 주임의 눈에 그 광경이 들어왔다. 얼른 맛나 봉지를 손에 들고 다가섰다.

"사모님! 집에 미원 드시죠?"

다시다를 들고 있던 아줌마는 어리둥절하며 손에 들고 있는 다시다를 들여다본다. 자신의 옳은 선택이 뭐가 잘못되었는지 숙제 검사를 당하는 학생의 표정이었다.

"응. 우리 식당은 미원 먹어."

"마산아귀찜 사장님이시네요."

"으응."

"아귀찜에 미원이 들어가면 당연히 맛나를 드셔야죠?"

들고 있는 붉은 다시다 봉지를 뺏어 진열대에 던지고는 노란 맛나 봉지를 손에 쥐어준다. 아까부터 하는 모습을 바라보고 있던 민 양이 고 주임이 던져놓은 다시다 봉지를 들고 다가선다.

"손님이 다시다 찾으시잖아? 사모님, 다시다 찾으신 것 맞죠?"

민 양은 우리 고 주임이 급하게 아는 척을 한 아귀찜집 사장님 손에 들고 있는 맛나를 뺐고 다시다를 손에 쥐어준다.

"응, 나 다시다 먹어."

"사장님도 참! 다시다에는 미풍이 들어 있어요. 미원이 들어 있는 것은 맛나라니까요."

"아이고, 정신없게 왜 이래?"

"너, 정말 이럴 거야?"

고 주임의 화살의 조준은 끝났다. 마음속으로 카운트를 셌다.

"고객이 원하는 제품을 왜 뺏는 거야?"

"정확하게 알려드려야지. 고객이 미원이 들어간 제품을 원한다잖아."

"다시다,라고 했잖아?"

실랑이가 이어지는 중간에 선 아귀찜집 사장님은 둘의 얼굴만 번갈아 쳐다보고 있었다. 가지도 사지도 못하고 어정쩡하게 붙잡힌 꼴이었다.

"그냥 내가 알아서 살 테니까 둘 다 참견하지 마!"

고객의 선택은 항상 옳다. 참견의 주범인 맛나는 진열대에 미련 없이 던져졌고 고객은 다시다를 들고 쌩하니 떠났다. 고 주임의 벌건 눈길이 구겨진 맛나 봉지에 살짝 머물렀다 싶더니 제일 큰 다시다 봉지를 집어서 민 양의 얼굴에 냅다 던졌다. 버려진 맛나가 자신인 것처럼 바로 행동으로 옮긴 것이다. 무슨 찰떡을 치듯이 털썩 얼굴에 보기 좋게 갖다붙었다. 휘청거리던 다시다 민 양도 질 수 없다는 듯이 맛나 봉지를 들어 고 주임 얼굴을 향해 돌멩이 던지듯 던졌다.

철퍼덕, 소리와 동시에 맛나 봉지가 바닥에 떨어지고 흐트러진 앞머리를 더운 입김을 불어 넘긴 고 주임은 조용히 손을 뻗어 민 양의 가슴을 세게 밀어붙였다. 전쟁의 서막이 울리는 소리가 심장에서 들렸다. 꿀꺽, 마른침을 삼키고 정은이를 보니 울기 직전의 표정이다. 나도 참 걱정이지만 이런 여린 마음으로 이 험난한 세계에 들어선 정은이도 심히 걱정된다. 동창의 인연으로 체온이라도 전하고 싶어 옆으로 바짝 다가섰다.

고 주임은 욕도 하지 않고 크게 팔을 휘두르지도 않고 조용히 몸으로

만 말했다. 몸매가 가냘픈 민 양이 몰리는 것은 당연해보였다. 휘청거리며 뒤로 물러서는 민 양을 따라가며 계속 손으로 가슴을 밀어 뒤로 밀어붙였다. 화장지 코너까지 밀린 민 양이 더 이상 밀릴 수 없다는 듯이 와락 고 주임을 밀며 반격했다. 급수로 봐서는 헤비급에 가까운 고 주임이다. 둘의 자세는 후배들 앞에서 기싸움하는 수준이 아니었다. 고추장 열 숟가락을 먹은 쌈닭의 투쟁으로 변하는 순간이었다.

민 양의 반격에 고 주임은 발이 삔 듯 잠시 휘청거렸다. 곧바로 중심을 잡은 고 주임은 그 두툼한 손을 뻗어 다시다 민 양의 머리카락을 삽시간에 움켜쥐었다. 순간이었다. 머리카락을 움켜쥔 팔에 힘을 주어 자기 다리 사이로 다시다 민 양의 머리를 처박아놓고는 머리카락을 쥔 손을 우로 좌로 마음대로 흔들었다. 민 양도 어디 한번 머리카락을 쥘 손을 뻗어보지만 어림도 없는 거리였다.

오 마이 갓!

내가 울 엄마한테 머리끄덩이 뜯겨봐서 안다. 목덜미 근처에 있는 머리털이 얼마나 민감한데 그건 경험자만이 아는 아픔이다. 내 머리털이 뽑히는 것처럼 뒷머리가 화끈거렸다.

어쩌나, 곧 시집간다는 민 양이 저렇게 뜯긴다면 올림머리가 안 될 것 같다. 마음속으로 고 주임이 이기는 것을 응원하는 것은 맞지만 지금은 적이라도 약자에게 응원을 보내고 싶다. 힘을 낸 민 양의 반격이 기다려진다. 응원 덕분인지 어찌어찌 옆으로 쓰러진 틈을 타서 바닥에 박스째 놓여 있는 주방 세정제 퐁퐁통을 들어 민 양이 고 주임의 머리를 세게 쳤다. 잠시 휘청대던 고 주임의 머리를 민 양이 잽싸게 휘감았다. 두 여자가 머리카락을 잡고 뒤로 밀려가다가 두루마리 화장지가 높게 진열되어 있는 코너에 처박혔다. 말릴 사이도 없다. 욕도 하지 않고 신음소리도 내지 않는다. 서로의 머리카락을 쥐고 있는데 뜯어말릴 수도 없었다. 이제는 바닥에 드러눕다시피하여 뒹굴었다. 진열장 밑에 놓여 있는 통들이 도미노처럼 쓰러지면서 요란스럽게도 소리가 팅팅팅 하며 울리고 다시 진열장에 부딪쳐 매대 전체가 부르르 지진처럼 흔들렸다. 이건 정당한 싸움으로 보이지 않는다. 6 대 4 정도로 우리 고 주임이 우의를 차지하고 있었다. 하지만 민 양도 투지 하나만큼은 무서우리만치 악착스러운 데가 있었다. 정은이와 나는 둘 다 가만히 보고 있자니 이상하고 같이 머리끄덩이 잡자니 웃기고 어정쩡하게 각자의 편에 서서 상대의 손가락을 떼어내리고 애를 썼다.

"아이고, 무슨 지랄들이고? 둘 다 손 안 놓나?"

아귀찜집 사장의 목소리가 크게 들렸다. 계산을 하고 가려다 진열대에서 떨어지는 제품들 소리에 다시 돌아온 아귀찜집 사장은 바람처럼 달려들었다. 둘이 움켜쥐고 있는 머리카락을 떼어내려 해도 찍찍이 테이프보다 더 악착스레 움켜지고 있었다. 아귀찜집 주인의 큰목소리에 카운터에 있는 여직원들과 메이커 여직원들까지 몰려들었다. 그래도 둘은 손을 놓을 생각이 없어 보인다. 스스로 손을 뗀다는 것은 그냥 이 세계에서 사라진다는 것처럼 행동했다. 천하장사 이만기가 강제로라도 떼어내면 모를까. 쉽게 끝날 싸움이 아니었다. 갈 데까지 간다는 폼이다.

"아이고, 무슨 가시나들이 이리도 더 세노? 다 큰 가시나들이 허벅다리 다 내놓고 앞가슴 다 보이도록 쥐어뜯고 싸우면 상 준다고 하더나? 그만 못하겠나?"

넓적한 손바닥으로 등짝을 후려쳐도 소용이 없었다. 둘 다 손을 놓을 생각은 없어 보였다. 죽기살기로 엉켜들고 있었다. 매장 여직원과 메이커 아가씨들까지 붙어서 떼내어도 손은 끄덕도 안 했다. 길게 갈 싸움이었다. 내 생각이지만 긴 원한의 굴레를 둘이서 해결해야 할 시간인 것 같았다. 지쳐서 말리던 손의 힘을 풀고 일어서서 둘의 꼬락서니를 자세히 살펴보았다. 싸움판의 두 여자는 볼 만했다. 머리카락은 메두사의 머리처럼 뻗쳤고 블라우스 단추는 뜯겨나가고 치마는 올라가서 굵은 허벅지가 다 드러나고 있었다. 네 개의 다리가 엉켜 있는 세 무슨 못 볼 야릇한 잡지 속의 모습을 보는 것 같았다. 아무리 달래도 요지부동의 자세로 유지하고 있었다. 그때 웅성거리는 구경꾼들 사이로 느닷없는 남자의 고함이 들렸다. 쳐다보니 뿔테 안경을 쓴 중년의 남자였다. 직원들이 사장님이 오셨다고 수군거렸다. 누군가 급하게 알린 모양이었다.

"지금 손 안 떼면 너희들 물건 모조리 반품시킨다. 빨리 안 일어나! 뭐하는 짓거리들이야. 지금?"

그래도 서로의 머리채를 잡고 있는 손은 요지부동이다.

"경찰에 신고할까? 지난 번처럼 서로 폭행죄로 맞고소하게 말이야. 이것들이 또다시 망신 한번 똑똑히 당해봐야 정신차릴래? 어서 못 일어나?"

다시다 민 양이 먼저 손을 풀었다. 그러자 고 주임도 민 양의 손을 풀며 여전히 앙금이 남았다는 듯 민 양의 머리를 세게 바닥으로 밀쳤다. 못이기는 척 둘이서 치마를 내리며 엉거주춤 일어섰다.

"남의 영업장소에서 이게 뭐하는 짓거리야? 한두 번도 아니고. 영업방해죄로 신고해야 정신들 차릴래? 도대체 회사에서 어떻게 교육을 시키기에 이 짓거리를 계속하는 거야?"

사장님의 심한 꾸중이 아니더라도 부끄러운 건 부끄러운 것이다.

"아이고 남사스러워라. 무슨 놈의 회사가 가시나들을 저리 사납게 만드는지 모르겠네. 저래가지고 시집이나 갈란가 모르겠다."

칫! 오지랖 넓은 아귀찜집 사장님은 그런 걱정은 안 하셔도 될 것 같습니다. 민 양은 꼴리는 남자가 있어 곧 시집가신다잖아요. 우리 고 주임이 걱정이지 불 끄셨으면 이제 그만 가시라고요.

"둘 다 사무실로 따라와!"

고함을 친 사장님은 돌아서 가버렸다. 두 주인공들도 이제야 정신이 들어오는지 느릿느릿 움직였다. 흐트러진 옷매무시를 고치고 수세미처럼 변한 머리를 손으로 다듬으며 창고에 딸린 사무실로 어정쩡하게 뒤따라 들어간다. 나도 얼른 고 주임의 뒤따라붙었다. 정은이도 민 양의 뒤를 따라 들어섰다.

사무실이라고 해서 가보니 별 것도 없었다. 창고 한 귀퉁이에 칸막이 치고 책상 하나 달랑 가져다놓고 전화기에 캐비닛에 서류꽂이와 영수증철이 전부였다. 그래도 겨울엔 난로라도 피우는지 먼지만 잔뜩 묻은 석유난로가 책상 곁에 놓여 있었다. 잘 나가는 슈퍼치고는 검소했다. 사장은 앉고 우리는 섰다. 달리 앉을 자리도 없었고 앉으라고도 안 했다. 엉덩이 바로 뒤에 설탕포대가 앉기 좋은 위치로 쌓여 있었지만 이 분위기에 그곳에 앉을 수도 없었다.

사장은 열받았다는 듯이 담배를 급히 빨아들이면서 고 주임과 다시다의 민 양을 번갈아 쳐다본다.

"정말 지겹지도 않냐? 내가 너희 둘 싸움 말린 것도 이게 어디 한두 번이야. 너희들 지점장에게 전화해서 경고도 했는데 도대체 왜 회사에서는 이렇게 원수 둘을 같은 구역에 배치하는지 난 그게 궁금해지네."

"저 또라이가 있는데 내가 아니면 누가 이 구역을 맡겠어요?"

고 주임이 짝다리로 서서 빼딱하게 대꾸했다.

"너도 또라이야."

고 주임을 바라보며 어이없다는 듯이 말했다.

"사장님, 죄송해요."

사죄를 하며 머리칼을 디듬던 민 양이 손바닥을 펴자 한 움큼의 머리카락이 딸려 나온다. 그 머리카락을 사장님 책상에 가만히 내려놓는다. 그러더니 민 양이 고개를 숙이며 훌쩍였다. 덩달아 정은이도 같은 편이라고 훌쩍이기 시작했다. 사장의 눈길이 민 양의 뜯겨져 나온 머리카락에 잠시 머무는가 싶더니 곧바로 미간을 찌푸렸다. 순간 나까지도 민 양의 모습이 측은하게 느껴졌다. 얼른 고 주임도 사과를 하고 좀 훌쩍거려 주었으면 좋겠다. 그게 이 시점에서 딱 맞는 행동인데 고 주임은 아직도 분에 못 이겨 벌게진 얼굴로 태도도 불손하게 씩씩거리고만 있었다. 저건 결코 좋은 포즈가 아니다.

"미원 고 주임이 늘 문제야. 내가 정해준 대로 진열하고 서로 시간대를 맞추지 말라고 했지? 제발 좀 융통성 있게 살아. 응? 너 일 잘하는 줄은 알지만 이런다고 회사에서 상 주냐? 이래가지고 시집가겠어?"

화살은 눈치도 코치도 없는 고 주임에게 꽂혔다. 초록은 동색이라고, 그래도 한 배를 탄 동지인데 얄밉고 아니꼽고 민 양한테 쥐어뜯길 때 내 속이 다 시원했지만은 이렇게 사장이 싸잡아 고 주임만 몰아세우자 이건 아닌데 싶었다.

"사장님, 왜 저에게만 그러세요? 전요, 평화주의자라고요."

“평화주의자? 내가 웃는다. 고 주임을 누가 건드려. 이 업계에서 고 주임 하면 다들 손발 드는데 넌 신생 메이커에서 스카우트 제안도 안 들어오냐? 오뚜기 곽 양은 그 뭐냐, 대우 좋은 유한킴벌리 회사에서 주임으로 승진까지 시켜 데려갔잖아.”

“전 우리 회사가 좋아요.”

“네가 그렇게 싸움닭처럼 하니까 누가 말이라도 건네겠어? 좀 너희들끼리 요령껏 알아서 하면 얼마나 보기 좋아? 초창기엔 다른 메이커 아가씨들과도 잘 지내더니 요즘 들어 왜 그래? 노처녀 히스테리야? 민 양 시집간다는 소문 벌써 났는데 너도 차라리 시집이나 가든지. 낼모레 결혼할 애 머리를 이렇게 뜯어버리면 어떻게 할 기야?”

“사장님! 이거 너무 인격적으로 공격하시는 것 아니에요. 왜 저만 갖고 그러시냐고요?”

고함을 꽥 지르며 고 주임이 코뿔소처럼 씩씩거리는 숨이 창고를 달구고 허리께에 두 손이 올라가자 사장님은 당황했는지 두 눈을 껌뻑거린다.

“아니, 내 말은 그랬으면 서로 좋겠다는 뜻이야. 오해는 하지 말라고. 다시다 민 양도 그래. 좀 넘어가면 안 되나? 구석에 처박아놓아도 다시다는 손님들이 알아서 찾아갈 만큼 매출도 좋은데 왜 자꾸 미원을 건드리냐고. 건드리길. 맛나가 새로 나와서 고 주임이 좀 힘들어서 그렇구나 하며 참아주면 시간 지나면 고 주임도 알아서 양보할 것 양보하고 고마워 할 것인데. 왜 그렇게 속 좁게 서로 싸우느냐고?”

“사장님, 저 억울해요. 사장님 시키는 대로 제가 얼마나 이 매장에서 양보해줬어요. 제가 아무리 양보하고 이해해도 재하고는 도저히 타협이 안 되는 걸 어떡해요?”

울먹거리면서 머리카락을 쓰다듬어 빠지는 머리카락을 책상 위에다가 계속 올려놓는다. 연기력 대단하다. 고 주임이 죽어라고 민 양을 싫어하는 것도 저런 의도 때문일까? 저 내숭에 우리편 고 주임이 어떻게 당해낼 것인지 쯧쯧, 게임 끝난 것으로 보인다. 사람이 머리를 써야지. 무식하게 힘만 세면 뭐하느냐고? 결국은 자기만 당하면서. 가느다란 손가락으로 계속 머리카락을 더듬어내는 게 내가 얼마나 고 주임한테 당하고 사는지 보이게 하려는 의도로 보였다. 그래도 저렇게 코뿔소처럼 씩씩대는 우리 고 주임보다 앙큼하게 구는 민 양이 더 나아보인다. 이번 게임은 민 양의 승으로 보인다.

“내 입장에선 미원이나 다시다나 다 필요한 제품이고 또 우리 매장 매상 올려주는 효자 상품이라 고맙게 생각하고 있지만 너희들 둘 때문에 내가 짜증이 난다는 거야? 이참에 좀 손해봐도 확 지점 거래를 대리점으로 바꾸고 판촉 여직원들도 오지 말라고 하고 싶다고.”

자리다툼이 있을 때마다 매장의 사장님이나 관계되는 책임자가 나서서 중재를 하지만 어디까지나 자기들 입장에서 보면 직원도 아니면서 출근해서 자신들 물건 관리해주고 매장 정리정돈까지 해주는 메이커 여직원들 공짜로 부릴 생각만 하지 이런 실랑이까지 끼어들고 싶지 않다는 말씀이다. 한마디로 싸움은 너희들끼리 해라, 우리는 너희들 제품만 팔아 이윤만 남기면 된다는 식인데 지금 이 분은 아니었다. 무슨 이유일까?

“사장님 말씀에 많이 섭섭해지네요. 슈퍼 오픈할 때 제가 슈퍼를 위해서 어떻게 했어요? 지금도 명절이나 장날에 와서 매장 직원들 두 사람분의 일을 하잖아요? 제가 사장님한테 월급 받는 것도 아니면서 매장 직원처럼 일하는 것 사장님이 더 잘 아시잖아요. 잘해보겠다고, 살아보겠다고 그러는데 그걸 가지고 거래처를 바꾸고 여직원들을 오지 말라고 하면 제 입장이 뭐가 되겠어요? 이거 너무 심하신 것 아닌가요?"

우와, 대단하다. 진심으로 박수를 쳐주고 싶다. 저렇게 확실하게 일을 하니깐 당당하게 얘기할 수 있는 것이다. 저렇게 점주 앞에서 자신의 생각을 말할 수 있는 사람이 몇 명이나 될까? 역시 고 주임이다. 그래서 고 주임, 고 주임 하는구나.

"아, 물론 그건 알지? 그동안 고 주임이 우리 슈퍼를 위해서 일해준 것 다 알아. 내 말은 제발 손님들 앞에서 그러지 말라는 거지. 너무 섭섭하게 듣시는 말고 오늘 둘 다 시긴 내봐. 내가 저녁에 술 한잔 살 테니. 퇴근하고 담당과장님들 모시고 여덟 시쯤 시장 안에 있는 마산 찜집으로 오라고. 내가 연락할 테니 수습 여직원들도 모두 참석하고. 응?"

하늘에 떠 있는 별이 그냥 별이어서 스타가 아니다. 감히 내가 닿을 수 없는 거리에 떠 있기 때문에 스타이다. 오늘 고 주임은 기대를 넘어서서 소문을 확인하고 능력을 확실하게 믿게 몸소 보여주셨다. 거리낌 없이 자신의 의견을 말할 수 있는 저 용기 하나만으로도 나는 고 주임을 인정했다. 오리는 태어나서 몇 분 안에 본 것들이 제 어미인 양 평생을 따른다고 했다. 길게 볼 것도 없었다. 첫 출근에 인생공부를 다한 셈이다. 오늘 고 주임이 보여준 저 태도만 배워도 앞으로 어떤 고난이 닥쳐도 걱정할 필요가 없을 것 같다. 역시 게임은 끝나봐야 끝나는 것이다.

사무실에서 나온 두 사람은 아무렇지도 않게 나란히 상가 화장실을 향했다. 각자 화장실을 들락거리고 거울을 향해 서서 머리를 다듬고 화장을 고치고 언제 그랬냐는 듯이 계단을 내려와 각자의 길로 향했다.

이건 뭐지? 솔직히 화장실에서 2차대전이 일어날 줄 알았다. 싸움을 부추기는 게 아니라 꺼지지 않는 불씨로 서로를 탓하며 작은 입씨름이라도 벌어질 것이라고 상상했는데 웬걸, 깔끔하게 돌아서는 것이다. 저 태도는 한 시간 열심히 에어로빅을 하고 난 뒤 샤워 후 집으로 향하는 모습이다. 저 태도 역시 수습이 배워야 할 덕목인가? 일단 접수해두지만 마음으로까지 다 이해한 것은 아니다. 무엇이 고 주임으로 하여금 저렇게 싸우게 하는지 그 원인이 더 궁금하기 때문이다.

회사를 위해서일까? 아님 자아실현? 개인적인 원한인가.

그냥 대양슈퍼 사장님 말씀대로 시집이나 갈 것이지 뭣 땜에 욕을 바가지로 들으면서 저 짓거리를 하는지 아무리 머리를 굴려도 답을 모르겠다. 유니폼을 입는 것도 힘들지만 유니폼을 지키며 사는 길은 더 험한 자갈밭길이라는 것을 오늘 고 주임은 확실하게 몸으로 보여주셨다.

선배님, 오늘 진짜 고생하셨고 정말 욕 많이 보셨어요. 참 많이 배우고 있습니다. 계속 파이팅하십쇼!

마음속으로 진심으로 응원했다. 나머지 일을 끝내고 사무실로 향하는 동안 침묵하던 고 주임이 사무실 문 앞에서 입을 열었다.

"오늘 있었던 일 간단하게 써. 되도록 다시다 민 양 년 때문에 싸움이 시작되었다고 적고 매장의 사장님은 우리 편 들어주더라고 적어."

주의를 주는 것은 판촉일지에 대한 것이었다. 지적하지 않아도 판촉일지에 쓸 참이었다. 싸움의 시작에 대해, 저 유니폼을 입으면 왜 싸움꾼으로 변해야 되는지에 대해 적으려고 했다.

"너 쫄았니? 왜 대답이 없어?"

무서워서 얼른 대답했다.

"네."

"그리고 항상 이런 일만 있는 건 아니고 오늘 일은 벼르고 벼르다가 터진 거야. 이만한 일로 회사 그만두고 싶으면 일찌감치 좋은 놈 물어 시집이나 가든지."

다시 기분을 회복했는지 빈정거리는 말투가 고 주임다웠다. 나도 그러고 싶다. 직장 확실한 어리버리한 놈 물어서 시집이나 후딱 가버리고 싶다. 하지만 그 어리버리한 놈도 자기 계산 튕길 것이고 계주인 우리 엄마도 허락하실 리가 만무하다. 고 주임이 지적하지 않아도 내가 알아서 판촉일지는 잘 적을 것인데 자꾸 떽떽거리면 사실대로 확, 적어버리는 수가 있다.

고안나, 너 더러운 성질 때문에 생긴 사건이라고. 나도 우정과 의리 사이에서 헤매느라 엄청 스트레스 받았다고. 그러니 이쯤에서 아무 말 안 했으면 한다.

소문은 참 빠르기도 하다. 사무실에 들어서자마자 아침에 본 여직원들이 고 주임 책상 앞으로 몰려들었다. 전쟁에 나가 승리를 이끈 장수를 맞이하는 분위기였다. 나는 장군을 모신 졸병 신세로 아무도 아는 척을 안 하기에 쓰레기통처럼 한 구석에 처박혀버렸다.

"손 좀 봤다며?"

"걔, 내일 병원 입원하는 것 아냐?"

“좀 살살 다루지 그랬어.”

경력이 있어 보이는 여직원들이 한마디씩 던진다. 대리만족인가, 아니면 초록은 동색이라 편들어주는 걸까? 덧붙여 자기의 경험담까지 쏟아낸다. 다들 대단하다. 한번도 진 싸움은 없고 다들 승리한 자들의 웅성거림이었다. 그때 실실 웃으며 관리과장님이 회의실 문을 열고 우리 쪽으로 다가왔다.

“고 주임, 또 한 건 히셨네, 하셨어? 어째 요즘 좀 잠잠하다 했너니.”

“손볼 년, 손본 것이거든요.”

“흠흠. 뭐 언제 우리 고 주임이 쓸데없이 소란 피웠나? 다 명분이 있는 것이었지. 그래, 다친 데는 없고 안 그래도 대양슈퍼 김 사장이 전화 왔던데 괜찮지?”

“안 괜찮으면 과장님이 어쩔 건데요?”

“난, 그냥…. 고 주임이 걱정돼서.”

고 주임의 꼬인 말투에 쩔쩔매는 과장님 처지가 많이 안 되어 보인다.

“신입 정 양, 오늘 많이 놀랐지?”

고 주임에게 튕기자 내 근황을 물어왔다.

“네~에.”

기운 없이 대답했다.

“내일 출근 안 하는 것은 아니지?”

과장님 말씀에 어떤 반응도 보이지 않았다. 그냥 가만히 있었다. 애꿎은 관측일지 모서리만 볼펜으로 찢고 있었다. 어떤 말을 쓸까? 관측일지를 펼쳐 막상 글을 적으려고 하자 막막했다. 누군가 물어오지도 않은 말만 떠올랐다.

못 볼 꼴 보느라 두 눈은 휘둥그레졌고, 둘이 머리카락 잡고 뒹굴 때 다른 사람들 보지 말라고 허벅지 위로 올라간 치마 재빠르게 내려주느라 손목을 접질렸고, 우리 편만 그렇게 해준 게 아니고 수고하시는 두 분 모두에게 지나치게 신경쓴 탓에 지금 두통이 생겼다고.

내일은 진짜 출근 안 하고 싶다. 그냥 이곳에 안 나타나고 싶다. 싸움 구경도 실컷 했고 인간들 하는 수준 낮은 짓거리도 볼 만큼 봤다. 한마디로 오만 정이 다 떨어졌다. 내가 누군데, 멋진 유니폼을 입고 대통령 앞에서 행진을 한 마칭밴드부 출신이 아니냐고? 그런 내가 고작 조미료 몇 개 팔아보겠다고 벌건 대낮에 머리채 휘어잡고 매장 안에서 뒹구는 일은 내 취향이 아니란 말씀이다. 이 자리에 있는 내가 진심으로 싫어지는 순간이다. 기분이 하루에도 열두 번 더 시소를 타며 끝없이 오르고 내리기를 반복한다. 왜 학교 다닐 때 자격증 하나라도 따 놓지 않았을까? 엄마 말대로 남들과 똑같이 자고 먹고 공부했는데 나는 왜, 하는 기분 잡치는 생각에 점점 빠져들기 시작했다. 자격증만 있었다면 공단지역의 회사에 바로 들어갈 수 있었는데 나는 진짜 뭐했나 싶었다. 나보다 키 작고 얼굴도 안 예쁜 우리 반 김정아가 대기업 총무과에 입사할 줄은 꿈에도 몰랐다. 정아가 출근할 때 입은 대기업 로고가 찍힌 유니폼은 정말 예뻤다. 통근 버스도 있고 사무실에 남자직원들도 모두 다 괜찮은 남자들이라던데 정아 계집애 정말 좋겠다. 공주처럼 대접받으면서 타이프나 타닥타닥 치고 상냥하게 전화나 받겠지. 그러다가 말 잘 듣게 생긴 남자 한 명 잡아서 결혼하겠지. 나보다 출발이 높고도 더 멀리 가 있는 느낌이다. 은행에 취직한 수남이는 두말하면 잔소리고.

난 뭐냐고, 멋진 유니폼에 미쳐서 아무 증도 없는 개털 신세가 되다니.

실력도 없으면서 하늘을 찌르는 자존심만 남아가지고 남 탓만 하고 있다. 이곳 아니면 일자리가 진짜 없나? 증이라도 따게 학원에 등록할까? 나도 다시 공부하면 대학을 갈 수 있을까? 어렵겠지. 기초공부가 안 되어 있으니…. 아, 진짜 욕 나온다. 뒤쳐져 있는 내 꼴이 급하게 싫어졌다.

"왜 넋 놓고 앉아 있어?"

누군가 내 등을 툭, 쳤다. 한발이나 나가 있는 정신을 잡고 보니 조 주임이었다. 아카시아 껌을 하나 까서 입으로 밀어넣어준다.

"씹어! 그냥 꾹꾹 씹으면 돼."

시키는 대로 했다. 안 그래도 누가 좀 시비라도 걸어주면 좋겠다 싶었는데 껌에다가 시비를 걸어볼 참이었다.

떽, 떽.

소리 내면서 씹었다. 근질근질거리는 뭔가를 해치우듯이 씹어댔다. 그리고 내 앞에 펼쳐진 관측일지를 끄적거렸다. 일지를 쓰다가 옆자리를 돌아보니 진숙 언니도 경하의 눈동자도 초점을 잃은 얼굴들이다. 장거리라도 달려온 듯 어서 집에 가서 발 씻고 자고 싶다고 말하고 있었다. 아버지가 퇴근해 오시면서 왜 술을 거나하게 취해 오시는지 이제야 알 것 같다. 이 기분을 말할 것 같으면 나에게도 위로할 딱 한잔이 필요했다. 퇴근을 위해 터덜터덜 이층 계단을 내려오는데 느닷없이 큰소리가 들려왔다.

"야, 정미정!"

분명 내 이름이다. 앞으로 읽어나 뒤로 읽어나 정미정 그래, 이게 내 이름이었지. 누군가 싶어 뒤돌아보니 계단 꼭대기에서 고 주임이 내려다보고 있었다.

"왜요?"

"퇴근하면 인사라도 하고 가야 될 것 아냐? 어디서 배운 버릇이야? 실컷 데리고 다니면서 교육해놨더니 하는 짓거리하고는. 빨리 올라와! 너만 올라오고 나머지들은 가!"

주춤거리며 다 같이 오르려다가 진숙 언니와 경하는 입을 삐죽거린다. 퇴근하면서 돌하르방 좀 씹어주려고 했는데 눈치라도 챘나? 박카스를 박스째로 마셔도 모자랄 피로가 몰려들었다.

"끝까지 지랄이야."

저 인간은 진짜 마지막까지 애먹인다. 올해 귀인을 만난다더니, 엄마가 보고온 올 한해 내 신수는 진짜 개뿔이었나.

칵테일 MSG

마산아귀찜집은 오늘 실랑이가 있었던 슈퍼 앞 골목길에 위치하고 있었다. 나랑 고 주임은 관리과장님과 같이 회사 봉고차를 타고 출발했다. 미리 연락이 했는지 그쪽 구역 대리점 사장인 신 사장도 와 있었다. 짧은 스포츠머리에 웃으면 하회탈처럼 눈매가 처져내려오는 얼굴이었다. 손목에는 굵은 손목시계가 손가락에는 붉은 사파이어가 박힌 반지를 끼고 있는 것이 특이했다. 우리가 들어서자 벌떡 일어나 박수까지 쳤다. 유별나다 싶을 정도의 행동에 어리둥절했다.

"우리의 여전사 고 주임 입장입니다."

고 주임의 손을 덥석 잡더니 마구 흔들어댄다. 까칠한 고안나 주임도 싫지 않은지 신 사장의 오버하는 행동에 그냥 웃어버린다. 말할 때마다 해병대 스타일이라고 하는 것이 특이했다. 식당 직원처럼 방석을 깔고 자리를 지정해주며 물컵까지 가져오고 냉장고에서 소주와 맥주, 사이다와 콜라까지 쟁반에 담아 곁에 두고 자리에 앉는다. 하는 게 어찌나 재빠르고 어울리는지 천성으로 타고난 행동 같았다. 뭘 하든지 웃으면서 시작하고 웃음으로 마무리했다. 그리고 군기가 살아야 경제가 살고 경제가 살아나면 사랑도 살아난다면서 수저의 위치를 오와 열을 맞추고 각이 지게 놓았다. 수저와 해병대의 군기와 사랑이 무슨 연관이 있는지는 모르겠지만 재미난 행동이었다. 수습인 내가 해야 할 몫을 신 사장이 알아서 다 해주니 고맙기도 했다.

"하이고, 우리 누님 어서 들어오이소."

싸움의 불쏘시개였던 주인아주머니가 메뉴판을 들고 방문을 열었다. 그러니까 아까 그 아줌마가 마산찜집 사장이라는 게 맞구나 싶었다. 대리점에서 식당용으로 미원은 들어갈 것인네 그냥 맛나 드시면 아무런 일도 없었을 텐데. 뭣하러 다시다는 사가지고 그 난리블루스를 만드셨는지 모르겠다. 사장님을 탓하는 건 아니다. 나이가 들면 분간이 어려운지 우리 엄마도 마찬가지다. 내가 미원에 다니기 전까지 조미료는 미원과 쇠고기 다시다만 먹었다. 입사하고부터는 맛나를 사라고 입이 닳도록 얘기했는데도 며칠 전에 부엌 찬장에 턱 하니 다시다 봉지가 놓여 있었다. 아무 생각 없이 습관처럼 산 것이다. 맛나를 홍보하느라 우리야 죽고 살기로 하지만 고객의 입장에서는 그 맛이 그 맛이란 뜻이다.

"사장님, 오늘 아귀 고기 듬뿍 넣어 매콤하게 잘 해주세요. 제가 왜 그러는 지 알죠?"

"그럼 알지? 아까는 미안하게 되었어."

커다란 덩치에 맞지 않게 부드러운 목소리로 사과했다.

"그냥 맛나를 가져갔으면 좋았잖아요?"

"미안해. 다음부터는 맛나 쓸게. 우리 며느리가 한 봉지 사다달라고 해서 아무 생각 없이 샀지 뭐, 그것 가지고 그렇게 큰싸움이 날 줄 몰랐지."

"제가 다음에 오면 확인할 겁니다."

끝까지 물고 늘어지는 고 주임이다.

"알았어. 근데 다시다 팀들은 안 오나? 겁 묵고 다 도망갔나?"

말싸움해봤자 자기만 몰린다 싶었는지 찜집 사장은 화제를 아직 오지 않은 다시다 팀으로 돌렸다.

"사장님, 말씀 너무 섭섭하게 하십니다."

"아이고 놀래라. 사람 간 떨어지겠네."

불쑥 뒷문을 열고 들어서며 하는 말로 보아서 경쟁사 다시다의 담당 과장인 것 같았다. 그 뒤를 따라 대양슈퍼 사장님이 들어서는 것으로 얼추 자리는 잡았다. 다시다 여직원 민 양과 친구 정은이는 보이지 않았다.

"민 주임은 왜 안 와?"

대양슈퍼 사장님이 물었다.

"몸도 약한데 오늘 얼마나 힘들었는지 녹초가 되었더라고요. 그래서 바로 집으로 데려다주고 왔어요. 좀 살살하지. 늘 고 주임이 우리 약한 민 주임을 잡는다니까."

화살이 다시 고 주임으로 방향을 잡자 가만히 있을 고 주임이 아니다. 바로 되받아쳤다.

"그만한 일로 몸살 왔으면 내가 초창기에 곽 양 그년한테 당한 건 죽음이겠네요."

"허, 우리 곽 양이 알면 얼마나 섭섭하겠냐. 아무리 경쟁사라도 나이 든 언니한테 그렇게 말하면 안 되지. 미원은 말이야 여직원들이 애사심이 너무 세. 아무리 신제품이 나와도 예의는 지켜주면서 해야지."

빙 둘러서 말하지만 한마디로 미원 아가씨들은 거세고 예의도 없는 애들 집합소라 아름다운 경쟁 상대로서는 자격이 없다는 뜻으로 들렸다.

"그쪽도 만만찮기는 마찬가지인데 우리 고 주임만 탓할 수는 없죠."

우리 쪽의 과장님이 고 주임을 두둔했다.

"자자. 또 분위기 이상하게 흘러가게 하지 맙시다. 음식들 시키고 한잔들 합시다. 평생 보면서 이렇게 살아가야 하는 사람들인데 여직원들이 조금 싸웠다고 남자직원들까지도 나서면 큰 싸움 납니다. 경쟁은 어쩔 수 없지만 그래도 어느 선까지는 넘지 말아야 하는 게 있으니 서로 조심하면 됩니다. 내가 오늘 이렇게 보자고 한 것은 오늘 있었던 일 서로 화해도 할 겸 다음 달에 우리 슈퍼 5주년 기념행사도 있고 해서 지원도 좀 부탁하고 싶어서 이 자리를 마련했어요. 우리 슈퍼도 여러분처럼 이 시장 안에서 경쟁을 합니다. 그래서 이렇게 두 메이커 관계자들에게 부탁하는 겁니다."

대양슈퍼 사장님은 분위기를 중재하면서 자신의 잇속은 확실히 차리겠다는 말로 들렸다. 그러니까 화해를 핑계로 두 메이커에게 확실히 도움을 받겠다는 뜻이다. 머리 하나는 끝내주게 돌아가신다. 5주년 기념행사라면 어마어마하다. 며칠을 노가다 일꾼처럼 일해야 한다는 뜻이다. 담당구역이니 당연히 일꾼은 고 주임과 나겠지 싶어지자 시원한 맥주가 급하게 당겼다.

"그런 일이야 당연히 지점 차원에서 도와야지요. 여직원도 근무하도록 지원해드릴 것이고 서비스 물품부터 판촉물까지 확실하게 밀어드리겠습니다."

우리 쪽 관리과장님의 시원한 답변에 다시다 관리과장도 질 수 없다는 듯이 말했다.

"저희 회사 쪽 입장도 미원과 같습니다. 다만 결제도 미원과 같이 제로로 만들어주면 더할 나위 없지요."

"아니, 내가 뭐 여태 다시다에 섭섭하게 한 게 있었나?"

"혹시 미원만 지원해주시고 우리는 아닌가 싶어 그냥 해본 말이지요. 저희들은 여직원 한 명을 일주일간 고정 근무하도록 지원하고 판촉 물량으로는 지점 차원에서 소쿠리로 지원해드리겠습니다."

"여러 모로 감사합니다."

다시다의 확실한 지원에 대양슈퍼 사장님 입이 귀에 걸렸다. 매출도 좋으면서 공짜 진짜 좋아한다. 여직원들의 지원이 약속되고 판촉물이 서비스 물품까지 떼거리로 넘어간다. 과장님 참 너무하시네. 자기 일 아니라고 저렇게도 쉽게 말하나. 나는 안 가고 싶다. 장사 잘 되면 미원 맛나 판매고야 쑥쑥 오르겠지만 수습인 나는 그렇게까지 일하고 싶지 않다. 내 속마음을 고 주임이 안다면 애사심 부족이라고 몰아붙일지도 모르겠지만 그래도 싫은 것은 싫다.

"저희야 우리 고 주임이 고정 근무할 것이고요. 판촉물은 이번에 획기적으로 본사에서 기획한 특급 장바구니를 보내드리겠습니다."

우후, 노란 장바구니까지 준다고. 그것은 판촉물 중에서 제일 센 금액인데 하, 우리 과장님 세게 한번 때려보네. 아직 다시다 쪽에서는 그런 판촉물 없을 것이다. 고 주임 말대로 다시다 이겨먹으려고 온갖 것을 다 퍼준다. 자기들 슈퍼 행사에 왜 우리 판촉 여직원들이 당연히 근무를 해주어야 하는지 참 버릇 한번 더럽게 들여놓았다.

"역시 미원이네. 어쨌든 두 회사 모두에게 고맙게 생각합니다. 오늘 제가 확실히 쏠 테니까 마음껏 드세요."

두 경쟁사를 불러앉혀놓고 매운 찜 몇 접시에 쉽게 인력이랑 판촉물을 해결하는 대양슈퍼 사장님 재주도 좋다. 회사에서도 무조건적으로 밀어주지는 않는다. 여직원 고정시킬 정도로 판매를 올려주니깐 지원해주는 것이다. 대양슈퍼 사장님 오늘 밥 사고 술 사고도 남는 장사했다. 회사에서 하는 일은 하는 일이고 나는 배가 무지 고프다. 얼른 찜이나 실컷 밥에 올려 먹고 싶을 뿐이다. 마침 매콤한 냄새와 동시에 커다란 접시에 김이 모락모락 나는 벌건 아귀찜과 푸릇한 미나리와 곁들인 수육 접시가 들어왔다. 밥과 시원한 동치미와 상추까지 들어온다. 내가 서빙을 하려고 일어서자 신 사장이 가만히 있으라고 손짓으로 하더니 본인이 먼저 개인 접시를 테이블에 놓고 알아서 세팅까지 해버린다.

"저는 아시다시피 대리점 점주로서 작은 슈퍼와 식당 거래만 주로 합니다. 이 집은 우리 대리점에서 전문적으로 제품이 들어가기에 제가 주제넘게 자리를 같이 했습니다."

인사말과 동시에 벌떡 일어나 소주병을 들고 대양슈퍼 사장님을 선두로 해서 미원의 과장님부터 다시다 과장님까지 일일이 잔을 채운다. 고주임과 내 잔엔 시원한 맥주로 채운다. 분위기 띄우는 재주까지 가지고 있을 줄이야, 그냥 보통 아저씨가 아니었다. 볼수록 사람이 재미있었다.

"그러면 먼저 건배 제의를 하겠습니다. 지금 이 순간 역사적인 만남의 자리에 우리는 함께 하고 있습니다. 전 국민의 아니 세계인의 입맛을 사로잡는 그날까지 우리는 끝까지 아름답게 평화롭게 경쟁해야 됩니다. 우리의 맛나를 위하여, 우리의 다시다를 위하여, 다 같이 위하여!!"

잔을 높이 들고 위하여를 외쳤다. 예의상 술잔을 다 비우지는 않았다. 그리고 식사가 이어졌다. 밥을 먹다 말고 고 주임은 슬쩍 비어 있는 자기 술잔에 술병을 기울이자 어느새 신 사장은 술잔을 잡아채 직접 술잔을 채워준다. 눈치도 빠르다. 둘이 좀 분위기가 그렇다. 돌하르방에 해병대라, 어울리는 조합이다. 하지만 해병대가 과연 돌하르방에게 꼴릴까? 귀신 잡는 해병이니 돌하르방쯤이야 가볍게 안고 무학산도 오르겠지만 그래도 신 사장도 남자라 보는 눈이 있는데 과연 그럴까? 매의 눈으로 지켜볼 일이다.

쓸데없는 생각에 빠져 밥알을 세고 있는데 해병대 신 사장이 내 밥그릇 위에 수육을 옮겨준다. 또 고 주임 접시 위에도 수육을 가져다놓는다. 친절이 지나치시다. 그냥 혼자 잘 먹는데 괜한 친절로 고 주임에게 욕먹기 싫다. 눈치를 보는 게 거슬렸는지 고 주임이 먹으라는 눈짓을 보냈다. 스트레스 받을 때는 매운 게 최고라더니 입안이 얼얼해져 오자 내 옆자리의 고 주임도 신경쓰이지 않았다. 혓바닥을 자극하는 화끈거림이 어떤 생각도 지워버린다. 오로지 더 자극적인 맛을 원한다는 듯이 머리 전체가 멍멍해진다. 물잔을 들어 매운내를 잠재우는데 갑자기 방문이 열렸다. 다시다 로고가 박힌 점퍼를 보니 제일제당 직원인 모양이다. 모두들 시선이 그쪽을 향했다.

"늦어서 죄송합니다. 제가 급히 주문온 것 배달해주고 오느라고 이제야 왔습니다. 식사들 계속하시지요."

그제야 내 앞자리에 밥그릇이 하나 놓여 있는 게 눈에 들어왔다. 그러니까 다시다 과장님을 모실 이 지역 영업담당 직원이었다. 얼른 물수건으로 입술을 문질렀다. 고개를 들어 앞에 앉는 남자를 쳐다보다 눈이 마주쳤다.

"어…."

"어…."

둘 다 동시에 눈이 마주치며 머뭇거렸다.

"뭐야, 둘이 아는 사이야?"

대뜸 고 주임이 물었다.

"아, 그게 아니고요."

"그럼, 뭐야?"

"아무것도 아닙니다."

다그치는 말에 성현 오빠가 얼른 내답했다. 세상에나 어떻게 이런 자리에서 성현 오빠를 만나다니 희한한 일이었다. 내 앞에 앉은 이는 우리집 아래채에서 십 년을 살다가 이사 간 성현 오빠였다. 안 본 지가 몇 년이나 되었다. 그 사이 오빠는 군대도 다녀오고 취직까지 했는가보다. 사회생활을 해서인지 예전보다 체격이나 얼굴이나 말하는 스타일에서도 이제 확실히 사회인 냄새가 났다. 오빠도 우리 고 주임을 잘 아는지, 내 의도를 알아차렸는지 금방 이해하는 눈치였다. 자리가 불편해지기 시작했다. 그때 신 사장이 밖으로 잠시 나가더니 쟁반을 들고 들어왔다.

"자아, 자. 다들 식사도 그럭저럭 하신 것 같고 또 이렇게 모이기가 어려운 자리인데 흔쾌히 와 주신 제일제당의 과장님과 미원의 과장님의 통 큰 배포에 박수를 보냅니다. 그런 의미에서 그냥 넘어가면 섭섭할 것 같아 우리들의 분위기를 확 띄우기 위해서 제가 뭔가를 보여드리겠습니다. 방금 동남아 순회공연을 하고 온 펄 시스터즈의 전속 웨이터에게서 배운 따끈따끈한 칵테일쇼입니다. 미군장교들 전용 클럽에서만 마실 수 있다는 그 칵테일을 제가 오늘 이 자리에서 여러분에게 보여드리겠습니다. 선수 기 살리는 차원에서 아낌없는 박수 부탁드립니다."

신 사장은 자기 앞에 놓여 있는 밥그릇과 반찬 그릇을 치우고 사이다와 콜라, 큰 컵과 오이채 썬 접시와 각얼음과 소주병이 놓인 쟁반을 가운데 놓는다. 성현 오빠는 의도를 알아차렸는지 재빠르게 물수건으로 탁자를 닦고 정리한다. 둘이 뭔가가 착착 맞게 진행하는 게 한두 번 해본 솜씨기 아니었다. 자리에 함께한 다시다 과장이나 사장님이나 모두들 기대한다는 표정들이었다.

"먼저 이 칵테일을 맛본 사람은 이 자리에는 분명히 없을 겁니다. 예전에 맛봤던 그 맛은 깡그리 앞바다에 던져버리시고 자, 날이면 날마다 하는 쇼가 아닙니다. 오늘 딱 하루만 합니다. 이 위대한 자리는 우리나라 경제를 이끌 주역들이 역사에 길이 남을 자리기에 제가 특별히 만든 획기적인 칵테일입니다."

말과 손이 동시에 움직이며 신 사장은 소주 뚜껑을 숟가락으로 퐁 하고 딴다. 그리고 큰 유리잔에 소주잔 가득 따른 소주를 3잔 정도 연거푸 붓는다. 그리고 젓가락 하나를 숟가락통에서 꺼내더니 소주가 담긴 유리잔에 담갔다. 그러더니 물기 묻은 젓가락을 꺼내 왼손에 들고 오른손은 자신의 점퍼 속으로 손을 넣었다. 미원과 미풍 각각 500g의 작은 조미료 봉지가 나온다.

"김성현! 선임이 이렇게 들고 있는데 퍼뜩 가위로 잘라야지."

은근히 옆에 앉아 구경하는 성현 오빠에게 가위를 가리키며 분위기를 재미있게 이끈다. 모두들 눈들이 그곳으로 향했다. 칵테일에 조미료라니? 이게 가당키나 한 일인가? 듣도 보도 못한 조합이고 수박화채에 고

추장만큼이나 어색한 배합이다. 카운터에서 계산을 마친 마산찜집 여사장님까지도 열린 문틈으로 방안을 들여다보고 있다.

"자아~. 그러면 이제부터 제 손을 주시하시기 바랍니다. 오늘이 어떤 날입니까? 바로 화합의 날입니다. 남북의 화합이며 미원과 미풍, 그리고 다시다와 맛나가 만난 역사적인 날 아닙니까? 그렇다면 이 칵테일의 이름은 바로 화합주입니다."

"무슨 칵테일 이름이 화합주야? 촌스럽게."

고 주임이 입을 삐죽거리면서 말했다.

"아~아. 인내심 없는 우리의 고 주임이 분위기를 망치려고 합니다. 이러면 맛이 살지 않습니다. 그런 의미에서 고 주임은 팁을 내셔야 합니다. 안 그러면 제가 만든 이 칵테일의 맛을 여러분은 보지 못합니다."

자신이 내뱉은 말에 분위기를 망치게 됐다는 것을 신 사장이 강조하자 못이긴 척 슬그머니 지갑에서 천 원짜리 지폐를 꺼낸다. 얼른 지폐를 낚아챈 신 사장은 침을 퉤하고 바르더니 방 안에 있는 작은 텔레비전 화면에 가져다 붙인다.

"자~아, 주목! 많은 어려움 속에서 새롭게 탄생한 이 화합주의 이름은 뭐라고요? 다 아신다고요? 네, 그렇습니다. 우리들의 가슴을 설레게 하는 바로 그 키스 오버 미미입니다. 제가 맘대로 정한 게 아닙니다. 작명학의 대가 백운학 선생께서 얼마 전에 친히 내게 내리신 이름입니다. 미원과 미풍의 첫 자에서 따와서 두 메이커의 격정적인 키스를 의미하는 뜻입니다. 자 여러분 기대하시라."

가위로 잘린 미풍과 미원 조미료 봉지 속으로 물기를 다시 묻힌 젓가락이 들어가더니 힘차게 흔든다. 그리고 살며시 봉지 속에서 젓가락을 꺼내자 물기에 묻은 미원의 입자가 하얗게 묻어 있다. 그대로 유리잔 속으로 들어가서 휘휘 젓는다. 그런 다음 다시 젓가락을 미풍 봉지 속에 넣어 미풍의 입자를 물기에 잔뜩 묻혀 꺼낸다. 유리잔 속에 넣어 휘젓자 뽀얀 물거품이 인다.

"드디어 여러분이 기다리고 기다리던 그 맛! 키스 오버 미미가 완성되었습니다. 보십시오. 이 유리잔에서 녹아나는 저 부드러운 입자들 말입니다. 완벽하게 제 몸을 녹여 두 제품이 힙빙을 하였습니다. 두 잔을 우리 두 경쟁사의 과장님들께서 드시길 권해드립니다. 과장님이 드시던 술맛에 약간의 감미료 수준이라고 할까요? 인도네시아에서 오신 지점장님은 이 맛을 아주 좋아합니다. 세계인들이 좋아하는 바로 그 맛! 살아 꿈틀대는 사탕수수에서 추출한 핵산의 맛입니다. 그리고 오늘 이 자리를 빛내려고 오신 두 분의 숙녀께서는 다른 칵테일이 기다리고 있습니다."

두 잔에 각얼음을 듬뿍 넣어 상대 메이커 두 과장님 앞에 가져다놓는다. 다시 신 사장은 빈 유리잔에 소주 두 잔과 쿨피스 음료로 잔을 채운다. 그 속에 미원과 미풍의 입자를 묻힌 젓가락을 넣어 젓는다. 잔을 높이 들어 녹고 있는 입자의 세심한 부분까지 확인하고서 얼음 넣은 잔을 들어 나와 고 주임 앞에 놓는다. 입자가 섞여도 진한 노란색의 칵테일이었다.

"비록 레몬도 없고 체리도 없어 쿨피스로 대신한 데코레이션이지만 싱싱하게 살아 있는 칵테일의 토닉워터인 MSG. 그 위대한 맛으로 만든 옐로 레이디 미미가 완성되었습니다."

그리고 성현 오빠와 자신의 유리잔에는 소주와 오이채 썬 것을 넣은 뒤 미원과 미풍을 골고루 묻혀 섞는다.

"이건 애주가를 위해 삼일 밤낮을 깊은 고뇌 끝에 만든 칵테일입니다. 그녀의 이름은 홍콩 간 미미입니다. 멋진 밤을 위해 다들 앞자리에 놓인 술잔을 뜨겁게 잡으세요. 술맛보다 분위기! 분위기보다 건강! 그 위대한 맛을 위해 노력하는 두 회사의 과장님들의 인사 말씀이 있겠습니다. 미원 과장님이 연배이시니 먼저 한마디 해주십시오."

다시다 영업과장님과 얘기를 나누던 우리 영업과장님이 벌건 얼굴로 엉거주춤 일어나셨다. 상대사 과장님과 서로 할 얘기가 많은 모양이었다. 월급 받는 입장에서 어쩔 수 없이 부딪쳐야 하는 관계지만 다를 먹고 살려고 하는 짓이다. 시장은 한정되어 있는데 회사에서 경쟁심을 부추기니 어쩔 수 없이 경쟁을 하는 그 처지를 서로 모르는 것도 아니다. 때론 경쟁사를 교묘히 이용하는 슈퍼가 있기에 적이 친구가 되어 정보를 교환해야 하는 경우도 있다.

"다들 고생이 많습니다. 우리야 월급쟁이들 아닙니까? 모두 잘 먹고 잘 삽시다."

"네, 그렇습니다. 우리의 과장님의 말씀이 아주 가슴에 와닿는 말씀이었습니다. 잘 먹고 잘 살자는 당부의 말씀이 있었습니다. 그러면 미풍의 과장님도 한마디 해주십시오."

"저도 뭐 달리 할 말이 있겠습니까? 미원 과장님 말씀대로 서로 선의의 경쟁을 하면서 다들 열심히 자신의 자리에서 소임을 다하고 잘 먹고 잘 삽시다."

감동을 받은 듯 신 사장은 얼굴이 벌겋게 달아올라 있다.

"네, 우리의 두 과장님들의 훌륭하신 말씀이었습니다. 말이 길어지면 우리의 예쁜 칵테일이 토라질 수 있으니 다들 잔을 들고 우아하게 마셔야 합니다. 이 칵테일의 원칙이 그렇습니다. 잘라먹기 없이 바로 원샷하여 저 깊은 사탕수수의 맛 속으로 깊이 빠져봅시다. 제가 먼저 선창을 하면 여러분은 따라하면 됩니다. 키스 오버 미미!!"

우리는 외쳤다. 키스 오버 미미라고. 외치면서 보니 성현 오빠는 아무렇지도 않아 보였다. 나도 작은 소리로 외쳤지만 왠지 키스라는 단어에 앞에 앉은 성현 오빠가 신경쓰여 고개를 숙였다.

"다들 왜 이러십니까? 목소리가 너무 약하십니다. 이래서 우리 먹고 살겠습니까? 다시 기회를 드립니다. 키스 오버 미미!!"

성현 오빠와 두 눈이 마주쳤다. 그리고 웃음이 나오려는 입술을 억지로 앙다물었다.

"키스 오버 미미!!"

잔을 들어 입에 대자 부드러운 게 생각보다 맛이 괜찮았다. 느끼할 것 같은 조미료 맛이 전혀 느껴지지 않았다.

"부드러운데."

그 말을 기다렸다는 듯이 신 사장은 신나게 제안했다.

"과장님, 드디어 제 칵테일 맛에 반했군요. 이게 말입니다. 알고 보면 최음제 역할을 하거든요. 이번엔 홍콩 간 미미, 제가 한잔 더 만들어 드릴 테니 집에 가셔서 다들 막내 딸 하나씩 더 보는 게 어떨는지 사모님과 상의해보세요. 죽여줍니다."

"허허, 그럴까?"

분위기는 남자들끼리의 이상스런 분위기로 흐를 태세다. 여직원이 계속 앉아 있기에는 분위기가 불편해진다. 옆자리에 앉거나 술잔 따를 일은 없지만 남자들의 허세에 기분이 나빠지려고 했다. 옆자리에 앉아 있는 고 주임이 가방을 들고 일어선다. 나도 따라 일어섰다. 술자리에 이렇게 선선히 일어나다니 내 기대가 살짝 빗나갔다. 걸쭉한 농담도 잘하고 엄청나게 술도 퍼 마실 것 같은 실력파로 보였는데 아니었다.

"과장님 저희들 먼저 일어날게요. 시간도 늦은 것 같고요. 전 집도 여기서 반대 방향이라서요."

"오, 그래 뭐. 우리도 그만 일어나지."

과장님이 일어서자 다들 뭐 그러자는 듯이 부산스레 따라서 일어선다. 화려한 칵테일 파티는 낯선 맛처럼 미지근하게 끝났다. 식당 앞에서 악수와 잘해보자는 격려와 응원의 인사가 웅성거린다. 택시를 타기 위해 건너편으로 건너가는 고 주임은 벌써 택시를 세우고 있다. 나는 조금 걸어서 건너편 버스 정류장으로 가서 섰다. 택시에 오르는 과장님도 보이고 성현 오빠는 택시를 잡아준다고 이리저리 손을 흔들고 있다.

기다리는 25번 산복도로 버스가 마침 왔다. 버스 번호를 보니 돌아가는 코스라서 버스를 타고 가도 내려서 20분을 걸어야 집으로 갈 수 있다. 탈까 말까 망설이는데 내 이름을 부르는 소리에 뒤를 돌아보니 성현 오빠였다.

"버스 타고 가려고? 그러지 말고 나랑 커피 한잔 하고 술 깨면 같이 내 차 타고 가자. 내가 태워줄게."

오빠의 호의가 싫지는 않지만 왠지 좀 망설여진다.

"왜? 미원에서 다시다 직원 차 타고 다니면 안 된다고 하냐?"

"아니야, 그건."

괜히 경쟁으로 몰아붙여 사람까지 적으로 만들어버리는 게 마음에 걸려 그게 좀 망설여졌지만 오빠의 제의가 싫지 않았다. 오빠를 따라 상가 이층에 있는 커피숍으로 들어갔다. 음악다방이라서 그런지 앉을 자리가 없을 만큼 자리가 꽉 차 있었다. 다행히 화장실 쪽에 자리가 있어 얼른 앉았다. 인기 DJ가 하는 시간대인지 부드러운 팝송이 흘렀다. 가만히 들어보니 앤 머레이의 노래였다. 아후, 내가 좋아하는 노래인데 잘 선택한 음악다방이었다. 이쪽 지역은 잘 오지 않아서 모르지만 이전한 대학이 있는 동네라서 그런지 대학생들이 다 차지하고 있었다. 왠지 같은 나이대인데도 학생과 사회인이라는 것 때문인지 자유로운 여대생들을 보자 조금 기가 죽었다.

주문을 받으러 온 아가씨도 학생 같았다. 그러고 보니 오늘 이 커피숍에서 일일찻집을 하는 것 같았다. 오빠가 커피를 시켰다. 하얀 찻잔에 검은 액체가 담겨져 나왔다. 프림 둘, 설탕 하나. 성현 오빠에게 먼저 건네고 나도 프림 둘, 설탕 하나를 넣어 저었다. 배율이 좋았는지 커피 맛이 아늑했다.

“언제부터 미원 다녔냐?”

“오늘부터 매장 순회해서.”

“그래? 내가 미리 알았으면 미원 말고 다른 데 다니게 했을 것인데.”

커피잔을 내려놓는 성현 오빠의 표정이 진지했다. 그냥 해보는 말이 아니었다.

“왜? 이 회사 안 좋아요?“

“진짜 모르고 들어온 거야? 알면서도 모른척하는 거야? 얼마나 이쪽이 힘든 곳인데. 전쟁이야, 전쟁. 너희들 회사는 영업 쪽에서 그의 상대할 사람들이 없다고 하잖아. 회사가 그렇게 만드는 건지 아니면 그런 사람들만 모이는 건지 고 주임만 봐도 딱 알잖아. 무슨 여자가 그렇게 드센지. 우리 여직원들이 고 주임이라면 치를 떤다. 떨어. 오늘도 대양슈퍼에서 난리났다면서. 너도 있었니?"

"네. 나도 뭐가 뭔지 아직 모르겠어요. 저도 아는 분 소개라서 좋은 곳인 줄 알고 왔는데 어떻게 해야 할지 망설여져요."

"그냥 오늘만 하고 낼부터 그만둬라. 내가 너를 모르는 것도 아니고. 이곳에 계속 다니면 너 성질 버려. 다른 데 알아봐. 넌 여상 나왔으니 자격증도 있잖아. 창원 쪽은 신설 공장도 많은데 그런 사무실에 들어가서 조용히 사무직으로 있으면 편하고 좋잖아."

내 속도 모르고 성현 오빠가 물었다.

'근데요. 성현 오빠, 나도 그러고 싶어요. 하지만 제가 자격증이라고는 없네요. 마칭밴드 한다고 헛바람이 좀 들어서(우리 엄마 말씀에 의하면) 졸업장밖에 없고요. 저는 자격증 뭐, 이런 거 정말 딱 질색이에요.'

꼬질꼬질한 내 이력을 자존심 상해서 말해줄 수가 없었다.

"인문계 갈 걸 그랬어요. 동생들이 많아서 취직 잘 된다고 갔지만 전 여상 스타일이 아니더라고요. 그때 내 고집대로 했으면 지금쯤 재네들처럼 저렇게 놀 텐데. 아! 정말 짜증나요."

내가 옆 테이블의 남녀 대학생들끼리 모여 까르르 웃는 곳을 바라보며 시무룩하게 대답했다.

"그러고 보니 안부 인사가 늦었네. 아버지 어머니는 잘 계시고? 동생들도 많이 컸지?"

"네."

"근데 너 정말 예뻐졌다. 거리에서 우연히 봤다면 몰라보겠는데?"

산울림의 노래 〈너의 의미〉가 잔잔하게 들려왔다. 우리는 모두 어떤 의미로 기억에 남아 있는지 느닷없는 성현 오빠의 칭찬의 말에 얼굴이 붉어졌다.

"오빠도 많이 변했어요. 군대는 다녀온 거죠?"

"그럼 전문대 졸업하고 군대 다녀와서 바로 취직했으니깐. 한 삼 년 되었지. 그리고 나 방송통신대학교 다녀. 너도 공부에 미련이 생기면 재수를 하든지 아니면 방송통신대학교라도 다녀 보는 건 어때?"

"조금 더 다녀보다가 영 아니다 싶으면 그때 생각해보죠. 딱히 하고 싶은 것도 없고요. 지금은 소개한 사촌언니 입장도 있고 또 우리 엄마가 내 앞으로 계를 들어 당분간은 참고 다녀야 할 것 같아요."

"어머니, 요즘도 계주 하시니?"

웃으면서 엄마의 근황을 물었다.

"네."

"내 말 명심해. 네가 계속 다닐 곳은 아니야."

"전 정식직원도 아닌데요. 뭘?"

"정식이든 수습이든 어쨌든 이쪽 동네는 버텨내기가 힘든 곳이야. 너희 회사 지금 신제품이 나와서 여직원들을 모집해서 그렇지. 쉽게 정식 안 시켜준다니까. 생각해봐라, 정식과 수습들 월급 차이가 얼마인데 쉽게 정식시켜줄까? 정식 한 명 월급이면 수습 여직원 세 명을 쓴다니깐."

"저도 깡다구 있는 애라고요."

"너 상처받을까봐서 그러지. 다른 뜻은 없어."

"6개월만 견뎌보고 정식직원 안 되면 그때 관두죠. 뭐!"

"그만두기 전에 내게 연락해. 내가 괜찮은 자리 알아보고 소개시켜줄 테니."

오빠의 충고는 고맙지만 나는 내 길을 헤쳐나가고 싶다. 누구의 충고가 아닌 내가 판단하고 결정하고 싶다. 한 달도 견디지 못하고 그만두는 건 스스로 패배자라고 인정하는 꼴이다. 할 때까지는 해볼 것이다. 먼저 일어서서 카운터에서 커피값을 계산한 오빠가 지갑에서 명함을 한 장 건네주었다.

제일제당 영업부 대리 김성현.

김성현 대리라고? 성현 오빠 옆자리에 앉아 오빠의 옆모습을 슬쩍 훔쳐봤다. 예전에는 몰랐던 오빠의 시원하게 뻗은 콧날이 남자답게 느껴졌다. 차를 탔을 때 풍겨오는 냄새가 오빠의 이미지처럼 푸근했다. 만약에 오빠가 경쟁사만 아니라면 얼마나 마음 편할까 잠깐 그런 생각에 젖어들었다. 앞으로 내 앞에 어떤 일들이 일어날지 모르겠다. 오늘처럼 이렇게 깜짝 놀랄 일들이 몇 번이나 있을까? 일어날 일들 중에 행운이 있다면 지금 이 순간 성현 오빠 옆에 앉아 산울림의 노래를 들으며 집으로 가는 것이다. 오빠의 명함을 가방 깊숙이 밀어넣어 두었다.

내겐 너무 예쁜 유니폼 1

고등학교 입학을 한 그해였다. 우리 도시에서 전국체전이 열린다는 엄청난 소식이 아침 조례시간 담임의 입을 통해 전해졌다. 느닷없는 결정에 도시의 아이들은 갑자기 바빠지기 시작했다. 학교별로 단체 마스게임과 고전무용과 차전놀이와 카드섹션이 정해져 그 역할을 충실히 해내느라 교과서 볼 시간은 점점 줄어들었다. 오전 수업을 마치면 각 학교별로 공설운동장에 모여 밤 늦도록 부분 연습과 총연습이 차례대로 이어졌다. 얼굴은 촌스럽게 익어갔고 성적은 하염없이 떨어지고 어머니들은 불만만큼 잔소리를 해댔고 전투경찰은 거리를 지켰고 교실보다 운동장에 서는 날이 많은 우리들은 무조건 좋았다.

도시는 도시대로 바빴고 행정관청은 관청대로 학교는 학교대로 바빴다. 해안가 피난민촌은 철거되고 낡은 집들은 사라지고 좁은 도로는 확장공사 하느라 도시는 밤낮으로 시끌벅적거렸다. 우리는 우리대로 실수 없는 행사를 위해 연습에 연습을 거듭하느라 쌍코피가 터지는 나날이었다.

그해 나는 내 인생 처음으로 유니폼을 입었다. 평범하게 누구나 입을 수 있는 교복 같은 그렇고 그런 유니폼이 아닌 특별히 선정된 사람만 입는 마칭밴드부 유니폼이었다. 하얀 깃털 모자에 흰 부츠와 붉은 단추가 달린 유니폼을 보는 순간 홀딱 반해버렸다. 유니폼은 환상적이었고 너무나 멋졌다. 교과 내용에 영 재미를 못 붙인 상업학교였는데 저 옷을 입기 위해 이 학교에 입학한 것은 아닌가 하는 인생의 숨은 의도까지 더듬어볼 만큼 매혹적이었다. 학교에 다닐 뚜렷한 목표가 확실해지는 순간을 맞이한 것이다.

전국체전에 참가하는 우리 학교의 악대부는 악장 뒤에서 봉을 돌리며 전체 악대부의 모습을 활기차게 이끄는 마칭밴드부가 필요했다. 이미 미국과 일본의 유명 마칭밴드의 절도 있는 행진 모습을 음악시간에 비디오를 통해 봐왔던 터라 어떤 역할을 하는지는 절로 연상되었다. 마칭밴드 대원을 모집한다는 소식을 듣는 순간 나는 무슨 수를 쓰더라도 꼭 저 옷을 입어야겠다고 다짐했다. 먼저 마칭밴드부의 자격요건부터 살펴보았다. 욕심낸다고 되는 것은 아니었기에 음악적 성향이라든지 뭐, 이런 것을 요구하면 난 죽었다 깨어나도 안 되는 것이다. 그래서 친구를 통해 미리미리 알아봤다. 다행히 163㎝ 이상의 키와 단정한 용모와 안정된 성적을 요구하는 것이 학교의 자랑인 마칭밴드부가 될 자격요건이었다. 마칭밴드부의 일원이 꼭 되고 싶은 나는 내 꼴을 거울에 비춰봤다. 성질은 모르겠지만 꼴은 괜찮았다. 아싸, 세 가지 조건이 괜찮다면 도전해도 된다고 무대포정신이 부추겼다. 내 자존심도 너 정도라면, 하고 등 떠밀어주었다.

1차 선발 조건은 각 반에서 담임의 다섯 명씩 뽑으면 10반이니 오십 명이다. 다시 오십 명 중에서 지도교사인 음악선생이 최종적으로 20명을 결정한다고 했다. 얼른 담임한테 신청서를 냈다. 다행히 내 이름은 1차 명단에 있었다. 하지만 최종 20명에 들어야 빛나는 유니폼을 입게 된다. 그런데 다른 반에서 지원한 친구들의 소문을 들어보니 미모가 장난이 아니었다. 성적도 무지 좋다고 했다. 치솟던 자존감이 숨죽인 배추처럼 팍 죽었다. 손톱을 물어뜯어먹을 만큼 불안감이 몰려들었다. 이 모든 결정은 음악선생이 쥐고 있었다. 어떤 기준으로 뽑는 것일까? 나의 선량한 인간성을 보일 수도 넘쳐나는 끼와 열정을 알릴 방법도 없다. 분명히 자기 꼴리는 대로 뽑을 것이다. 잠자코 결과를 기다리기엔 뽑힌 친구들의 외모가 장난이 아니지 않은가. 아무리 생각해도 내 미모는 저 끝에 겨우 걸친 외모였다. 내가 많이 밀린다는 느낌이 자꾸 엉덩이를 들썩이게 했다. 그러면 누가 음악선생에게 나에 대한 정보를 알려줄 수 있을까? 머리를 굴려야 했다.

오호, 영미! 그래, 내 친구 영미가 있었지. 친구 좋다는 말은 이럴 때 쓴다. 이 시대 최고의 DJ 우리 사촌 강원 오빠를 만나고 싶다면 영미는 나를 어떻게 해야 하는지를 잘 알 것이다. 나에겐 악대부원 영미가 구세주며 유니폼으로 가는 통로이다. 이 계집애가 나를 확실히 추천서에 썼는지 어쨌는지 확인을 해봐야 했다. 점심시간에 곧바로 영미를 찾아갔다. 영미는 별관 5층 악대실에서 자기 덩치만큼이나 되는 큰북 앞에 앉아 있었다. 옆자리의 작은북과 음을 맞추고 있다가 내가 급하게 들어서자 왜, 하는 표정을 지었다.

“너, 확실하게 추천했어?”

"왜 떨어졌어? 분명히 내가 널 추천한다고 썼는데?"

"후보는 됐다니까? 본선 말이야, 본선. 지금 완전히 예쁜 것들만 뽑혔다니깐."

"진짜? 난 너 이름 적었어. 정미정이라고."

"그럼 가서 다시 확인해봐!"

"선생님이 오시면 내가 책임지고 확인할게."

"아냐. 지금 당장 해야 해."

내 닦달에 영미는 느긋한 말투만큼 느릿한 몸을 이끌고 교무실을 향했다. 교무실 앞에서 유리창으로 선생님이 계시는지 확인해보니 음악선생 자리에는 벌써 몇몇 아이들이 몰려 있는 게 보였다. 뻔했다. 벌써부터 로비가 시작되었다는 뜻이다. 내가 지금 저곳에 들어서면 내 못남을 바로 드러내는 것이다. 안달하는 저 무리 속에서 나도 같은 꼴이 되는 것이다. 다른 대안이 필요했다. 나는 돌아서서 영미를 똑바로 쳐다봤다.

"영미야, 난 너만 믿어. 네가 알아서 내 이름 명단에 올려놓아주리라 믿어. 우정과 너의 사랑에 대한 내 후원이 필요하다면."

딱 이 말만 했다. 그리고 뒤도 돌아보지 않고 교무실 앞을 빠져나왔다.

"내가 알아서 해주면 될 거 아냐."

영미의 뚱한 대답이 들려왔다. 내가 안달복달한다고 될 일이 아니었다. 추천의 정당성과 당연히 뽑혀야 될 사람이 뽑혀야 된다는 것을 몸소 보여주고 싶었다. 영미는 악대부원의 추천서를 다시 확인하고 음악선생님께 협조 아닌 협박을 할지도 모른다. 저 큰북을 매고 행진할 사람은 우리학교에 영미밖에 없다. 자질이나 덩치나 음악성을 가진 애는 단연코 영미였다. 음악선생님이 일주일을 애걸복걸해서 영미가 허락한 것을 내가 안다. 이럴 때 친구를 내세워야지 언제 친구 덕을 보겠어? 그리고 우리 사촌 오빠를 짝사랑하는 영미가 이렇게 나를 섭섭하게 대접하면 안 된다는 것을 본인이 잘 알 것이다. 강현 오빠의 얼굴을 보지 못하는 것은 지옥이라고 누구 입으로 쫑알거렸는지 영미 본인이 더 잘 알 것이다. 오늘 밤쯤 기쁜 소식을 안고 우리 집에 올 것이라는 것은 새로 산 내 나이키 운동화를 걸고 맹세할 수 있다.

투둑 툭.

철대문 두드리는 소리가 들린다. 굳이 전화로 알려주지 않고 온 것은 사촌 오빠 강현의 얼굴을 한번 더 보기 위해서일 것이다. 오늘은 오빠가 음악다방 DJ 일을 늦게 나가는 날이기에 강현 오빠는 내 방에서 기타를 치고 있었다. 천천히 슬리퍼를 끌고 가서 문을 열었다.

"빨리 좀 열어주면 어디가 덧나니?"

만나자 말자 이렇게 큰소리치는 것을 보니 뭔가 잘 됐다는 소리다. 그렇다고 대놓고 묻는 것은 아무리 친구 사이라도 자존심 상하는 짓이다.

"손에 든 것은 뭐야?"

"뭐긴 떡볶이랑 튀김이지."

들어서자마자 신발부터 확인하는 영미의 눈길이 부산하다.

"오빠, 내 방에 있어. 그냥 들어가!"

기대했으면서도 괜히 화들짝 놀라는 모습이 참 영미스럽다.

"안녕하세요. 오빠~."

문을 열고 들어서며 그 덩치에 몸을 꼬며 오빠 옆으로 다가가 앉는다.

"오, 영미 왔구나. 오랜만이다."

오빠가 아는 체를 해주자 영미의 통통한 볼이 발갛게 물든다.

"오빠, 이것 좀 드세요. 이 집 튀김이 제일 맛나서 제가 줄 서서 사가지고 왔어요."

영미의 정성을 생각한 오빠가 튀김 하나를 집어먹고 방을 나가자마자 내가 영미의 눈을 똑바로 바라봤다. 이제 결과를 불어라는 뜻이다.

"됐어!"

"확실하지?"

"애들 난리가 아니더라. 내가 너 뽑아주지 않으면 이따위 큰북 치는 것 그만두겠다고 했지."

영미의 우정에 눈물이 나오려고 했다. 드디어 내가 그렇게도 기대하고 기대하던 마칭밴드 내원의 유니폼을 입는다는 것이다. 대원이 되면 수업도 빼먹어야 하고 연습도 매일 해야 하지만 힘든 연습은 중요하지 않다. 내게는 오로지 유니폼을 입는 것이 목적이었다. 하얀 깃털의 모자와 흰 부츠 그리고 타이트한 짧은 미니스커트와 사관생도생 같은 분위기의 유니폼을 입은 나를 상상하는 것만으로도 흥분되었다. 주눅들었던 내 자존심도 성적도 가난도 모두 잊힐 만큼 힘이 셌다. 그래서 수고한 영미를 위해 사촌 오빠 강현의 음악다방 DJ 일정표를 깔끔하게 넘겼다. 우리 학교에서 제일 예쁜 민숙이가 사정을 해도 알려주지 않은 시간표였다. 사람이 오는 게 있으면 가는 게 있어야 한다. 경우 바르게 약속을 지켰다. 영미를 배웅하고 마당에 섰을 때 온 세상을 다 가진 듯 행복이 밀려왔다. 내가 바로 현실의 원더우먼이라고, 스커트가 날리도록 빙그르르 돌았다. 오늘 나는 새로운 인간으로 태어난 것이다. 내가 입을 유니폼은 학교 교복처럼 누구나 입는 유니폼이 아니다. 그것은 특별한 유니폼이다. 가만히 두 손 놓고 있었으면 난 떨어졌을지도 모른다. 어떤 노력이든 간에 했기에 유니폼을 입을 수 있었다. 나는 오늘 확실히 깨달았다. 유니폼을 갖는 길은 멀고도 험한 길이라는 것을, 하지만 끝까지 가지려고 노력하는 자에겐 반드시 행운이 온다는 진리를.

한 달이 어떻게 흘러갔는지 모르겠다. 고 주임을 따라다니면서 보낸 시간들이 물처럼 흘러갔다. 고 주임은 세일 문제로 대흥슈퍼에 고정 근무를 하고 나는 고 주임을 대신하여 순회 여사원으로 대체되었다. 다음 주부터는 혼자 담당지역을 돌면서 지점 영업사원들과 또는 대리점 사원들과 연락이 되어 입고되는 제품이 있으면 바로 슈퍼를 방문해야 했다. 언제든지 연락이 되게끔 방문하는 슈퍼에서 대기하고 있어야 했다. 그 일주일 동안 성현 오빠를 딱 한번 봤다. 창원의 대형 슈퍼에서 물건을 내려주고 얼굴만 쳐다보고 인사도 못 건넸다. 내 구역에 같이 돌았던 고 주임과 앙숙인 민 주임은 결혼이 올 겨울이라서인지 아니면 고 주임과 부딪치기 싫어서 그런지 다른 지역 대형 매장에 고정직으로 들어갔다. 곧 새로운 여직원이 온다는데 친구 정은이만 아니었으면 좋겠다.

오늘은 전 직원이 모여 회의실에서 월요회의가 있는 첫째 월요일이다. 매일 듣는 영업사원들이 진행하는 오 분 스피치 시간을 거쳐 부지점장님이 이 달의 행사를 알려주었다.

"여러분 고생이 많습니다. 여러분도 아시다시피 우리 맛나가 출시된 지 일 년이 다가옵니다. 아직까지 우리가 기대하는 만큼의 인지도에 미치지 못하는 관계로 본사 차원에서 대대적인 홍보를 시작할 겁니다. 방송으로는 전원일기의 며느리 고두심 씨가 나서고 있고 앞으로 집중적으로 홍보활동이 시작되니 우리가 사느냐 죽느냐는 여러분의 손에 달려 있으니 열심히 회사를 위해 일해주시기 바랍니다. 더불어 전국 지점으로 파견나오는 본사 직원들이 다음 주에 오기로 되어 있습니다. 우리 지점에는 대학을 졸업하고 갓 입사한 영업사원들이 네 명 정도 내려오기로 되어 있는데 오늘 호명되는 팀과 같이 특별팀을 꾸려 우리 지역의 이름 있는 축제와 전통시장과 군면 단위의 오일장을 공략한다는 본사의 방침에 따라 운영될 것입니다. 또 각 동네마다 둘씩 한 팀이 되어 식당과 가정집과 아파트를 직접 방문하여 앙케트 조사도 같이 실시 할 것입니다. 모두 맛나의 복장을 잘 갖추고 지정된 지역에 파견되면 열심히 해주십시오. 전 국민의 입맛을 확 바꾸자는 회사 방침에 의해 실시되는 프로젝트입니다. 호명되는 여직원은 오늘부터 특별팀을 위해 최선을 다해주시길 바랍니다."

부지점장님의 간곡한 부탁에 이어 지점장님께서 특별히 여사원들에게 독려의 시간을 가질 예정이라 여직원들만 남았다. 맛나가 출시되고 판촉 여직원들을 더 뽑았는지 남자직원들보다 여직원들이 더 많았다. 반지르르한 머리를 올백으로 넘긴 잘생긴 지점장님이 연단에 섰다.

"우리 여직원들 너무나 고생이 많습니다. 오늘날 우리 회사가 이렇게 승승장구하는 것도 모두 여기 있는 판촉 여직원들 덕분입니다. 아시다시피 우리의 앞날에 사활이 걸린 맛나의 승리를 위해 앞으로 계속 수고해주시기를 당부 드립니다. 이번 신제품 정착 프로젝트의 일환으로 각 지역의 축제와 가가호호 방문 앙케트 조사를 하게 되었습니다. 우리 여직원들이 잘해주리라 믿습니다. 그리고 이건 여직원들의 사기와 복지에 관한 얘기인데 우리 지점에는 여주임이 3명입니다. 어제 본사의 지침이 내려왔는데 아마도 이번 하반기에 여직원 총괄 과장이 한 명 탄생할 것 같습니다. 여직원 여러분들의 재능과 실력을 마음껏 펼치라는 회사의 배려에 힘껏 자신의 실력을 펼쳐 회사와 같이 성장해나가는 미래의 여성이 되길 바랍니다."

잠시 여직원들 사이에 술렁거림이 있었다. 필승을 위해 응원 구호를 외치는 것으로 월요일 조회는 끝났다. 지점장님 말씀은 수습직원이 정직원이 되면 주임에서 과장으로 승진의 기회가 무궁무진하니 힘껏 일하라는 뜻이었다. 여성이 꿈을 키울 수 있는 회사라고? 말이야 쉽지. 지금은 내가 정식되는 것보다 주임들의 과장 자리 놓고 벌일 경쟁이 더 볼 만할 것 같다. 그러면 주임들의 경쟁이라는 말이지. 꼿꼿한 자세로 일정표를 적고 있는 고안나 주임을 포함한 세 명의 주임들을 바라봤다. 누가 과장님이 될까? 경쟁은 끝이 없는 사다리 타기 같다. 누가 되는지는 끝까지 가봐야 알겠지만 나는 고 주임 쪽에 한 표 던지고 싶다. 어디까지나 예감이지만 그게 정답 같았다.

경하와 진숙 언니와 같이 강당을 나오다가 화장실에 들어갔다. 진숙 언니가 새로 산 립스틱을 보여주어서 셋이서 똑같이 분홍색 립스틱을 바르고 나왔다. 가방을 챙기려 사무실에 들어서자 고안나 주임이 지점장실에서 종이 한 장을 들고 나와 큰소리로 호명했다.

"지금 호명하는 사람은 바로 강당으로 모여주세요. 정미정, 김경하, 제경진, 최숙자…."

열 명이 호명되었다. 둘러보니 같이 입사한 동기들과 입사한 지 석 달째인 여직원 둘과 정식인 여직원 두 명과 일 년째 수습 딱지를 달고 있는 제 양 언니도 있었다. 그리고 고 주임과 조 주임, 최 주임도 같이 불리었다. 구조가 묘했다. 그러니까 세 명의 주임 밑으로 이름이 각각 호명되었다. 그러면 난 고안나 주임 라인이었다. 세 팀이 만들어지면서 행사에 따라 팀이 돌아가면서 홍보를 한다는 계획이었다.

“아, 정말. 왜 나냐고? 짜증나게. 장돌뱅이도 아니고 이 나이에 홍보 다녀야 되냐고?”

일 년 정도의 경력이 붙은 정식직원인 이 양 언니의 하소연이었다. 여태껏 대형 매장에서 자리 잘 닦아놓았는데 다시 신입들 데리고 맛나 바구니 들고 집집마다 동네마다 장날마다 축제하는 곳마다 돌아다닌다는 게 영 마뜩치 않는 모양이었다. 거기다가 새롭게 사귀게 된 남자친구도 있다고 하니 짜증이 날 만했다. 나는 애초에 기대도 안 했다. 당연히 고 주임 팀이 될 걸 미리 알았으니까. 사람이 느낌이란 게 있다. 이제 아침에 출근했더니 내 자리에 슬쩍 와서는 너, 내 얼굴 안 봐서 그래? 얼굴이 많이 상했다면서 지나가듯 툭, 뱉은 말이 그냥 해보는 말이 아니었다. 느낌이 좋지 않더니 예감은 적중했다. 며칠 동안 얼굴 안 봐서 살 것 같더니 다시 한 팀을 이루어 다닌다고 하니 머리가 어지럽다. 산간지방 날씨처럼 수시로 변하는 저 짜증과 불만과 변덕과 넋두리를 내가 또 들어야 하다니. 부정적인 생각에서 벗어나려 얼른 고 주임의 좋은 점을 생각했다. 고 주임과 있으면 무시당할 일은 절대로 없는 게 장점이다. 그것만 생각하기로 했다. 그래야 숨을 쉴 수 있을 것 같았다.

“과장님, 왜 하필 저예요. 다른 직원 넣어요. 나 이제 적응해서 그 매장 휘어잡았는데 이번에 빠졌다가 제가 다시 들어가면 지금처럼 잘할 자신 없어요. 우리 제품 매출도 많이 올려놓았잖아요. 네?”

“잘하니깐 고 주임이 차출했겠지. 난 권한 없다니깐 그러네.”

중간급 여직원들이 저렇게 하소연을 하는 것을 봐서 이번 일은 고 주임이 계획한 일이었다. 나야 고정으로 매장에 서든지 순회를 하든지 이렇게 장돌뱅이처럼 싸돌아다녀도 괜찮지만 이 양 언니나 김 양 언니는 정식직원 유니폼 입고 바구니 들고 돌아다니기엔 좀 그렇게 보이기는 하다. 그래도 정해진 것은 번복은 없다. 정확하게 조현숙 주임팀과 고안나 주임팀으로 나뉘었다. 최민숙 주임은 나머지 여직원들 관리하는 것으로 결정된 것 같았다. 그러면 고안나 주임과 조현숙 주임의 대결인가? 아직은 모르겠다.

충무공 탄생일과 진주 개천예술제 같은 전국 단위의 큰 축제기간에는 숙소를 잡아놓고 일주 일간 머문다는데 고 주임과 동거라? 생각만으로도 긴장된다. 저 폭탄 같은 성질머리 때문에 어떤 일이 기다릴지 기대 반 걱정 반이다. 자기 말대로 잘해야만 추천 받아서 서울 본사에 면접 보고 난 뒤 정식으로 발령난다니 미친 척하고 잘 모시긴 모시겠지만 참 우울하다. 꼭 이렇게 살아야 되나 싶기도 해서 오늘 아침 엄마에게 슬쩍 운을 뗐다. 김치를 버무리는 엄마 앞에 앉아 투덜거렸다. 너무 힘들고 분위기도 지랄 같아서 그만두고 싶다고 다른 일자리 알아봐야겠다고 아니면 미숙이가 다니는 공장에라도 취직하겠다고 하자 엄마는 깍두기를 버무리던 벌건 손을 흔들며 말했다.

“네 앞으로 삼백만 원짜리 곗돈 들었다.”

말문이 턱 막혔다. 서러워서 눈물이 다 나올 뻔했다. 딸년이 고생하는 것은 안중에도 없고 곗돈만 생각하는 엄마를 그냥 깍두기에 같이 버무리고 싶을 만큼 섭섭했다. 한번이라도 내 이야기를 진심으로 들어준 적이 없다. 계모도 아니면서 무슨 엄마가 딸년한테 빼먹을 게 있다고 저렇게 억측을 떠는지 열불이 일어 머리 뚜껑이 확 열렸다. 그래서 좀 해댔다. 뭣 때문에 계를 넣었나, 나는 다닐지 말지도 모르는데 엄마가 한번 고 주임이랑 다녀봐라, 나는 사무직이라고 해서 다녔다, 엄마한테 속았다고 퍼부었다.

"그렇게 일하기 싫으면 공부를 잘하든가. 그것도 아니면 돈 모아서 시집이나 빨리 가버리면 되잖아?"

작은 항아리에 벌건 깍두기를 척척 넣는 것으로 끝이었다. 욕하면서 닮는다더니 나도 고 주임을 닮아가는지 자꾸 배배 꼬여진다. 내 고왔던 마음씨는 어디로 갔을까? 모든 게 고 주임 탓인 것 같아 아무것도 안 먹고 출근했다. 사무실 내 자리에 앉아서 일지를 펼치고 우두커니 앉아 있었다.

"한 팀 되어서 싫냐? 왜 얼굴이 캄캄하냐?"

맞는 말을 고 주임이 물어서 대꾸하기 싫었다.

"어쭈, 이제는 묻는 말도 생깐다는 거지?"

"그냥 기운이 없어서 그래요."

"굶고 출근했냐? 그러면 안 되지? 다들 먹고 살자고 하는 짓인데."

뚜벅뚜벅 자기 자리로 걸어가더니 서랍에서 뭔가를 하나 꺼내더니 내 자리에 던졌다. 초코파이였다.

"이거 먹고 일층 창고 앞으로 내려와. 그곳에서 판촉물 받고 오늘은 교방동 주공아파트에서 홍보할 거야."

"오늘부터 바로 해요?"

"그럼, 바로 해야지. 무슨 큰일이라고 날 받아서 할까?"

저렇게 톡 쏘는 말투라니? 저 인간도 매운 양념에 확, 버무려 넣어버리고 싶다. 금방 주던 초코파이 먹으면 입안에 가시가 돋아날까 봐서 책상서랍 안에 냅다 던져버렸다.

열 시가 넘도록 창고에서 홍보용품을 챙겼다. 봉고차를 타고 우리가 도착한 곳은 주택가에 위치한 오층짜리 주공아파트 단지였다. 13평과 15평짜리여서 주로 신혼부부나 젊은층 부부들이 많기로 유명한 곳이다. 그래서 제일 먼저 맛나의 맛을 젊은층을 기준으로 공략한다는 전략이지만 입맛이란 게 그렇게 쉽게 변하는 게 아니다. 대대적인 판촉을 벌이면 젊은층의 기호는 일 년 정도면 변할 수 있지만 입맛을 바꾸는 데는 10년이 걸릴 것이고 죽어도 다시다를 먹겠다는 태도를 우리 맛나로 바꾸는 데는 20년이 걸릴 수도 있다. 아니면 영원히 못 바뀔 수도 있다. 회사는 미원만 팔아서는 절대로 살 수 없다는 것을 너무 늦게 알았던 것 같다. 우리 집에만 해도 그렇다. 무침이나 김장김치 담을 때 엄마는 미원을 넣었고, 국이나 찌개를 끓일 때는 언제나 멸치다시다나 소고기다시다를 넣었다. 그러면 그 맛이 확연히 달랐다. 나는 미원에 들어오기 전까지 세상에 조미료는 미원과 다시다만 있는 줄 알았다. 그리고 그 제품들이 같은 회사에서 나오는 줄 알았다. 뭐든지 내 입에 맞는 것을 사서 먹고 내 머릿속에 박혀 있는 어떤 정서와 인식을 어떻게 일 년 안에 바꿀지 아무리 생각해도 우리만 죽어날 것 같다.

힘든 업무가 있으면 고 주임은 늘 말했다. 정식 유니폼을 입는 것은 하늘과 땅 차이라고, 월급과 활동비, 보너스와 퇴직금을 생각해보라고 했다. 늘 지켜보고 있고 곧 다가올 하반기 면접에 우리 지점에서 몇 명을 보낼지 본인들 하기 나름이라고 일깨워주었다. 이것도 수습직원들 부려먹는 한 방식이다. 서민들을 상대로 앙케트와 판촉물만 주고 오는 것이 오늘의 업무라고 하지만 고단한 하루임은 틀림없다. 앙케트 숫자와 판촉물이 있고 또 2차 방문과 3차 방문까지 가서 우리가 준 맛나로 음식을 했을 때 어떤 맛이 나는지 설문지를 받으면 된다. 두 명씩 한 팀이 되어 세 팀이 만들어졌다. 상가 앞 놀이터를 집결지로 하고 업무 시작 시간은 열한 시부터였다. 한 시에 모여 점심시간을 갖고 오후 늦도록 설문조사를 할 계획이다.

"너희들 대충 설렁설렁할 생각은 아예 접어라. 부엌에서 무슨 조미료를 쓰는지 확실하게 눈으로 확인하고, 일주일 뒤 방문하여 그 맛에 대한 평가를 해주셔야 된다고 하면서 판촉물을 줘야 돼. 그냥 막 퍼주면 안 된다는 말이야. 그리고 앙케트 받을 때 이름과 주소도 잘 기입하고 나이대도 적고, 오늘 열심히 해주어야 우리 맛나가 다시다를 이길 수 있어. 정식이 되면 내가 말 안 해도 다 알지? 이렇게 기회가 왔을 때 꽉 잡는 것 아니겠어?"

고 주임은 신입들에게 특별히 더 당부했다. 내가 회사의 주인이라는 마음으로 고객을 대하라고 했다. 육 개월마다 정식직원을 뽑는다면 이번엔 몇 명을 뽑는다는 걸까? 아무리 봐도 수습사원들 수가 30명 정도인데 다음 달에 있을 정식 면접을 위해 서울행은 누가 몇 명이나 갈지 모를 일이다. 기왕에 이렇게 고생하는 것 열심히 해서 정식직원이 되는 게 천만 번 괜찮은 짓이다.

아파트 현관 앞에 섰다. 하루에 한 팀이 한 동을 방문하기로 했다. 처음이니까 부딪혀보는 것 말고는 모를 일이다. 어떤 일이 생길지 어떤 반응이 나올지 기대된다. 엘리베이터가 없어 오층부터 올라가서 시작하기로 했다. 심호흡을 하고 벨을 눌렀다. 두 번이나 눌러도 인기척이 없다.

아무도 없다는 것이다. 조사표에 506호는 부재 중으로 표시하고 맛나 판촉물 두 개를 내어 현관문 안으로 밀어넣어 두고 옆집의 벨을 눌렀다. 안에서 젊은 여자의 목소리가 들렸다.

고 주임이 느닷없이 내 옆구리를 쿡, 찌른다. 나보고 말하라는 뜻이다.

"네. 미원 맛나에서 홍보 나왔습니다. 우리 어머니 맛나 판촉물 받아 보시라고요."

"맛나요?"

문이 열리고 올백으로 머리를 바짝 당겨 묶은 여자의 하얀 이마가 먼저 나왔다. 아기를 안고 문을 열어준 새댁이었다.

"네. 안녕하세요. 저희들 홍보 차 이 구역을 방문하게 되었거든요. 지금 집에서 드시는 조미료는 어떤 제품으로 드시죠?"

"우리 집는 다시다 먹는데요?"

"아, 그러시구나. 혹시 미원 드세요? 미풍 드세요?"

"당연히 미원이죠? 같은 회사 아니에요."

"아니에요. 미원에서는 맛나가 나오고요. 미풍에서는 다시다가 나와요. 미원 드시면 미원이 들어간 맛나를 드셔야죠? 혹시 부엌에 지금 사용 중이신 조미료 구경 잠시 할 수 있을까요?"

현관문에서 발을 한쪽 들이밀고 말을 하자 새댁은 조금 머뭇거리다 들어오라는 듯 몸을 살짝 비켜준다. 집안은 아기가 있는 집인데도 정리가 잘 되어 있다. 직접 아기 이유식을 해 먹이는지 가스레인지 위의 냄비에서 보글보글 고소한 야채죽이 끓고 있었다. 부엌이 잘 정돈되어 있는 것으로 봐서 살림도 잘하는 주부 같아 보였다. 그러면 이런 주부는 얼마든지 경험을 하게 하면 맛나의 이미지 개선에도 좋고 또 계속 사먹을 확률이 높을 것 같았다. 그리고 확실한 우리 고객으로 만들어 주위의 주부들에게 맛나가 더 맛이 있고 개운하더라는 소문을 낼 수도 있는 특급 고객이 될 수 있다.

싱크대 진열장에는 봉지째 사용 중인 조개다시다와 쇠고기다시다, 멸치다시다까지 나란히 놓여 있었다. 여태 말없이 지켜보고 있던 고 주임이 따지듯 말했다.

"아니, 원 조미료를 종료별로 쓴대요? 미원 먹는다면서 다시다를 먹으면 어떡해요?"

고 주임의 말이 까칠한지 새댁의 표정이 조금 굳어진다. 분위기를 위해 얼른 나섰다.

"그동안 다시다 잘 드셨잖아요? 이번에는 저희들 맛나를 종류별로 드릴 테니 한번 드셔보시고 비교해주세요. 직접 이유식을 만드는 것을 보니 요리에도 관심이 많으신 것 같아요?"

"요리에 관심은 좀 있긴 해요."

얼른 노란 바구니에서 판촉물을 꺼냈다. 멸치와 조개와 소고기 맛나 샘플을 듬뿍 내어주었다. 그리고 앙케트 설문지를 들고 체크를 했다.

"저기 사모님 나이가 어떻게 되시죠?"

"어머? 저 사모님 아니에요. 스물여섯밖에 안 됐어요?"

"그러시구나? 그래서 그런지 어려보이시더라고요."

같이 맞장구를 쳤다.

"아무리 어려도 애기 엄마는 애기 엄마지."

고 주임은 그냥 가만히 있는 게 도와주는 것이다. 노처녀 심술도 아니고 꼭 이렇게 미꾸라지처럼 분위기를 흐린다.

"아기 이름이 어떻게 돼요?"

"보민이에요."

"그럼 보민이 어머니. 제가 드리는 샘플 사용해 보시고요. 다시다와 어떤 차이가 있는지 다음 주에 방문했을 때 말씀해주실 수 있어요?"

그녀는 식탁 위에 수북하게 쌓인 종류별 샘플을 보고 순순히 앙케트에 응했다. 그리고 옆집은 맞벌이 부부라서 집을 비우고 아랫집은 새댁이라서 있을 거라는 정보까지 준다. 정말 너무 고마운 협력자를 만난 것이다. 더불어 맛있는 커피까지 얻어 마셨다. 아기를 안아 잠시 얼러주다가 고 주임이 눈치를 주기에 다음 주에 방문하기로 하고 일어섰다.

두 집씩 5층이니깐 열 집이다. 점심시간 전 열 집을 방문해서 앙케트를 받고 샘플을 준 집은 다섯 집이다. 반타작은 한 것이다. 젊은 부부가 많이 사는 곳이라서인지 새댁들의 반응은 괜찮았다. 무엇보다 아낌없이 주는 샘플의 수 앞에서는 모두들 술술 말문을 연다. 살림을 살다보면 저런 조미료 하나에도 마음을 여는지 주는 사람도 즐겁게 줄 수 있다. 점심시간이 다가오자 허기가 진다. 집결지인 놀이터로 가면서 느닷없이 고 주임이 나를 빤히 쳐다본다.

"정미정, 너 참 넉살 좋더라."

"제가요? 아닌데요."

"아니긴 뭐가 아냐? 타고났더구먼."

"그건 처음 만난 사람에 대한 예의죠."

"너희 엄마 계 오야라며?"

느닷없이 날라온 공에 머리를 한방 맞은 것 같았다.

"어떻게 아셨어요?"

“내가 모르는 게 어디 있어? 네가 어떤 인간인가 하고 내가 좀 알아봤지. 계오야집 딸내미는 역시 남다른 데가 있더군.”

그래서 어쩌라고? 울 엄마 계주하는 데 보태준 것도 없으면서 뭔 쓸데없는 참견일까?

“아~네.”

칭찬으로 한 말인 것은 분명한데 고 주임이 말하니 칭찬으로 들리지 않는다. 얄미운 것은 끝까지 얄밉다. 내가 원래 그렇게 싹싹한 사람이 아니었는데 고 주임 하는 꼴이 하도 눈에 거슬려서 친절해졌다. 고객의 입장에 서서 생각해본다는 것이다. 아까만 해도 보민이 엄마집에 갔을 때 자기 논으로 다시나를 종류별로 사먹는 것은 자기 마음이다. 그러면 우리 제품도 좋으니 사용해보시라면서 좀 부탁하는 자세로 하면 될 것을 시비라도 걸듯이 하는 말투에 내가 민망해서 그런 것이다.

점심을 먹고 나니 온몸이 나른해진다. 상가 이층 커피숍에서 회의도 할 겸 쉬기로 했다. 입사동기 정하가 많이 피곤해 보인다. 근무기간 동안 못 볼 것, 안 볼 것 다 본 것 같아 한 몇 년을 직장생활에 시달린 기분이 들었다. 이게 사는 것인가 싶었다. 요즘 들어 자주 후회가 든다. 엄마가 안 된다고 해도 고집을 부려서라도 인문계로 진학할 것을 뭣 때문에 고분고분하게 말을 들었을까? 엄마에게 원망의 말을 쏟아냈지만 사실 다 내 탓이다. 공부하기 싫어서 그런 걸 이제 와서 탓을 해봤자 무슨 소용 있다고 자꾸 떠올리는지 생각할수록 내 속만 쓰라릴 뿐이다. 그렇다고 엄마가 부은 곗돈 때문에 쉽게 그만둘 수도 없고 몇 개월 아니 일 년은 다녀야 엄마에게 할 말도 있을 것이다. 하루에도 열두 번 더 바뀌는 내 마음이다 보니 이제는 그냥 아무 생각 없이 살고 싶다. 경하도 딱 내 마음과 같을 것이다. 성격도 맞지 않는 판촉 여직원을 선택해서 왜 이 고생인지 모르겠다. 고객들 상대해야지, 선배들 챙겨야지 상대사의 거센 여직원들과 실랑이 벌이느라 지쳤는지 처음 만났을 때보다 더 기가 죽어 보인다. 경하가 앙케트 종이 뒷면에 뭔가를 적어 건넸다.

'미정아, 할 만해?'

'아니, 넌?'

'힘들어.'

'나도.'

맥없이 늘어진 글씨가 경하의 마음 같았다.

'우리 퇴근하고 만날까? 진숙 언니하고.'

'응.'

오후 시간도 그렇게 흘렀다. 빈 집과 노인들만 사는 집과 아이들만 있는 집을 방문하고 여섯 시에 지점에서 보낸 차를 타고 사무실로 돌아왔다. 한 시간 정도 오늘 방문에 대한 반응과 대책을 논의한 후 각자의 자리에 앉아 내일의 밥값을 벌기 위해 판촉일지에 하루의 일과를 빠르게 대충 적어냈다.

내겐 너무 예쁜 유니폼 2

오랜만에 경하와 나, 진숙 언니랑 뭉쳤다. 시내로 진출한 우리는 음악다방이 아닌 술집이 즐비한 쪽샘 골목으로 향했다. 지금 우리에겐 위안과 성토의 시간이 필요했다. 지하 술집으로 들어간 우리는 두부찌개와 고갈비와 동동주를 시켰다. 배도 고팠고 마음은 더 고프고 술은 그립도록 고팠다. 진숙 언니의 술잔은 재깍 비워졌다. 취기가 은근히 돌았는지 진숙 언니의 목소리가 높아졌다.

"아, 진짜 이 짓거리 짜증나고 더러워서 못해먹겠다."

"나도."

경하와 내가 동시에 대답했다.

"오늘 하는 꼴을 보니 우리 정식되는 게 우선이 아니고 주임들 과장 먼저 시켜줘야 할 판이야. 말은 안 해도 누구라도 과장 하고 싶지 않겠어? 이건 주임들의 자존심을 건 싸움 같아. 어쩌면 회사에서 경쟁심리를 교묘히 이용해 불을 지피는 건지도 모르지. 그 중간에 죽어나는 건 우리 수습들이고.”

술잔을 딱 놓으면서 진숙 언니가 말했다.

“아무리 그래도 과장은 고안나 주임이 될 것 같은데?”

그래도 가재는 게 편이라고 내가 고 주임 편을 들었다.

“그건 아무도 모르지. 서울로 떠난 옛날 지점장님이라면 고 주임 좋아하시겠지. 하지만 내가 봤을 땐 이번 지점장님 스타일은 고 주임이 아닌 자유로운 영혼 최 주임 같던데?”

“왜요?”

“저번 회식자리에서 보니 지점장이 최 주임을 옆자리에 앉혀 속닥거리는 게 분위기가 장난 아니더라고.”

“에이, 좋아하는 스타일하고 업무는 다르잖아요.”

하긴 이번 말일 회식하는 자리에서 지점장님이 눈에 띄게 최 주임 잔만 받는 게 심상찮게 느껴졌다. 그래서 우리 고 주임이 뿔이 난 것이다.

“전 최 주임보다 조 주임 같은데요?”

경하가 자기 팀장 조 주임 편을 들었다. 셋 다 자기 주임을 지목했다.

“그러면 사랑을 잃고 일에 미친 또라이 고 주임일까? 아니면 이미지와 스타일이 멋진 최 주임일까? 똑순이 조 주임일까?”

실눈을 뜨고 진숙 언니가 말했다.

“언니, 듣고 보니 완전히 주임들의 삼국통일전이네. 누가 여직원들을 이끌 여왕이 되는지 우리 내기할까?”

내가 촉새처럼 들떠서 나불거렸다. 정식이 되기 위해 경쟁하는 것보다 지금의 화제가 우리들을 한마음으로 묶었다. 양념에 구운 고등어가 나오기도 전에 마신 동동주의 취기가 나를 기세 좋게 몰아넣은 탓도 있었다.

“여왕벌이 누가 될까나? 우리야 일벌이라서 침 한방 놓고 나면 나자빠지겠지만 여왕벌은 몇 번을 쏴도 살아남는 침을 가지고 있으니 어떤 년이 더 강한지 두고 볼 일이지.”

“여왕벌이 진짜 그래요?”

“너 과학시간에 안 배웠어? 여상이야?”

“네.”

솔직하게 말했다.

“여상이면 자격증 있잖아? 근데 왜 이 짓하러 왔어? 아, 맞다. 고적대 출신이시. 너도 참 폼 나는 짓만 골라서 한 것 보니 인생 참 힘들게 산다.”

“맞아요. 내 멋에 살다가 요 꼴이 됐죠.”

“아, 됐고. 어쨌든 여왕벌은 태어나면서부터 다르게 타고 난다는 거야. 그럼 누구겠어?”

“고~주임?”

셋 다 동시에 터진 비명이었다.

“우린 말이야. 회사를 위해 장렬히 전사해야 하는 일회용 일벌들일 뿐이라고.”

시크하게 말하는 진숙 언니였다.

“일벌이라고 하니 왠지 더 힘들어질 것 같아 벌써부터 힘 빠진단 말이야.”

경하가 젓가락으로 잘 구운 매콤한 고등어구이를 뒤적이며 대꾸했다.

“이럴 땐 그냥 상사들을 고등어구이처럼 뜯어서 막 씹는 거야. 그래야

견딘다니까.”

내가 경하의 말에 위로하듯이 말했다.

“난 누가 되든 상관없고 우리 수습들 정식이나 더 많이 시켜주면 좋겠다.”

“다들 꿈 깨시지. 하반기에 정식직원을 더 뽑는다고 하지만 그건 뽑아봐야 알 일이지. 돈 많이 드는 정식 왜 뽑겠어? 이렇게 싼 돈으로 부려먹을 수습들이 수두룩한데. 많이 안 뽑을 거야. 소문만 내고 그렇게 시간만 보내는 거지.”

진숙 언니 말이 맞을 것 같다. 과연 몇 명이 정식직원이 될까. 고소한 고등어 살점을 뜯으며 나는 세 명의 주임과 30명에 가까운 수습 여직원들의 얼굴을 차례대로 떠올려봤다. 유니폼이 절실한 다들 고단해 보이는 얼굴들이었다.

“그래서 난 요즘 갈등 중이야. 슈퍼사장 눈치 보랴, 오뚜기와 다시다 년들과 실랑이해야지 게다가 못생긴 게 선배라고 깐죽거리지, 같은 동기들끼리는 먼저 정식이나 되겠다고 보이지 않는 경쟁해야지. 이젠 주임 년들 과장시키느라 눈치까지 봐야지. 질린다, 질려! 이곳은 확실히 아닌 것 같아.”

“언니도 그런 생각해요? 난 언니가 너무 당당하기에 그런 생각 요만큼도 없는 줄 알았어요.”

경하가 진숙 언니의 말에 의외란 듯이 말했다. 그건 맞는 말이다. 우리의 멋진 방패 진숙 언니는 취기가 도는지 말투가 점점 거칠어지고 빨라진다.

“나도 인간이거든? 다른 건 모르겠는데 윗사람이라고 잘난 척하는 꼴은 죽어도 못 보겠어. 그래서 고 주임이랑 첫날부터 붙었잖아. 정식직원 그것 안 되면 뭐 내 인생 종치는 것도 아니고 말이야. 내가 알아보니 정식직원 안 되고 다니는 애들 수두룩하대. 육 개월마다 두 명 정도 뽑는다는 것은 우리 등골 빼먹겠다는 수작이지 뭐겠어? 정식직원 시켜준다고 실컷 부려먹고 나가면 끝이라는 식이야. 회사 입장에서는 다시 수습들 뽑으면 되니깐 손해볼 것 없잖아? 그래서 난 오래 다닐 생각 없어. 괜찮다 싶은 회사에서 스카우트 제의해오면 바로 옮길 거야. 너희들은?"

"나는 이쪽 영업 일이 나랑 맞지 않는 것만은 확실히 알았어요."

경하의 말소리가 차분하게 들린다.

"그래? 넌 차분한 게 공부도 잘했을 것 같은데. 왜 이런 곳에서 고생하는 거야."

"야간대학이나 방송통신대에 진학할까 생각 중이에요."

"무슨 공부를 하고 싶은 건데?"

"유아교육학이나 영어영문학을 전공하고 싶어요."

"그 과가 요즘 경쟁률이 높아. 너 고등학교 때 성적 괜찮았어?"

"네. 뭐 그냥 자격증 과목 빼고는 거의 상위권에 들었어요."

"그럼 서점에 가면 안내 책자가 있을 거야. 아니면 통신대 학습관에 직접 전화를 해서 알아봐도 되고."

나는 조금 놀랐다. 조용하니 말없이 시키면 시키는 대로 잘 해내는 경하가 이렇게 자신의 앞날에 대해 생각하고 그렇게 할 것이라는 게 충격으로 와닿았다. 나는 이 환경과 일이 무작정 싫은 것인데 경하는 아니었다. 자신의 길을 확실하게 알게 되었다는 것과 정확하게 제시하는 것이었다. 경하는 앞으로 뭘 해도 잘될 것 같다. 진숙 언니도 다른 메이커에서 스카우트 될 것 같다. 그러면 나는 뭐지?

"정미정, 넌 계속 다닐 것 같은데. 넌 우리가 보기에 딱이더라. 그 미친 또라이 고안나도 아주 잘 보필하고?"

진숙 언니의 말투가 빈정거림으로 변했다.

"언니나 경하는 목표가 있는데 나는 그냥 하루하루 보내는 것 같아요. 갑자기 제가 너무 한심하게 느껴져요. 공부 안 한 게 너무 후회가 되고 내가 무엇을 하고 싶은 건지도 모르겠어요."

"웬 투정? 솔직하게 말할게. 난 네가 고안나 꼬봉으로 보이더라. 고 주임도 널 많이 챙기고."

"그렇게 보였어요? 아니에요. 얼마나 절 까는데요? 제가 여기서 제일 먼저 그만두고 싶은 마음일 거예요."

"내가 듣기론 아닌데. 널 정식시켜서 자기 후임으로 앉힐 작정이라고 다른 주임들에게 말했다는데."

"그냥 소문일 거예요. 괜히 자기 자랑 좀 하려고 그러겠죠? 고 주임이 그렇잖아요?"

"그건 두고 볼 일이지."

분위기가 묘하게 흘러갔다. 난 고안나 꼬봉도 누구보다도 빨리 정식 되고 싶지도 않다. 정당하게 일하고 추천서 받아서 면접 보러 서울 본사에 올라가고 싶을 뿐이다. 오늘 분위기로 봐서는 내가 특혜라도 어마어마하게 받은 꼴이다.

"언니, 술이나 한잔해요."

경하가 진숙 언니 잔에 술을 따르며 분위기를 바꾼다.

"그나저나 서울에서 핸섬한 오빠들은 언제 내려오는 거야?"

"곧 내려오겠죠."

"아, 정말. 살 재미도 없는데 나긋나긋한 서울말 쓰는 오빠들이라도 실컷 봤으면 좋겠다. 너희들은 같이 다녀서 좋겠다. 난 뭐냐? 지하 매장에 찡 박혀 조미료나 팔고 슈퍼나 지키는 어둠의 인생 같으니라고."

동동주 한 동이 벌써 바닥이 났다. 술이 취하지도 않는다. 언니가 한 동이를 더 시키고 나는 화장실에 간다고 일어났다. 화장실에 볼 일을 보고 나오다가 다른 테이블에 앉아 있는 성현 오빠를 발견했다. 같이 모여 있는 분들은 회사 동료가 아닌 친구들 같았다. 아는 체하려다가 돌아서려는데 뒤에서 내 이름을 불렀다.

"야! 정미정, 너 왜 모른척하고 가냐?"

"으응, 오빠. 그냥 좀…."

"나는 아까 전에 너 봤어. 들어오면서 아는 체하려다가 분위기가 살벌해서 관두었다."

"예쁜 아가씨, 우리 괜찮은 놈들입니다. 합석합시다."

검은 뿔테 안경을 낀 남자가 먼저 말했다. 그러자 동석해 있는 다른 남자들도 썰렁한 농담을 던지며 부추긴다. 자리에 돌아와서 진숙 언니에게 먼저 말을 꺼내기도 전에 뒤따라온 성현 오빠가 말을 건넸다.

"안녕하세요. 저는 미정이와 잘 아는 동네 오빠 김성현입니다. 친구들과 술 마시러 왔더니 미정이가 보여서 그냥 우리 합석할까요?"

진숙 언니가 눈치 빠르게 성현 오빠가 입고 있는 다시다 직원 점퍼의 로고를 본다.

"혹시 다시다 직원이세요?"

"네. 그렇습니다. 뭐 상대사라도 제가 나쁜 사람도 아니고요. 미정이

하고는 어릴 때부터 같이 자랐습니다. 제가 뭐 해코지할 사람 같아요?"

"어머, 저 그렇게 꽉 막힌 사람 아니거든요. 그냥 물어본 거예요. 공과 사는 가려야죠. 저는 괜찮아요."

진숙 언니가 가방을 들고 냉큼 일어선다. 그러자 웨이터가 재빨리 다가와서 합석 자리를 잡아주었다. 알고 보니 오빠 친구들은 군대 동기들이었고 미원의 대리점 사장님과는 같은 해병대 출신이었다. 그래서 선배로서 깍듯이 모신 것이었다. 해병대원들답게 씩씩하고 의리 있는 전우애를 과시하기 위해서 6개월에 한번 이렇게 지역을 돌면서 동기들을 만난다고 했다. 분위기는 화기애애했다. 경하도 조금 얼굴이 펴지면서 분위기에 잘 어울렸다. 분위기가 더 무르익어 실수하기 전에 내일 근무를 핑계로 우리는 자리에서 일어났다. 지하 계단을 오르는데 오빠가 쪽지 한 장을 몰래 접어 내 호주머니에 넣어준다. 택시를 타고 오면서 보니깐 약속 날짜가 적혀 있었다.

토요일 저녁 6:00 창동 커피숍 '너와나'.

휴일은 학습관에 나가 공부를 해야 하니깐 토요일 약속을 잡았다는 추신이 적혀 있었다. 왠지 오빠가 다르게 느껴졌다. 경하도 진숙 언니까지도 자신에 대해 고민을 하고 있다. 나는 뭐지? 정말 유니폼을 입고 싶은 걸까? 시작은 똑같이 했지만 결국 끝에는 누가 유니폼을 입을까? 답은 묵묵히 오래 견디는 사람이라고 성현 오빠가 오늘 가르쳐주었다. 나에게 정말 그런 오기와 끈기가 있을까. 무엇보다 고안나 주임의 지랄맞은 성질을 끝까지 견딜 마음의 여유가 있을까 싶었다. 버스 창밖으로 시월의 바람이 지나가자 노란 은행잎들이 지친다는 듯이 떨어져 내렸다. 술에 취한 취객들이 고개를 숙인 채 걷고 있다. 각자 자신의 안식처로 돌아가는 시간이다. 오늘 하루도 고단했다. 아무 생각 없이 그대로 쓰러져 잠들고 싶은 날이다.

어제 마신 술 때문인지 얼굴이 푸석하다. 얇게 바른 파운데이션이 들떠 화장을 해도 시무룩한 얼굴이다. 사무실에 들어서자 분위기가 이상했다. 내 자리에 앉자 경하가 다가와 귀에 대고 속삭였다.

'서울 오빠들이 왔다. 그것도 네 명씩이나.'

'그래? 서울 오빠들 잘 생겼어?'

'응. 많이 잘생겼어.'

오호, 그래서 여직원들의 스타일이 오늘 따라 달라져 보이는구나. 고안나 주임도 파운데이션을 더 발랐는지 얼굴이 뽀얗게 피어올랐다. 곧 강당에서 전체 회의시간이니 얼굴들을 보겠지. 얼른 가서 앞자리에 자리잡았다. 이 정도는 되어야 오빠들을 봤다고 할 테니까.

경하의 말대로 강당으로 들어서는 네 명의 서울에서 온 남자직원들은 각자의 개성이 돋보였다. 키도 크고 얼굴도 미남들이었다. 하지만 각자 한 사람씩 자기소개를 할 때는 더 큰 호응을 얻었다. 여사원들의 박수소리가 너무 컸다. 진숙 언니가 말한 나긋나긋한 서울 말씨가 너무 듣기 좋았다. 나긋한 말씨에 이렇게 허물어지는 꼴이라니. 이건 우리 여직원들이 너무 살벌하게 살았다는 증거이다. 딱히 내 스타일은 아니었지만 그래도 좋아해주기로 마음먹었다. 짧은 소개가 끝난 뒤 지점장님의 말씀이 이어졌다.

"여기 서울에서 오신 사원들은 열정으로 뭉쳐진 우리 회사의 특별히 기대하는 우수 사원들입니다. 지금 우리 회사는 도약의 시험대에 있습니다. 한걸음 앞으로 향하느냐 아니면 이류 회사로 죽느냐는 여러분들의 노력에 딸렸습니다. 그래서 본사에서 특별히 우리 지역에 파견해주신 이분들과 합심하여 맛나의 정상탈환을 위해 내 목숨을 건다, 하는 심정으로 근무해주기 바랍니다. 오늘도 우리의 미원을 위해 나아갑시다."

당부의 말씀대로 특별팀이 빠르게 꾸려졌다. 서울에서 온 두 명의 남자직원들이 우리 팀에 배정되었고 나머지 팀은 다른 팀에 배정되었다. 첫 번째 해야 할 미션은 우리 지역에 있는 모든 축제와 장날에 맞추어 한 달 동안 이벤트를 한다는 것이다. 우리나라 방방곡곡이란 말이 딱 들어맞는 표현이었다. 전국의 부엌을, 우리의 고정된 입맛을 발칵 뒤집어놓는다는 발상이었다. 관리과장님의 말씀에 의하면 거창, 함양, 거제, 산청, 진해, 밀양까지 작은 시와 읍까지 찾아 홍보활동을 한다는 것이다. 그 첫 번째로 내일 저녁에 함양으로 가서 일박을 하고 새벽시장에서 홍보를 시작한다는 것이다. 지점장님께서 특별히 관심을 가진다고 덧붙였다. 특별반은 특별한 사람만이 하는 짓인데 난 특별하지도 않고 정식직원도 아니고 수습직원일 뿐인데 걱정이 앞선다. 가을이라고 해도 낮에는 덥다. 오늘도 오층으로 된 아파트 계단 올라갈 일이 아득하게 느껴진다.

보민이 엄마는 앙케트에 응하면서 말을 좀 아꼈다. 어쨌든 같이 동행한 고안나 주임의 눈치를 보는 것 같았다.

"한 주 동안 저의 제품 사용해보시니까 어때요?"

"멸치맛나는 다시다랑 별 차이가 없었고요? 하지만 쇠고기맛나는 다시다랑 비교해서 좀 노린내가 나는 것 같더라고요? 의외로 조개맛나는 시원한 국물맛이 나고요."

"어떤 음식에 넣은 거예요?"

"미역국에 넣었어요."

가만히 듣고 있던 고 주임이 불쑥 나섰다.

"미역국에는 해물이지 왜 쇠고기를 넣어요? 그리고 너무 많이 넣은 것 아니에요. 우리 집에서는 넣어도 깔끔하기만 하더니만."

"아니에요. 아껴 먹는다고 조금 넣었어요. 전 원래 미역국에 멸치와 조개 맛나만 넣어 끓여요. 쇠고기맛나는 뭇국에 넣어 먹고요."

보민이 엄마가 말하는 내로 적었다. 분명히 미역국에 맛니를 넣었을 때 노린내가 난다고 했다. 그러면 조리과정이 어땠는지 궁금하다. 우리 엄마는 미역국이 팔팔 끓을 때 넣는 것을 봤다.

"혹시 미역국 끓일 때 맛나를 언제 넣었어요?"

"처음부터요."

"그러면 다음부터는 국물이 팔팔 끓고 난 뒤에 넣어보세요. 그러면 맛이 깔끔할 거예요."

다음 방문에 결과를 물어보기로 하고 다음 집 벨을 눌렀다. 할머니가 문을 열었다. 작은 거실 바닥에는 숨죽인 배추와 그릇과 김치통이 어수선하게 펼쳐져 있었다.

"어머, 할머니 김치 담그세요?"

"그려. 막내딸 주려고 담는 거야."

김치 양념을 버무리는 붉은 다라이 옆에 미원 봉지가 놓여 있다. 저번 방문에 내가 건네준 맛나 봉지도 양념통 옆에 얌전하게 놓여 있는 게 보였다.

"어때요? 할머니, 맛나 드셔보셨어요?"

"그래. 써봤어. 맛나나 다시다나 그 맛이 그 맛이더만."

"그래도 미원이 만든 회사에서 나온 게 더 맛이 있죠?"

"노인네가 되어서 그런지 잘 몰라. 아무것이나 먹어. 아가씨들 김치 한 쪽 먹고 가."

할머니가 건네는 김치 한 쪽을 닐름 받아먹었다. 섯살이 듬뿍 들어간 생김치였다. 갑자기 밥이랑 먹고 싶다는 생각이 들었다.

"밥이랑 먹으면 진짜 맛있겠다."

"밥 줄까?"

갑자기 고 주임이 벌떡 일어서더니 그냥 쌩하니 나가버린다. 사람 무안스럽게 꼭 저렇게 행동한다. 할머니께 인사를 하고 급하게 뒤따라나가며 또 뭘 잘못했는지를 생각했다. 딱히 떠오르는 게 없었다. 하지만 아파트 계단을 다 내려오기도 전에 거슬리는 점을 나무랐다.

"야! 정미정, 지금 우리 근무 중이다. 오늘 한 행동 다시는 하지 마라."

"제가 뭐 잘못했나요?"

정말 몰라서 물었다.

"정말 모른다는 말이야. 어떻게 넌 할머니에게 밥 달라고 할 수 있어?"

"전 그냥 맛있겠다고 했을 뿐이에요."

"그냥 껄떡대지 말라는 말이야. 굶고 다녀? 너희 집 그렇게 가난해? 아침밥도 안 먹고 다니느냐고? 우리는 회사를 대표하는 사람이야. 그리고 곧 너는 우리 회사의 정식 유니폼을 입을 몸이라는 것을 기억하라고."

"죄송해요. 다음부터 조심할게요."

내 식탐이 시킨 짓을 순순히 시인했다.

"눈치 빠르니까 알아먹겠네. 내가 승진하면 넌 어떻게 되겠어? 내가 데리고 있는 내 밑의 애를 키울까? 다른 팀 애를 시켜줄까?"

순간 어리버리한 내 머리가 파파팍 돌아갔다. 나 잘 되면 너도 잘된다는 말씀이다. 만약이라는 말도 없이 확정된 것처럼 과장 승진을 들먹이는 고안나 주임, 오늘 따라 진짜 포스 있다. 성현 오빠의 말은 틀린 것 같다. 오래 견디는 사람보다 실세를 알아보고 잘 모시는 사람이 더 빨리 더 오래 사회생활을 하는 것이 아닐까?

"고 주임님, 제가 그 바구니 들게요."

냉큼 고 주임이 들고 있는 노란 홍보용 바구니를 뺏어 들었다.

오늘 나는 사회생활 첫 번째 과목을 슬기롭게 배운다. 직속 상사의 취향과 꿈꾸는 욕망이 무엇인지를 재빨리 파악하라. 그리고 그 꿈을 이루도록 내 한몸 기꺼이 던져라. 나를 이끌어줄 상사의 꿈을 위해 희생하는 것은 곧 나의 꿈을 향해가는 지름길이라는 것을 뒤늦게 알아먹었다. 맛나의 정상 탈환을 위해 고안나 주임의 과장님 유니폼을 위해, 나의 유니폼을 위해서 나는 기꺼이 수고롭기로 했다.

"이제 좀 머리가 돌아가네."

머리가 늦게 돌아가 죄송하게 된 나는 무거운 두 개의 바구니를 들고 걸었다. 저 오르막길 끝에 우리의 앞날을 찬란하게 비출 회사 승합차가 커다랗게 옆문을 열고 기다리고 있었다. 시월인데도 이마에서 땀이 삐질삐질 나왔다.

새벽시장, 홍보

장식 없는 여관방은 휑하고도 낯설었다. 이렇게 집을 떠나본 것은 수학여행 이후 처음이다. 퇴근 후 늦게 출발하여 고속도로를 벗어나 국도를 접어들 때 산의 윤곽이 달빛에 희미하게 보여 산세가 깊다는 것만 느낄 수 있었다. 산 구비를 돌아나갈 때마다 만나는 가로등 불빛 속에 작은 동네들이 지나가고 아직도 잠이 들지 않은 가족이 있는지 집안의 불빛들은 섬처럼 외로이 떠 있었다. 읍내로 들어서는지 다리에 접어들자 큰 개울물 소리가 시원스레 들렸다. 지리산 밑이라더니 조금 열린 창문을 통해 들어오는 공기부터가 달랐다. 지역 담당자가 미리 예약해둔 여관 건물은 오래된 건물이었다. 방을 배정받고 들어서니 여섯 명의 여직원들이 모두 잘 만큼 넓었다. 내일 새벽부터 시장에서 캠페인을 해야 한다니 일찍 잠자리에 들어야 했다. 선배들이 먼저 씻고 나랑 경하가 마지막으로 씻었다. 세수만 하려다가 머리까지 감았다. 내일 아침 분명히 또 한 차례 씻는다고 야단들일 테니 미리미리 해놓는 게 좋을 것 같았다.

화장실 쪽에 경하랑 이불을 깔고 누웠다. 고 주임은 골드크림을 얼굴에 반지르르하게 바르고 누웠다. 화장을 지운 얼굴이 참 낯설다.

까무룩 잠이 들었는가 싶었더니 벌써 기상시간이다. 얼른 씻고 거울 앞에서 머리를 묶고 가볍게 화장을 했다. 파운데이션 살짝, 눈썹 살짝, 립스틱도 분홍색으로 살짝 눌러주었다. 경하에게도 내가 한 그대로 해주었다. 까무잡잡한 피부가 더 윤기나 보였다. 웃을 때마다 살짝 들어가는 보조개가 매력적이다. 전복 따고 총각 선생님 기다리기엔 너무 예뻤다.

새벽시장은 4시부터 시작이었다. 시장 중앙에 있는 함양상회 앞에 판매대를 설치했다. 제품을 보기 좋게 진열하고 일회용 가스레인지를 놓고 냄비에 미역국을 끓였다. 아무것도 넣지 않고 불에 불린 미역과 쇠고기맛나 하나로 맛을 낸 미역국이었다. 빈속에 새벽시장에 달려온 상인들과 농부들과 도매상들과 소매상들이 지나가는 길목이었다. 지나가는 분들에게 일회용 컵에 담긴 뜨거운 미역국을 손에 들려주었다. 바쁘다고 손사래를 치는 사람부터 고맙게 받아드는 사람과 먹고 더 달라는 손님들이 계속 이어졌다. 궁금해서 묻는 고객들에게 제품을 설명해주면 하나씩 사주시는 시골 인심이 그대로 느껴졌다. 시골에서 고생하는 우리 외숙모가 생각나서 좀 과하다 싶을 만큼 샘플을 담아주었다. 진열해놓은 천연조미료 맛나의 개수가 조금씩 줄어들었다. 아침 여덟 시가 되자 차례대로 식당에 들러 아침을 먹었다. 시락국에 반찬 서너 가지가 전부였다. 하루치 삶을 열심히 사는 시장사람들 틈에 끼여 밥을 먹었다. 몇 달 전만 해도 상상도 못한 세계였다. 내가 겪을 사회생활이 이런 것이 될 것이라고는 생각도 못했지만 도시의 마트에서 일하는 것보다 마음 하나는 편했다. 서울에서 내려온 오빠들 때문인지 고안나 주임의 짜증과 지적질도 적었다. 그것만으로도 살 만했다.

아침을 먹고 나자 읍내에 장 보러 나오는 사람들로 또 한 차례 붐볐다. 반응이 의외로 좋아 얼떨떨했다. 열 시가 되자 다시다 점퍼를 입은 남자 직원들이 건너편에서 우리가 하는 모양을 멀찍이서 지켜보고 있는 게 눈이 띄었다. 새로운 방식에 놀랐는지 사진을 몰래 찍고 있었다. 당연히 경쟁사이기에 긴장할 것이다. 도시를 거쳐 이런 읍내 새벽시장까지 와서 맛나의 맛을 인식시키고 있다는 것에 놀랐을 것이다. 쫓아오는 경쟁자가 있기에 다시다 측에서도 어떤 대책을 세울 것이다. 경쟁이란 마주보면서 붙어야 공정하고 재미가 있는 것이다. 만약 다시다 측에서 홍보활동을 한다면 성현 오빠도 새벽시장에 나올까? 이런 곳에서라도 얼굴 보면 좋겠다 싶은 달달한 생각에 젖어들다가 고 주임의 부리부리한 눈과 마주쳤다. 순간, 귀싸대기를 한 대 맞은 것처럼 정신이 후딱 차려졌다.

이번 행사에 관심이 많으신지 지점장님까지 먼 길을 달려오셨다. 회사에서 어지간히 밀어붙이는 것인지 직접 고객들에게 맛나의 맛을 묻고 고객들의 반응을 일일이 메모까지 하는 모습에 바짝 긴장이 된다. 대충하고 넘어갈 심심풀이 장난이 아니었다. 점심시간이 가까워지자 시장은 이미 파장이다. 진열해 있던 모든 물건들을 정리하고 지점장님을 모시고 식당에 집결했다.

"오늘 여러분들 수고했어요. 식사들 맛있게 드시고 나면 여러분들에게 제가 재미난 프로젝트를 실시할 겁니다. 기대하세요."

밥도 먹기 전에 또 무슨 일을 시키시려고 저러나 싶다. 지글지글 삼겹살이 불판 위에서 익어 가고 있다. 지점장님 말씀 중에도 눈치껏 젓가락으로 고기를 뒤집는다. 알맞게 익었다. 엄마의 말이 맞았다. 전과 고기는 자주 들쑤시는 게 아니라고, 때가 되었을 때 한방에 뒤집어야 꼴이 꼴답다고 했다. 그때가 언제냐고 궁금해서 물었더니 엄마는 그랬다.

'관심을 가지고 지켜보다가 고기 위에 물기가 사그라질 때가 뒤집는 순간이라고.'

이 이치는 세상살이하고도 같다고 말했다. 시키는 대로 조신하게 따르면 때가 오니 먼저 나서지 말라고 당부했다. 엄마의 말대로 나는 기다릴 것이다. 고기가 노릇하게 익는 것처럼 설익은 내가 삼겹살처럼 골고루 익어가도록 인내할 것이다. 그래서 시키는 대로 하려고 촌구석에서 이렇게 고기만 얌전히 굽고 있다. 불판 위에서 노릇하게 익은 고기를 차례대로 뒤집었다. 내 하는 양을 보고 있던 옆자리의 경하도 고기를 뒤집는다. 이건 우리 수습의 몫이니깐 조용히 할 일을 할 뿐이다. 지점장님이 파이팅을 위해 맥주잔을 들었다. 밥 먹기 전에 한잔 가볍게 비웠다. 알코올이 지나가는 위장마다 비명을 지른다. 새벽부터 내가 받는 하루치 일당보다 더 많은 일을 했다. 서울 오빠들이 앞에 있어도 개의치 않고 쌈을 싸서 먹었다. 잘 익은 삼겹살은 언제나 맛있다.

점심시간이 끝나자 뜻밖에 지점장님이 내리는 미션은 조별 판매였다. 2인 1조 여직원과 남직원이 한 조가 되어 맛나를 팔고 현금을 가져오는 것이었다. 이 수법은 대기업에서 신입생 역량을 알기 위해 하는 것을 우리에게도 적용하는 것이라고 했다. 지랄맞은 대기업이다. 진짜 별짓을 다한다. 만약에 못 팔면 자기 돈으로 내야 되나? 그건 아닌 것 같고 그만큼 개인적인 역량을 보겠다는 뜻인데 오늘 새벽시장에서 맛나는 팔 만큼 팔았다. 그런데도 이렇게 여직원들 기분도 몰라주고 달달한 휴식도 없이 몰아붙이는 지점장님 잘 생겼으면 뭐해, 낭만과 매너는 진짜 꽝이었다. 게다가 파트너 선택권도 없이 일방적으로 정해놓았다. 서울에서 내려온 신입과 지점의 정식 여직원들과 짝을 이루고 지점의 수습인 우리들은 지방에서 영업하는 나이 든 영원사원들과 팀을 짜놓았다.

진짜 치사하다. 이건 반칙 같고 대단히 불공평한 결정이다. 나도 나긋한 말씨에 매너도 좋은 서울 오빠하고 파트너가 되어 오후 다섯 시까지 나란히 걸으면서 도란도란 얘기도 하고 커피도 마시며 맛나 팔고 싶다. 이런 우리 마음을 몰라주고 막무가내로 파트너 정해버리는 지점장님 진짜 심술 사납다. 그냥 제비뽑기하면 될 텐데. 아쉽고 힘 빠지지만 곧바로 인정했다. 수습인 주제에 가당찮은 욕심을 내다니, 우리는 아직 서울 오빠들 차지할 그릇도 차례도 뭣도 아니었다. 주제도 모르고 욕심을 낸 나를 나무랐다. 대신 우리의 고안나 주임님께선 신선한 기운 마음껏 드시고 우리들에게 스트레스 안 주면 그것만으로도 너무 감사할 것 같다. 고 주임의 파트너는 키 크고 잘 웃는 스타일의 오빠다. 정말 다행이다. 새벽부터 드라이질에 붉은 립스틱 바르고 향수 뿌릴 때 알아봤다. 제발 즐거운 시간 보내고 원기 팍팍 얻어오세요. 사람 좀 살게요, 마음속으로 크게 응원했다.

내 파트너 김 주임은 말이 없는 중년 아저씨였다. 조미료가 담긴 노란 시장바구니를 덥석 들더니 먼저 성큼성큼 앞서 걸어간다. 의논도 없이 어디로 간다는 말도 없이 시장통을 벗어나서야 걸음을 멈췄다.

"힘들지요?"

처음으로 건넨 말이었다.

"네."

"입사한 지 몇 개월 됐어요?"

"이제 석 달 가량 되었어요."

"할 만해요?"

"아뇨. 뭐가 뭔지 모르겠어요. 뭐 이런 데가 다 있나 싶기도 하고요. 공부 열심히 해서 대학 갈 걸 하고 처음으로 후회했어요."

"나이도 어린데 지금부터 다시 공부하면 되죠. 우리야 먹여 살려야 할 가족들이 있으니 어쩔 수 없지만 정 양 나이에는 뭐든지 도전하고 공부하는 나이에요."

하지만 무엇을 도전해야 하는지 어떤 공부를 해야 하는지를 나는 아직 정하지 못했다. 그것이 무엇인지 알고 싶어 이렇게 새벽부터 세 빠지게 고생하는지도 모른다.

"이제 공부하라고 할 사람도 없는데 왜 갑자기 공부가 하고 싶어지는지 모르겠어요?"

"고생을 하니 철들어가나 봅니다. 찾아보면 공부하면서 일하는 데 많아요. 우리 회사가 대우는 좋은데 그만큼 사원들 부려먹잖아요. 지금 신제품이 나왔으니 한 몇 년간은 죽었다 하고 일해야 합니다."

"우리 지점장님은 인도네시아 공장에서 오셨다면서 직원들을 끝내주게 부려먹는 것 같아요. 홍보활동에다가 집집마다 앙케트 조사에 정말 힘들어 죽겠어요."

"실력 있는 분 밑에 있으면 일은 확실히 배웁니다. 선배 여직원들 중에선 누구 밑에서 일 배워요?"

"고안나 주임이요."

"우리 고안나 주임, 다른 건 몰라도 일 하나는 확실하죠."

김 주임이 웃으면서 말했다.

"잘 아세요. 우리 고 주임?"

"네. 어릴 적부터 본 걸요. 우리 고 주임 알고 보면 참 여리고 외로움 잘 타는 사람입니다. 그래도 자기 사람 확실히 챙기니깐 정식직원 될 때까지 그냥 죽었다 하고 지내세요."

고안나 주임이 여린 사람? 지나가는 개도 웃겠다. 그렇지만 김 주임의 말씀이니 참고는 해야 모시는 상사의 심정을 이해할 수 있겠다 싶었다.

"고안나 주임이 왜 외로워요? 얼마나 무서운데요."

"어릴 적부터 할머니집에서 혼나면서 자란 사람이라 그럴 겁니다. 그러니 이해하세요."

내 속은 썩어 문드러지는데 이해만 자꾸 하라 그러시면 섭섭하다. 외로운 고 주임 대단한 건 인정한다. 하고 싶은 대로 해서 주임 자리까지 온 걸 보면 말이다. 앞으로 그 잘난 자존심으로 더 높은 곳을 향해 행진하겠지. 나는 이해도 오해도 하고 싶지 않다. 무사히 하루만 넘기면 된다. 좋은 공기 마시면서 더 이상 짜증나는 고 주임 이야기하고 싶지 않다.

"이런 읍에서도 다시다 분들과 싸움도 하고 그래요?"

"싸움을 왜 합니까? 월급쟁이들이 오늘 그만둘지 내일 그만둘지 모르는데 적이 어디 있어요? 괜히 회사에서 다그치니 마음이 가난해서 그런 행동들을 하는 것이지 원래 나쁜 사람들은 아니거든요. 상대사 사람들도 개인적으로 만나보세요. 그 사람들도 그냥 보통 사람들이고 내 이웃들이에요. 일을 하더라도 분명히 할 게 있어요. 공과 사를 가려서 일해야 합니다."

김 주임의 얼굴을 쳐다봤다. 검게 탄 평범한 얼굴이었지만 눈빛은 빛나고 있었다.

“잘하려고 하면 할수록 힘들어지고 자꾸 상처받는 것 같아요. 내가 강하게 나가야 상대도 나를 얕잡아보지 않을 것 같아서 의외의 행동을 하곤 해요. 그러고 나면 제 자신이 너무 싫어져요.”

“사회가 너무 급박하게 변하니 사람들 마음이 불안해서 그래요. 다시다가 저렇게 승승장구할 줄 누가 알았겠어요? 회사에서도 살아남으려고 다그치는 것이니깐 시키는 대로 따라가면 됩니다.”

“근데요. 김 주임님. 이거 어디 가서 다 팔아요?”

“왜요? 못 팔면 우리 둘이서 저 냇가에 앉아서 다 먹읍시다. 그까짓 것 뭐라고 멀리서 오신 우리 정 양을 힘들게 하겠이요? 따라와요. 빨리 이거 넘기고 맛있는 약초차나 한잔 하며 쉬었다 갑시다.”

“네? 진짜요?”

“내가 회사에선 아웃사이더지만 이쪽 지역은 내 구역이라는 말입니다.”

안심이 되었다. 처져 있던 기분이 삽시간에 날아올랐다. 김 주임은 다리를 건너 키 낮은 슬레이트 지붕들이 촘촘히 들어 앉아 있는 주차장 근처 쪽으로 걸어갔다. 함양상회라는 낡은 간판이 걸려 있는 점포의 유리문을 열고 들어선다. 크지도 않는 가게에 물건들이 빽빽하게 들어찬 게 도매상 같았다.

“형님, 접니다.”

“미원 동생인가?”

맥주 상자가 천장까지 재여져 있는 박스들 사이에서 굵은 중년 남자 목소리가 들린다. 가게의 주인인 것 같았다. 가게는 낡고 오래되었지만 들어오니 안쪽으로 테이블이 놓여 있고 살림집으로 이어지는 안마당에는 꽃들과 나무들이 자라고 있었다.

"자네는 무슨 재주로 이렇게 예쁜 아가씨를 데리고 다니노?"

목소리의 주인공은 텁수룩한 머리에 모자를 눌러쓴 중년의 풍채 좋은 남자였다.

"이렇게 예쁜 아가씨를 데리고 다니면서 이것을 다 팔아오라고 회사에서 특명을 내렸다 아닙니까?"

"허허, 내가 미원 금고가?"

"형님밖에 없어요. 이 정도 현금 주실 분은요."

김 주임이 원가로 계산하고 나는 들고 있는 바구니 속의 샘플까지 그대로 다 넘겼다.

"이런 촌구석까지 와서 홍보하는 것 보니깐 미원이 어지간히 애가 타는가 보네. 자네도 이제 이런 힘든 일 그만하고 농장이나 착실하게 일구는 게 낫지 않나?"

"작은애 공부만 마치면 그럴 생각입니다. 앞으로 몇 년 더하면 되지 싶은데 지금 회사 사정이 최고조로 올라 있어 하는 데까지 해봐야죠."

"자네도 누구 꼴 될라. 괜히 영업왕하겠다고 자기 돈까지 처박고 하면 집 날린다."

"그런 일은 없습니다. 다들 잘 도와주시고 결제도 바로 해주시니까요."

"미원은 봐주는 게 없어. 아무리 일인독재체제라 해도 회사가 막무가내야. 다시다는 그래도 한 달씩 눕혀서 결제해도 아무 소리 안 하는데."

"승자의 배짱이죠. 뭐"

"영원한 승자는 없는 법이지. 그건 그렇고 아가씨도 오셨는데 이쪽으로 앉으세요. 내가 맛있는 약초차 한잔 대접하리다."

"그래요. 정 양, 사장님이 이래봬도 유명한 지리산 약초꾼이라서 이 차 한잔 마시면 오늘 피로가 싹 가실 겁니다."

차를 마시지 않아도 사실 기분이 날아갈 것 같다. 그 많은 맛나를 촌구석에서 나이든 아저씨랑 다니면서 어디 가서 다 팔아야 되나 고민이 되었는데 이렇게 한방에 해결해주다니 정말 서울 오빠를 선택하지 않은 걸 다행으로 생각했다. 사람은 그래서 겉만 보고 판단하지 말라는 말이 있는가 보다. 속으로 '랄랄라'가 절로 흘러나왔다.

약초차는 밑이 시커멓게 그을린 주전자에서 따라졌다. 투박한 머그잔에 가득 따라주었다. 잔에서 박하향 같기도 하고 계피 냄새도 섞인 향이 풍겼다.

"향이 좋아요. 차 이름이 뭐예요?"

"신선참니다. 마시면 심신이 편안해지고 피로가 싹 사라집니다."

약간 쓴맛이 돌지만 입안에 향기가 감돌아서 좋았다. 차를 마시며 둘러보니 먼지가 가득 낀 유리창과 진열장들이지만 상품들은 깔끔하게 진열되어 있었다. 주인이 신경을 쓴다는 뜻이다. 가게 유리창 너머로 단풍이 물들기 시작하는 산과 노랗게 벼이삭들이 익어가는 들판이 보였다. 평화로운 풍경이었다. 아무런 걱정 없이 오늘 하루는 이렇게 가만히 앉아 편안하게 보내고 싶다. 차 한잔의 여유와 자연의 풍경에 그동안 쌓여 있던 스트레스가 사르르 녹아내리는 것 같았다. 정말 신선이 따로 없었다.

집결지로 가면서 조미료가 비워진 빈 바구니에 향기 좋은 산국화 서너 송이를 꺾어넣었다. 다리를 건너올 때 보니 지리산에서 발원한 물줄

기가 세차게 흘러가고 있었다. 산도 높고 물도 맑고 공기도 산뜻해서 가을여행을 온 기분이었다. 코끝으로 청량한 산 공기가 스며들었다. 약속한 시간에 맞춰 집결지에 도착하니 우리 팀이 일등이었다. 지점장님은 의외라는 듯이 시계를 들여다본다.

"김 주임팀이 이렇게 빨리 팔 것 같았으면 맛나 좀 더 줄 걸 그랬나?"

농담이라도 싫은 제안이다. 나도 몰래 목소리가 커졌다.

"지점장님, 공평해야죠? 우리도 힘들 게 팔았다고요."

봉투에서 현금을 꺼내 보였다. 수습은 이래서 좋다. 아무리 지점장님 앞이라도 싫은 것은 싫다고 말할 수 있는 용기는 이렇게 멋모를 때 해야만 탈이 없는 것이다. 현금이라서 봐준다는 지점장님의 농담에 같이 웃었다. 그러는 중에 영업을 나선 팀들이 하나둘씩 나타나기 시작했다. 빈 바구니를 들고온 팀은 우리 팀밖에 없었다. 다들 반 정도밖에 판매를 못한 것 같다. 고안나 주임 바구니도 몇 개밖에 못 팔았는지 그대로인 것 같다. 서울 오빠하고 동행해서 들떠서 그런 것이라고 이해했다. 그래도 표정은 밝아서 다행이었다. 무덤덤하게 서 있는 오늘 나의 파트너인 김 주임을 바라보며 생각했다. 엄마의 말이 맞았다. 남자는 외모로 결정하는 게 아니라는 것을, 책임감이 있는 남자를 배우자로 선택해야 내 일상이 편하다는 것을 오늘 이 자리에서 똑똑히 알게 되었다. 내 생각주머니가 점점 자라는 것이 느껴졌다. 나날이 깨우치고 배울 게 있다는 것은 얇은 월급봉투와 힘든 일들에 대한 보너스 같았다.

지점장님과 함께 이곳의 시장성과 다시다 점유율과 고객반응을 듣는 시간을 한 시간 정도 가졌다. 영업담당 과장님은 메모하기에 바빴다.

"예상대로 이곳은 보수적인 곳이라 입맛도 아주 고집스럽습니다. 미원에 맛이 들인 어르신들이 많은 곳이기도 하고요. 회사로 봐서는 우리 구역이지만 천연조미료시대에서는 장담할 수 없는 지역입니다. 이번 캠페인을 전 지역으로 확대해서 우리 미원의 사활을 걸고 천연조미료 맛나가 전국의 모든 가정의 주방을 점령하도록 노력합시다. 여러분도 저와 같은 마음이라 믿고 오늘 캠페인을 여기서 마치도록 하겠습니다. 여러분 수고했습니다."

오늘 새벽시장 캠페인은 끝났지만 완전히 끝난 게 아니다. 이제부터 시작이다. 다른 지역의 새벽시장이 열리는 장날 일정표가 영업과장님 수첩에 빼곡하게 적혀 있을 것이다. 이번 달부터 다음 달까지 맛나의 정상탈환을 위해 죽여주는 시절로 접어든 것이다. 봉고차에 올라 자리에 앉자 옆자리에 앉은 고안나 주임이 낮은 목소리로 말했다.

"너 많이 컸다. 벌써 지점장님하고 호호, 하하거리고."

"예?"

"아무리 까불어도 내가 오케이해야 된다는 걸 너도 잘 알 텐데."

"아…, 네. 조심할게요."

곧바로 인정했다. 내 죄를 곧바로 알아챘다. 상사보다 먼저 바구니를 비운 죄, 더하기에 상사보다 더 높은 상사와 화기애애한 분위기를 연출한 죄, 그리고 직속 상사의 심기를 깊이 헤아리지 못하고 계속 까불거린 내 철딱서니를 뒤늦게 반성했다. 호주머니를 뒤져 보석사탕 하나를 꺼내 고 주임께 건넸다. 눈으로 쳐다보는 것은 먹고 싶은데 까기 싫다는 뜻이다. 얼른 껍질을 까서 입에 넣어주었다. 오도독, 바로 부셔먹는 소리에 내가 씹히는 기분이 들었다.

모시는 분이 드디어 눈을 감자 나도 스르르 눈이 감겼다. 오늘 늦게 집에 도착하고 내일이 성현 오빠랑 만날 약속을 한 날이다. 오빠를 만나야 할지 말아야 할지 갈등이 생긴다. 예전에는 생각도 못할 일들이 내게 일어나고 있나. 성현 오빠가 경쟁 상대사가 아닌 화장지회사나 비누회사에 근무만 해도 내가 이렇게 신경쓰이지 않을 텐데. 걱정과 함께 졸음이 밀려온다. 피곤하고 들뜬 하루가 이렇게 지나간다.

금지된 만남

약속 시간에 맞추어 나가려고 했지만 고 주임이 자꾸 트집을 잡는 바람에 30분 정도 늦어졌다. 탕비실에서 준비해간 사복으로 갈아입고 가는 길에 잠시 학문당 서점에 들렀다. 이번 주 판촉활동비 받은 돈이 내 지갑에 들어 있어 뭔가를 사고 싶었다. 옷도 아니고 화장품도 아닌 서점에서 책을 한 권 사고 싶었다. 베스트셀러 목록에 있는 『상실의 시대』였다. 작가는 무라카미 하루키라고 소개되었지만 작가는 궁금하지도 않았다. 내용보다 제목이 더 마음을 끌어당겼다. 지금 나는 무엇을 상실해가고 있는지 그게 내 손을 뻗게 했다. 이 책을 들고 오빠를 만나러가는 게 왠지 멋져보일 것 같았다. 몇 달 전 오빠랑 커피숍에서 만났을 때 대학생들이 하는 일일찻집에서 느꼈던 어떤 상실감이 나에게 이런 지적 허영을 갖게 하는지도 모르겠다. 책의 두께는 두툼했다. 가슴팍에 책을 끌어안고 시내에 있는 코아양과점 이층에 위치한 '너와나' 음악다방에 들어서자 창가 쪽에 앉아 있던 성현 오빠가 손을 번쩍 들었다. 갈색의 엽

차잔이 놓여 있고 물잔이 비워져 있었다. 실내를 둘러보니 오늘 따라 빈 테이블 없이 사람들이 꽉 차 있었다. 카운터 아가씨에게 눈치 꽤나 받았을 것 같아 미안해졌다. 앉자마자 엽차를 들이미는 아가씨에게 커피 두 잔을 얼른 시켰다.

"많이 기다렸어? 오늘 따라 돌하르방이 시비를 자꾸 걸어가지고…."

"돌하르방?"

자리에 앉아 얼굴을 마주보자 정말 궁금하다는 표정이다.

"궁금해요? 우리 회사에서 제일 기 센 사람 별명이지 뭐겠어?"

"기 센 사람? 혹시 고안나 주임? 고 주임이 돌하르방이야?"

"응."

내 대답이 끝나자마자 커다랗게 웃음을 터뜨렸다.

"누가 지은 거야? 너니?"

"응. 나야. 왜 이상해?"

"아니, 아니. 너무 어울려서 놀란 거야."

조금 진정하는가 싶다가 다시 폭소가 터진다. 그 시원스런 웃음이 끝나기만 기다리는 수밖에 없었다. 늦게 온 벌칙으로 웃음 한 보따리 정도는 안겨줘야 인간 정미정이지.

"고 주임이 안다면 넌 아마 죽음일 걸?"

"아무도 몰라. 나 혼자 그렇게 정해서 부르니깐."

"우리 회사에서는 고안나 주임을 안 고안나로 부르는데."

"안 고안나?"

나도 싫은데 경쟁사에서는 오직일까? 그래서 안 고안나군. 진짜 이래저래 웃음주는 이름이다.

“안 오는가 싶어 섭섭해지려 했는데. 예쁜 미정이랑 웃고 있으니 힘이 난다.”

“헐~ 마음에도 없는 칭찬을 다하시네.”

“정말이야. 우리 친구들이 너 예쁘다고 소개해달라는 것 내가 거절했다.”

“내 소개팅을 오빠가 왜 거절해. 나에게 물어보지도 않고?”

“무슨 소리야, 네가 왜 소개를 받아?”

느닷없이 오빠가 큰소리를 냈다. 늘 침착한 사람이었는데 싶어 의아하게 오빠의 얼굴을 바라봤다. 가만히 보니 칙칙한 곤색의 회사 점퍼를 벗고 깔끔한 미색 점퍼를 걸쳤다. 나도 자꾸 오빠의 회사가 기슬려서 회사 유니폼을 벗고 청바지를 갈아입고 나왔는데 서로 말하지 않아도 의식을 하고 있었던 것이다.

“왜 화를 내고 그래?”

“앞으로 소개해달라는 말하지 마라. 내가 있잖아.”

“어머, 별 일이야. 오빠가 왜?”

그렇게 말해놓고 보니 정말 오빠가 왜 그러지 싶었다. 정말 분위기 이상하게 만들고 있었다. 오빠도 어색한지 테이블 위에 놓인 책을 만지작거리며 물었다.

“이 책 재미있어?”

“그냥 읽어보려고 샀어.”

“재미있으면 나도 읽게 좀 빌려주든지.”

책에 관심을 돌리는 오빠의 표정이 재미있게 느껴졌다. 성현 오빠가 날 좋아하나? 그럼 나는? 모르겠다. 하지만 싫지 않다. 우리 집과 붙은 아랫집에 살 때 그냥 이웃집 오빠라고 생각했는데 이렇게 마주 앉아 있으니 오빠의 모습이 새롭게 보인다. 내가 자리에 앉자마자 시킨 커피는 비었고 난 배가 슬슬 고프다.

“일어나. 나가서 뭘 좀 먹자.”

토도 달지 않고 발딱 일어섰다. 음악도 귀에 들어오지 않았다. 성현 오빠는 벌써 카운터에서 계산을 마치고 앞장서서 계단을 내려간다. 방향으로 봐서는 아귀찜이 유명한 오동동 쪽이다. 나도 같은 생각이었다. 이런 날 아주 매운 맛으로 감정을 좀 억제시켰으면 싶었다. 오빠와 나의 감정이 무르익어버리면 왠지 감당 못할 일이 벌어질 것 같았다.

거리의 은행나무 잎들이 제법 노랗게 물들었다. 곧 무더기 무더기로 떨어지면서 사람 마음 뒤숭숭하게 만들 것 같았다. 그러나 이 가을은 쓸쓸하지가 않을 것 같은 예감이 들었다. 오빠 옆에 바짝 붙어 살며시 팔짱을 꼈다. 오빠의 체온이 따뜻하게 전해져왔다. 원조 할매아귀찜집으로 가는 골목에 접어들었다. 저 집은 나도 친구들이랑 단골로 드나드는 골목 안 네 번째 집이다. 다른 아귀찜집보다 미나리와 된장이 조금 들어간 게 마른 아귀와 맛이 너무 잘 어울린다고 감탄한 집이었다. 같이 나오는 푸른 상추쌈에 한 입 싸서 먹으면 감기마저도 뚝 떨어져 도망가버릴 맛이다. 오빠랑 입맛도 같나 싶었다. 아귀찜이 나오기 전에 오빠가 동동주 한 주전자를 먼저 시켰다. 국물김치와 양념이 없는 순한 나물 반찬과 콩조림이 나왔다. 오빠가 찌그러진 양은 대접에 잔을 채워 내게 건넸다. 내가 오빠 잔에 술을 채우려 술 주전자를 잡으려 하자 손을 내젓는다.

오빠는 술잔 가득 뽀얀 술을 따르더니 잔을 들어 내 눈앞에 가까이

든다.

"만나줘서 고맙다."

너무 달달한 멘트다.

"고마우면 앞으로 잘해!"

심술난 것처럼 괜히 뚱하게 말했다. 동동주는 조금 달달한 게 느낌이 좋아 한잔 더 마시고 싶었지만 참았다. 괜히 오빠에게 술꾼으로 보이고 싶지는 않았다.

"오빠, 다음 주에 나 서울에 면접 보러갈지도 몰라."

"벌써?"

오늘 아침 출근을 해보니 게시판 벽에 이 분기 정식직원 면접 날짜가 적힌 게시물이 공고되어 있었다. 뜻밖에도 내 이름이 있었다. 수습 여직원 중에서 다섯 명 안에 들어가 있었다. 의외였다. 나 빼고 나머지 4명은 모두 수습 6개월이 넘은 선배 언니들이다. 본사에서 최종적으로 몇 명을 뽑을지는 모르겠지만 면접 볼 기회를 얻은 것만도 어디인가. 같은 입사 동기인 진숙 언니와 경하 이름은 없었다. 죄인이 된 듯 괜히 미안해져서 머뭇거리는데 진숙 언니가 먼저 술이나 한잔 사라고 시원하게 말해주었다. 그래서 마음의 짐이 좀 가벼웠었다. 내 속마음을 숨겼지만 겉으로 드러내지 못한 기쁨을 지금 이 자리에서 성현 오빠와 함께 나누고 싶었다.

"일을 잘해서겠지. 이번에 서울에서 영업 특별팀들이 내려와서 거창과 함양 쪽 시장에서 일일 판촉 행사를 했거든. 완전 대박이야. 어쩌면 오빠네 다시다 곧 이겨먹을 것 같은데?"

"그렇게 반응이 좋았단 말이지."

"그렇다니까? 매출을 끝내주게 올렸고 아마도 이번 도내에 있는 큰 축제와 행사에 다 참석할 거야. 충무 한산제랑 진주 개천예술제에도 이미 간다고 정해졌는걸. 오빠네 다시다 곧 물 먹고 나자빠질걸?"

"너희 땜에 내가 얼마나 피곤한 줄 아니? 일요일에 계속 수업도 빼먹고 있어."

"그래? 오빠는 힘들겠지만 어쩔 수 없어. 특별팀들도 그러더라고 이런 추세면 이삼 년 안에 다시다 완전히 물 먹인다고, 그러면 오빠 회사 많이 힘들걸?"

"야! 그만해. 술맛 떨어진다. 무슨 원수도 아니고 이런 사적인 자리에서까지 분위기 망칠 필요 없잖아? 그리고 너 정말 면접 보러 서울 갈 거야?"

"당연하지. 내가 얼마나 미친 고 주임한테 당하고 사는데 나도 정식직원 되어서 이 가슴에 묻힌 한을 풀어야지. 안 그러면 나 억울해서 못 살아."

쌓인 게 많아서 가슴까지 탕탕 치면서 말했다.

"그냥 안 하면 안 되냐? 다른 곳으로 내가 알아봐줄게? 응?"

"내 일은 내가 알아서 잘할 테니 오빠는 신경 끄세요."

오빠는 침묵했다. 조용히 술잔만 기울였다. 맛난 부위를 골라 아무렇지도 않게 내 밥그릇에 고기를 얹어주고 다시 밥 한 공기를 더 시켜 양념 묻은 숟가락으로 밥을 푹 퍼서 내 밥그릇에 담아준다. 양념에 비벼 상추쌈에 싸주는 쌈도 입 벌려 맛나게 받아먹었다. 나도 상추쌈을 한 입 크게 싸서 오빠의 입에 넣어주었다.

"헐~. 뭐야! 이것들은?"

어디서 많이 듣던 목소리였다. 익숙한 목소리는 바로 내 뒤통수에서 들려왔다. 입을 벌려 내가 건네주는 쌈을 입에 넣은 성현 오빠의 긴 눈꼬리가 둥글게 모아지면서 커졌다. 절로 고개와 몸이 뒤로 돌아졌다.

땡땡이 블라우스에 터질 듯 실룩이는 살집이 먼저 눈에 들어왔다. 천천히 고개를 들어보니 성현 오빠 말대로 안 고안나 주임이 서 있었다. 주말에도 유니폼을 입은 그녀를 보자 순간 땡초보다 더 독한 매운내가 품어져 나왔다. 잠옷도 유니폼을 입고 잘 것 같은 생각에 미치자 후끈후끈 혀가 매운내를 따라 진동을 하고 내 심장은 목적지도 없이 무작정 달려가고 있었다. 곧바로 기침이 미친 듯이 터져나왔다. 상황을 재빨리 판단한 성현 오빠가 먼저 일어섰다.

"고 주임님 아니십니까? 여긴 어쩐 일로…."

"참나. 이것들이 장난하냐? 식당에 왜 왔겠어? 밥 먹으러 왔지? 그러는 너희들은 왜 왔는데?"

"지나가다가 밥 먹으러 들어왔어요."

"지나가다가? 그런 것들이 이렇게 옷들을 깔끔하게 갈아 입으셨어? 너희 둘 몰래 연애해?"

"아, 아닙니다."

둘이 화들짝 놀라며 동시에 대답했다. 당황해하는 표정이 오빠의 얼굴에 그대로 나타났다. 나도 상상도 하지 못한 일이었기에 허둥거렸다.

"아니긴? 놀라는 꼴들을 보니 맞네."

고 주임 옆에는 신 사장이 웃음기 가득한 눈으로 우리를 바라보고 있었다.

"형님도 같이 오셨어요? 어떻게?"

"뭘 어떻게야? 말 그대로 밥 먹으러 왔지."

신 사장과 고 주임이 우리 옆자리에 앉았다. 신 사장이 분위기를 파악했는지 먼저 성현 오빠에게 일 얘기를 꺼냈다.

"너희들 쪽으로 연락 안 왔어? 우리는 지점으로 연락이 와서 나랑 고 주임이 신설 매장 둘러보고 오는 길인데."

"저는 금시초문입니다. 어느 쪽인데요?"

"어허, 이렇게 정보가 어두워서 어떻게 미원 이겨먹겠어? 창원 반송시장 안이야. 지하 매장을 꽤 크게 할 것 같더라고. 부산에서도 크게 슈퍼하던 사람이라던데 내가 보기에 모 아니면 도 같더라고."

"어떤 점에서요?"

"이건 느낌인데 좀 사기성이 있어 보이더라는 거지."

숟가락을 나란히 놓던 신 사장이 말했다.

"두고 보는 게 좋을 것 같아. 벌써 제과팀들은 매대 진열하고 있더라고. 잡화하고 같이."

"그래봐야 걔네들은 푼돈이고 우리하고는 매출 금액부터 차이나잖아요."

"그러니까 신중하게 지켜보자고. 요즘 대구 쪽에서 덤핑치는 애들 넘어온다는 소리 들리는데 뭐 아는 것 없어?"

"내 거래처에는 아직 없는데요."

"변두리 쪽에 내려와서 좀 장난을 치는 것 같더라고. 하도 물건 가져오라는 말이 없어서 한번 들렀더니 조그마한 가게에 물건이 꽉 차 있는 거야. 망해버린 슈퍼에서 헐값에 구매했는지 완전 경쟁이 안 되는 가격으로 넘겨받았다는데 가게 주인더러 뭐라고 하겠어?"

"참 큰일인데요. 대책을 세워야 할 것인데."

"대책은 무슨? 귀신같이 왔다가 사라지는데 잡을 수도 없는데 어떻게 해?"

고 주임이 시킨 아귀찜이 나오자 성현 오빠는 얼른 빈 잔에 술을 따른다.

"자꾸 덤핑 물건 받으면 그 가게에 물건 안 준다고 하지 그랬어요?"

"그러면 뭐하냐? 또 다른 놈이 와서 장난치는 걸. 시장질서 똑바로 잡으려면 아직 멀었어. 근데 진짜 궁금해서 그러는데 둘이 무슨 일로 밥을 다 먹냐?"

신 사장이 고 주임의 눈치를 슬쩍 보더니 성현 오빠와 나를 번갈아보며 묻는다. 묻고 싶은 걸 대신 물은 것이다. 이렇게 어물쩌 넘어갔다간 고 주임의 오해와 불신이 눈덩이처럼 부풀어올라 두고두고 화근이 될 것이기에 확실히 하고 넘어가자는 것 같았다. 술잔을 들어 단숨에 마시고 성현 오빠가 신 사장에게 잔을 건네며 얼굴을 들어 마주본다. 과연 저 입에서 어떤 말이 나올까 싶어 마주보고 있는 고 주임의 입꼬리가 묘하게 올라간다. 나도 궁금하다. 오빠가 과연 우리 사이를 어떻게 말할지.

"먼저 오해하지 마시고 들어주었으면 합니다."

성현 오빠가 고 주임과 신 사장을 번갈아보며 말했다.

"김성현 씨, 왜 우리가 오해한다고 생각해? 나는 그 말이 더 이상하게 들리네."

고 주임의 말투가 꼬여들어가기 시작한다.

"혹시나 싶어서입니다. 사실 미정이와 저는 어릴 적부터 한집에서 살았던 친동생이나 다름없는 사이입니다."

"한집에서?"

"네. 한지붕 아래서 같이 살았던 친척보다 더 가까운 이웃사촌이라고 할까요? 뭐 따지고 보면 어머니 쪽으로 고향 선후배 관계이기도 하고요."

"그러니까 친척이나 혈연관계는 아니지만 같은 지붕 아래서 살았다는 것은 세 살았다는 얘기야?"

"네. 우리 집이 미정이네 집에 세 살았다는 말이죠."

"근데. 왜 미원이고 미풍이야? 지금은 같이 안 산다는 얘기야?"

"네. 제가 군 입대하기 전에 이사를 나왔어요. 그리고는 미정이네와 통 소식을 모르고 지냈죠. 어머니도 몸이 편찮으셔서 형님 댁에 가 계시는 관계로 이번에 몇 년 만에 본 게 전부입니다. 그간 소식도 궁금하고 해서 제가 오늘 만나서 밥이라도 한번 사주고 싶어서 그래서 불러냈습니다."

고 주임의 눈알이 바쁘게 돌아간다.

"그게 전부야?"

"제가 뭣 땜에 거짓말을 합니까? 한지붕 아래에 살면 내가 미풍에 다니는데 왜 미정이를 미원에 보냅니까? 중학생 때 본 것 같은 데 이렇게 아가씨가 되어서 만나니 반갑고 또 사회생활하는 게 안쓰러워서 제가 격려도 해주고 싶어서 밥 한번 사주는 겁니다."

"사람들이 그러더라고 오빠가 애기 아빠 된다고."

"고 주임 왜 그래? 별 것도 아닌 걸 가지고 괜히 젊은 사람들 기분 상하게. 이제 오해는 풀렸잖아? 그냥 한잔해."

신 사장이 고 주임 앞에 놓인 빈 잔에 술을 따르며 달래듯이 말했다.

"저 오해한 것 없어요. 제 눈앞에 벌어진 상황을 똑바로 보고 얘기한 것뿐이라고요. 누구라도 이 장면을 봤더라면 궁금하지 않겠어요? 지금 우리가 어떤 시점에 놓여 있어요? 맛나 때문에 죽고 살기로 영업을 해도 시원찮을 판국인데 우리 아이가 저쪽 경쟁사 남자랑 이 야밤에 만나서 서로 쌈까지 싸서 먹여주고 있는데 그걸 보고도 그냥 넘어가요? 그리고 정미정은 내 바로 밑 수습직원이라는 말이에요. 내가 내 밑의 직원 사생활을 알아야 하는 것은 당연한 일 아닌가요? 우리의 사소한 영업전략이 저 능구렁이 김성현이가 꼬드기면 이 얼빠진 게 꼴까닥 넘어가서 나불거리면 뭐가 되겠어요? 잘못되면 범법행위일 수도 있다고요. 예전 사건 잊으셨어요? 화장지 애들 말이에요. 쌍용제지와 유한킴벌리 직원이 연애질하다가 어떤 일이 벌어졌는지 알잖아요. 그리고 수습 6개월을 다 채우지도 못한 정미정을 다른 사람도 아닌 내가 본사 면접 보게 강력하게 추천했다는 겁니다. 내가 말이에요. 알겠어요?"

"고 주임은 왜 일어나지도 않는 일을 앞질러서 생각해? 아는 사람들끼리 밥도 먹을 수 있지. 고 주임 혹시 질투하는 거야?"

신 사장 딴에는 분위기 바꾸려 한 농담이었다.

"뭐라고요? 질투요? 사람 뭐로 보고 이러세요? 내가 이따위 수습이 하는 짓거리에 질투나 할 급수로 밖에 안 보여요?"

갑자기 눈앞이 캄캄해졌다. 오빠랑 밥 한 끼 먹었을 뿐인데 지금 내 앞에서 벌어지고 있는 상황들이 믿기지 않았다. 고 주임 성격은 겪어봐서 알지만 걸려도 더럽게 걸려버렸다. 앞으로 내게 벌어질 일이 파노라마처럼 펼쳐져 나도 모르게 굵은 눈물이 탁자 위에 툭툭 떨어져 내렸다.

"야! 정미정, 왜 질질 짜고 그래? 확실하게 짚고 넘어가야 해서 하는 말인데. 좋게 말할 때 그쳐라."

그동안 당한 서러움이 수도꼭지처럼 터져나와 멈출 수가 없었다.

"고 주임님. 이거 너무 오버하신 것 같습니다. 우리가 무슨 직책이 있다고 범법행위를 할 것이며 이제 갓 들어온 신입생이 회사 규정과 사업 방침을 알면 얼마나 안다고 제게 고자질을 하겠습니까? 그 회사는 신입에게도 회사 기밀을 말하는 저질 회사입니까? 그것도 아니라는 것을 아시면서 왜 이러세요?"

"이것 봐, 김성현! 지금 나에게 따지는 거야? 뭐야?"

"그만 일어나겠습니다. 미정이는 밤이 늦었으니 제가 택시로 데려다 주고 가겠습니다. 식사 중에 일어나서 죄송합니다."

오빠의 억센 손이 내 팔을 잡아 이끌었다. 골목을 돌아 사거리 코아양과 앞까지 걸어올라갔다. 오빠가 창피할까봐 눈물을 대충 닦으면서 걸었다. 조금 더 걷다 내가 진정한 게 보이는지 오빠는 서 있는 택시 문을 열었다. 서로 아무 말 없이 유리창 밖만 쳐다보고 있었다. 우리 동네 못 미처 완월성당 앞에 택시를 세운 오빠는 성당의 철문을 열고 들어가 벤치에 털썩 주저앉았다. 얘기라도 나누고 헤어지려는 오빠의 마음이 읽혀졌다. 나도 따라 옆에 앉았다.

"미안해. 오늘 괜히 만나자고 해서 이런 일을 만들었어."

"오빠 탓 아냐."

오빠는 답답한 듯 호주머니에서 담배를 꺼내 문다.

"정말 계속 그곳에 다녀야 되겠어? 아주머니께 내가 말해줄 테니 당분간 그만두고 쉬어라. 내가 좋은 취직자리 알아봐줄게."

"아니, 오빠. 나 오늘 확실하게 알았어. 끝까지 다닐 거야. 오빠랑 오늘 만나기 전까지는 사실 너무 그만두고 싶었어. 오빠 만나서 좋은 곳

있으면 알아봐달라고 말할 뻔했어. 진심으로. 하지만 오늘 고 주임 하는 꼴을 보고나니 마음이 확 바뀌네. 내가 왜 그만둬야 되는데, 저 또라이 같은 것 때문에 지금 그만두면 앞으로 난 아무것도 못할 거야. 살면서 저런 인간 다시 만나지 말라는 법 있어? 아니잖아. 견뎌낼 거야. 이겨내서 꼭 유니폼을 입을 거야. 싸구려 땜질 유니폼이 아닌 회사 로고가 박힌 진짜 유니폼을 입을 거라고."

나도 모르게 목소리가 커졌다.

"그게 그렇게 입고 싶어? 막상 입으면 더 힘들어져."

"누군 수습 유니폼만 입다가 땡치고 누군 바로 정식 유니폼을 입는다는 게 난 이해가 안 가. 이건 공평하지 않다고."

"우리 사회 구조가 그런 걸 어떡해?"

"오빠는 수습 안 겪었지? 그러니깐 내 기분 모르지. 나보다 공부도 못하고 얼굴도 못생긴 게 사무실에 앉아 있는 꼴을 보니 내가 얼마나 한심한 인간인지 알겠더라고. 오빠 말대로 나도 공부하고 싶어."

"해! 한다면 내가 도와줄 테니 무슨 공부를 하고 싶은지. 내가 뭘 하고 싶은지부터 알아봐."

오빠의 말에 잠시 생각을 멈췄다. 뭘 하고 싶은지는 나도 모른다. 그냥 지금 내 꼴이 한심하고 싫을 뿐이다.

"오빠 말대로 이 시점에서 내가 그만두면 고 주임이 어떻게 생각하겠어? 우리 둘 사이를 인정하는 꼴로 만든다니까. 그리고 두고두고 소문내고 씹어댈 거라고."

"네가 힘들까봐서 그러지. 나는 무슨 말을 들어도 상관 안 해. 너 말대로 고 주임이 어떻게 너를 앞으로 힘들게 할 것인지가 그려지니깐 그런 거야.”

“이젠 어쩔 수 없어. 갈 데까지 가볼 거야. 그 끝이 어디인지 보고 난 뒤에 내가 결정할 거야.”

“이제 너랑 만나는 일도 없어야겠다.”

“왜 우리가 나쁜 일했어? 아니잖아.”

오빠의 눈을 바라보며 말했다. 오빠 역시 가만히 나를 바라보는 것은 어쩌면 이런 말을 듣고 싶은 건지도 모르겠다. 나도 내가 왜 이렇게 오기로 말하는지 어떤 게 내 마음을 뒤틀리게 했는지 궁금하다. 잡초처럼 뾰듯뾰듯 올라오는 이 더러운 근성이 내 자존심을 전봇대처럼 빳빳하게 일으켜세웠다는 것만은 느껴졌다.

“이제 그만 들어가. 쌀쌀하다.”

“오빠, 먼저 내려가는 것 보고 들어갈게.”

손을 들어 가볍게 내 어깨를 한번 두드린다. 오늘 하루 둘의 심장이 얼마나 뛰었는지 모른다. 돌아서는 오빠의 발걸음이 지쳐 보인다. 내일은 또 어떤 일들이 벌어질지 모르겠다. 집 계단을 올라가기 전에 하늘을 한번 올려다봤다. 별들만 반짝거렸다. 두 팔을 벌려 내 몸을 껴안았다. 내일은 내일의 태양이 뜨겠지. 그러니 미리 걱정하지 말자. 골목 끝에서 불어오는 바람이 제법 차다. 내일은 조금 두터운 옷을 입어야겠다. 한기가 들어 얼른 삐걱거리는 우리 집 철 대문을 밀었다.

맛나의 노래

하늘이 점점 높아지는 것 같다. 가을이 깊어지자 마음이 스산해진다. 버스 유리창 밖으로 보이는 풍경들이 어디 먼 곳으로 가자고 꼬드기는 것 같다. 순간 내리지 말고 끝까지 가버리고 싶은 충동이 일었다. 이 차를 타고 종점까지 가서 조용한 찻집에 들어가 커피라도 한잔 마시면 살 것 같았다. 내려야 할 정류소가 가까워질수록 갈등은 나를 계속 부추겼다. 그러나 저 만치 회사 간판이 눈에 들어오는 순간 등짝을 세게 맞은 것처럼 정신이 번쩍 들었다. 그곳에서 나를 기다리는 고안나 주임의 눈길이 창밖의 유혹보다 더 무서웠다.

걸어가는 발걸음도 무겁고 오늘 따라 2층 사무실로 오르는 계단은 높고도 높았다. 계단을 오르려다 보니 창고 옆 게시판 앞에 서 있는 진숙 언니가 손짓을 했다. 회사 행사를 알리는 곳이니 또 무슨 일이 일어났다는 것이다. 가을이니 충무나 진주에서 열리는 축제 중의 하나일 것이라고 짐작이 갔다. 게시판에 적힌 내용은 간단했다. 내일부터 우리 특판팀은 진주에서 열리는 개천예술제에 한 부스를 얻어 맛나를 알리는 특별 행사를 한다는 내용이었다. 고 주임이 팀장으로 꾸려진 팀에는 입사동기 세 명의 이름과 두 달 빨리 입사한 수습직원 둘도 포함되어 있었다. 조 주임팀도 합류하는 것 같았다.

축제는 무조건 좋다. 어떤 뒷수발들이 기다리고 있을지 모를 일이지만 축제라는 말에 설레는 것은 어쩔 수 없는 사실이다.

"아, 진짜 짜증나! 나 오늘 생리 터졌는데."

"언니, 생리통 심해?"

"그러니까 하는 말이지. 진통제 먹으면서 회사를 위해 이 한몸 논개의 마음으로 일하라는 말씀이잖아."

"남강의 논개처럼? 혹시 미원의 논개라고 회사에서 상 주는 것 아냐?"

"누구 죽는 꼴 보려고 그런 말을 해? 고안나 주임님께서 아신다면 입에 거품 물고 넘어지신다."

몸을 부르르 떨며 고안나 아니 안 고안나 주임을 까니 기분이 조금 괜찮아졌다. 같이 키득거리며 계단을 오르자 화장실 입구에 고안나 주임이 턱하니 버티고 있었다. 순간 움찔해졌다.

"뭐야? 아침부터 시시덕거리고, 지금부터 모여서 작전을 짜도 힘들 판에 하는 짓거리하고는 딱 수습 수준으로 논다니까 그러니까 너희들은 정식 추천을 못 받는 거야."

힘든 일보다 생리통보다 고 주임의 입에서 쏟아지는 말이 더 아프다. 오늘 아침 산사순례 떠나는 울 엄마에게 부탁할 걸 그랬다. 일주일 동안 아무 일 없이 무사히 집으로 돌아오기를 부처님께 빌어달라고.

얼른 사무실에 들어가서 내 자리에 앉았다. 일지를 꺼내놓고 보니 쓸

말도 하고 싶은 말도 없다. 며칠 전 적었던 글을 다시 우려먹었다. 슈퍼 이름만 바꾸고 변함없는 일상처럼 시간을 넉넉히 잡아서 적었다. 나도 요령을 피우는 걸 보니 사회의 찌든 때가 서서히 묻어가고 있었다. 일지를 적고 강당에서 지점장님의 훈시를 듣고 영업과장님의 내일 일정을 간단하게 알려주는 것을 받아 적고 다시 고 주임과 회의실에 모였다.

"너희들도 잘 알 거야. 이번 홍보 행사는 우리 회사로서는 처음으로 진행하는 행사여서 다들 온 정성과 힘을 다해서 성공적으로 마쳐야 돼. 신입들은 선배 말을 잘 따르고 요령 피울 생각은 꿈도 꾸지 말고 내 일처럼 열심히 하란 말이야. 그리고 제 양, 너는 지금 입사 몇 개월 됐어?

수습사원 중에 제일 나이가 많은 제 양 언니를 느닷없이 지목했다.

"11개월 정도 되었어요."

"그럼 일 년이 다 돼간다는 소리 아니야? 도대체 넌 남들 정식직원 될 때 뭐했어? 뭔가 사람이 확신이 안 드니깐 아직까지 이러고 있잖아? 아무리 똥차가 밀려도 너보다 잘 하는 애 올리는 게 회사의 경영방침이야. 개월 수 많다고 나이 더 먹었다고 정식직원 되는 게 아니라는 거 이번 정미정 추천 받은 것만 봐도 알겠지? 정신 똑바로 차려라!"

아, 사람 무안하게 왜 내 이름을 거론하고 난리야? 잘난척하며 이럴 때 써먹으려고 추천받은 것 같다. 제 양 언니를 신입들 앞에서 무슨 잡도리하듯이 몰아붙인다. 자기 맡은 일 투덜대지 않고 고분고분 일만 잘 하고 있는데 뭐가 문제야? 시빗거리 잡고 싶다면 여우 짓 못하는 것이 죄겠지. 그게 뭐 어땠어? 나도 모르게 입 안에서 자꾸 우물거려졌다. 저렇게 대놓고 남 까는 걸 보니 추천해준 것 눈곱만큼도 고맙지 않았다.

"네. 열심히 할게요."

"이번에 한번 지켜볼 거야. 다들 이번 달 말쯤 해서 서울 본사에 면접 보러 갈 기회가 또 있을 예정이야. 1차, 2차 나눠서 본다니 이번에 너희들이 맛나도 알리고 판매도 월등하게 잘해서 여기 있는 수습들 모두 다 정식직원이 되도록 하란 말이야? 나는 너희들 하는 것을 보고 추천서를 쓸 거야. 1차는 이미 정해졌고 2차는 몇 명이 서울로 올라갈지는 모르지만 어쨌든 열심히 하라고. 같이 일하는데 누구는 되고 나는 안 되면 기분이 어떨까? 나 같으면 때려치운다. 기회를 줄 때 잡으란 말이야!"

격하게 볼펜까지 흔들면서 말했다. 우리라고 왜 모를까? 고용 불안을 안고 하루하루 견딘다는 것이 어떤 기분인지. 이제는 누가 되어도 상관없다. 얼마나 힘든 나날을 보내는지 지친 얼굴만 봐도 서로 알기 때문이다. 이번 2차 기회에도 추천 받지 못하면 제 양 언니는 그냥 다른 곳으로 가는 게 더 낫지 않을까 싶다. 착한 심성에 차분한 말씨가 사무직에 딱 어울릴 스타일이다. 신입들 앞에서 저렇게 까여도 늘 수긍하는 태도가 불쌍하다 못해 바보같이 보였다. 내가 만약 제 양 언니처럼 계속 정식이 되지 못한다면 나는 미련 없이 떠날 것이다.

"이번 축제기간은 길기 때문에 준비할 게 많아. 그리고 특별히 더 신경써야 돼. 너희들 복장은 예전 그대로 할 것이고 미역국과 오이냉국, 그리고 쇠고기국까지 끓여서 즉석에서 소비자들에게 먹고 평가를 받아야 하니까 신경 바짝 써야 될 거야. 진열대에 진열하는 것도 좀 요령 있게 정리하고 그 자리에서 바로 물품을 구입할 수 있도록 준비 잘하란 말이야. 나머지 비품들은 지점에서 따로 준비해갈 테니 너희들은 개인 소지품만 챙기고 나오면 될 거야. 내일 여유 있게 한 시간 정도 빨리 지점에 도착하도록 해. 늦으면 안 기다리는 것 알지?"

지겨운 회의가 끝났나 싶어 수첩을 탁 접자 뭐하는 짓이야? 하는 고함 소리가 들렸다. 뭔가 싶어 보니 내 앞에서 고 주임이 못마땅하다는 표정을 짓고 있었다.

"회의 끝난 것 아니에요?"

"아직도 연애의 달콤한 기분에 젖어 있어?"

내 태도가 고 주임의 어떤 권위를 건드렸는지 모르겠지만 기어이 며칠 전 밤에 있었던 일을 꺼내와 한방 먹인다.

"1차 명단에 너 이름 올랐다고 이제 선배가 눈에 뵈지도 않아? 언제 끝났다고 수첩을 닫아? 최종이라는 게 있어 최종 말이야. 예비 명단에 올랐다고 기고만장하지 말란 말이야. 내가 니 이따위로 건방떨라고 올린 줄 알아?"

뭘 잘못했는지 찾았다. 은인을 몰라본 아부할 줄 모르는 나의 눈치 없음이 죄였다. 지적해준 덕분에 고개가 절로 숙여졌다.

"오늘 오전 방문 행사 다 취소야. 너희들 오늘 종일 좋은 아이디어를 하나씩 내놓으라고?"

"어떤 아이디어요?"

제 양 언니가 조용히 물었다.

"너도 참, 축제의 장에서 가만히 서서 우리 맛나 사가세요. 먹어보세요, 할 거야? 싸구려 바지를 팔아도 흔들면서 판다. 생각을 하라고? 생각!"

"그러면 우리 유니폼이 곤색이니깐 노란 맛나 색깔의 띠를 두르고 모자를 쓰는 게 어떨까요?"

옆에 있던 경하가 얼른 대답했다.

"그래, 좋아. 이런 아이디어를 내라고. 사람들의 이목을 확 끌어당길 수 있는 방법을 생각하라는 말이야? 야! 정미정, 너는 그쪽 출신인데 뭐 떠오르는 것 없어?"

사람 기 죽여놓고 다시 나를 지목한다. 딴 생각에 빠졌다는 것을 보이지 않도록 추천해준 은혜에 대한 해답을 얼른 내놓아야 했다.

"네. 간단한 노랫말을 지어서 부르면 사람들의 시선을 오래 붙잡지 않을까요? 재밌는 율동까지 한다면 더욱 좋을 것 같아요. 축제잖아요."

"노래? 노래라…. 그래, 좋았어. 역시 정미정은 우리랑 다르다니까. 그러면 옛날의 그 영광스런 딴따라의 정신을 이어받아 멋지게 한번 만들어봐."

"예~에? 저 자신 없어요. 그냥 어떨까 하는 제 의견일 뿐인데요."

"그러니까 네가 한번 해보라는 말이야. 너 아니면 여기에 딴따라 출신이 누가 있어? 이 나이에 내가 할까? 아니면 전복 따던 애 시킬까?"

순간 경하의 얼굴이 굳어진다.

"그냥 떠오르는 단어를 단순한 리듬에 붙여 불러봐. 다시다 선전 보니까 간단하대. 우리도 몇 마디만 넣어도 귀에 박히는 것을 해보란 말이야? 누가 너 노래자랑 내보내?"

"네~에."

"그렇지. 하겠다는 그런 자세야 말로 정식직원이 되는 지름길이야. 누가 아니? 이번 행사 대박나면 너희들 전원이 정식직원이 바로 될지? 아니면 정미정만 될지? 또 정미정만 아웃 될지? 앞일은 아무도 모를 일이거든 어쨌든 잘 해봐."

기대한다며 두툼한 몸을 흔들거리며 회의실 문을 열고 나간다. 상대방 말문 막히게 하는 데는 참 일가견이 있다. 정식직원이 되는 길을 들먹이며 얼마나 이번 행사에도 수습직원들을 부려먹을지 안 봐도 척이다. 그런데 하겠다고 대답은 했다. 내 입으로 뱉은 말이기에 책임을 지고 하기는 해야 된다. 정말이지 내가 미치긴 미쳤나 보다. 언제 내가 일기라도 써봤나, 문학소녀도 아니면서 이 잘난 회사에 들어와서부터 판촉일지라고 하는 걸 처음 써봤다. 맞춤법도 띄어쓰기도 안 된다. 인문계도 아니고 여상 출신인 나에게 노랫말을 쓰라니. 물론 귀에 쏙 들어오고 반복된 멜로디로 만들면 되고 사람들이 재미나고 기억에 남는 노래면 된다고 하지만 내가 무슨 작사가나 작곡가도 아닌데. 아, 정말 진짜 돌하르방이 날 물먹이려고 하는 짓거리가 훤하게 보인다. 그렇다고 기죽을 내가 아니지. 지랄맞은 오기가 슬슬 발동했다.

하얀 종이 위에 먼저 '맛나'라는 글자를 적었다.

담백하고 시원한 맛이 난다.

조미료 특유의 냄새가 나지 않는다.

마늘 양파가 들어가지 않으니 경제적이다.

맛이 난다를 계속 리듬감 있게 살려야 한다.

오전 내내 빽빽한 머리를 굴리고 굴려 적어 낸 맛나에 대한 평가였다. 이 단어가 들어가면서 리듬감이 살아나는 곡을 붙이면 행사용으로 사용하기엔 무난해보이는 곡을 썼다. 부르기 쉽고 머리에 쏙쏙 들어오는 기억하기 쉬운 단어였다. 내가 봐도 괜찮다. 춤을 춘다는 것은 좀 그렇고 가벼운 율동 정도는 해도 무방할 것 같다. 먼저 손으로 쇠고기맛나를 들고 몸을 약간 움직이면서 맛나를 흔들어준다. 보기 괜찮은데, 됐다. 이 정도면 오케이다.

1절 : 맛나 맛나 맛나, 맛있는 맛나
시원하고 담백한 쇠고기 맛나!
2절 : 노린내 안 나서 맛있는 맛나!
마늘 양파 필요 없어 경제적인 맛나!
후렴 : 맛나 맛나 맛나 맛있는 맛나
맛나국 드셔보세요.
시원하고 담백한 쇠고기맛나 맛나!!!!

앙케트 조사도 나가지 않고 홍보 노래 만들기에만 매달렸다. 진숙 언니와 경하가 의견을 보태주었다. 덕분에 밤 아홉 시가 가까워지자 홍보용 노랫말과 춤까지 대강이라도 맞출 수 있었다. 단순한 멜로디였다. 따라부르기도 쉬웠다. 마지막에 맛나를 외치는 것도 추가로 넣었다. 이 정도면 맛나의 이미지가 확실하게 각인이 될 것 같았다. 총괄부장님이 와서 들어보고는 엄지손가락을 바로 세운다.

"야! 대단한데. 이러다가 맛나걸스로 데뷔하는 것 아니야?"

"부장님, 어때요. 듣기에?"

옆에서 듣고 있던 고 주임이 물었다.

"아주 좋은데. 맛나의 장점과 맛나라는 이름이 계속 반복되는 게 소비자들의 머릿속으로 쏙쏙 박혀서는 대박이 터질 징조인데. 누가 만든 거야? 누구 아이디어야?"

"차~암, 부장님도 제가 누군가요? 특판팀이면 이 정도는 되어야 하는 것 아니에요?"

헐~ 진짜 어이가 없다. 자기는 종일 잘하라고 족치기만 하고선 저녁 늦게 들어와 다 해놓은 노랫말 따라부르는 것도 힘들어 하면서 저렇게 생색을 내다니. 재주가 참 억지스럽다. 억지스러워. 남의 수고를 저렇게도 태연하게 가로채는 걸 보면 참 대단하다는 말밖에 나오지 않는다.

"야, 이거 대박인데. 지점장님이 이 사실을 알면 아주 흐뭇해하시겠는데. 아니지 이건 본사에서도 알아야 하는 사건인데. 우리가 처음이니까 너희들 내일부터 정신 똑바로 차리고 해보라고. 내 장담하건데 이건 맛나가 대박이 날 징조라고."

부장님의 지나친 칭찬에 괜히 머쓱해질 성도다.

"당연히 대박나야죠. 미모도 되고 노래도 되는데 우리가 다시다에게 꿀릴 게 뭐가 있어요? 참 혹시 이번 축제에 다시다 애들도 오는가요?"

"그건 모르지. 우리도 처음으로 축제위원회에 코너를 하나 쓰겠다고 신청을 했고 회사 입장에서도 긴가 민가야? 그러니 다시다 애들은 생각이라도 했겠어? 완전히 우리의 축제지."

"그럼요. 이번 홍보 행사로 천연조미료의 판도를 확 바꿔놓도록 해야죠."

"역시 우리 고 주임이야. 그러니까 회사에서 고 주임을 밀어주잖아. 무슨 뜻인지 알지?"

"아유, 무슨 말씀을요? 전 아직 멀었습니다."

멀었다는 말보다 지금 당장이라도 과장 되고 싶어 우리를 볶아대면서 겸손은 무슨, 밑에 사람들 죽도록 일해놓으면 저렇게 자기 밥그릇처럼 잘도 챙기는구나. 고 주임의 장점에 추가할 또 하나의 항목 같아 보였다.

버스 정류장에 와서야 사무실에 윗옷을 두고 왔다는 걸 알아차렸다. 서두르면 늘 이렇다. 부리나케 쇼핑백을 들고 나오다가 일층 창고 입구에서 퇴근하는 고 주임과 마주쳤다. 간이 쿵, 하고 떨어졌다.

"아직 안 갔어?"

"네. 가다가 유니폼 위에 입을 재킷을 두고 가서 가지러 왔어요."

"오늘 수고했어. 내가 널 왜 추천했는지 알지? 내가 널 키운다는 뜻이야. 진숙이넌 너 면접 본다고 안 씹어? 누구든지 널 씹어대는 년 있으면 말해. 내가 평생 수습으로 빵빵이 돌려줄 테니까. 그리고 뭐, 이상한 소문이나 들리는 말 없어?"

"없는데요."

마른침이 절로 넘어갔다. 방금 전 화장실에서 들은 지점장님과 총괄 부장님이 나누는 얘기는 내 목에 칼이 들어와도 지금 이 순간 절대 말할 수 없다. 몰래 들은 내 죄가 컸다. 내 소라귀가 오늘 따라 너무너무 얄미웠다.

"이상한 소리 들리면 바로 말해. 우린 한 팀이잖아. 응?"

으스스했다. 갑자기 한기가 등줄기를 타고 올라왔다. 유니폼에 안달난 많이 모자란 나를 추천해준 것은 고맙게 생각한다. 고마운 것은 고마운 것이지만 저 말을 듣는 순간 갑자기 죄 지은 기분이 들었다. 우리라는 말이 공범처럼 느껴졌다. 한 팀이라고 생각한 적 없는데 언제 내가 고 주임과 한몸이 되었는지 모르겠다. 겨우 일으켜 살 만했던 기분이 급하게 납작 엎드려버렸다. 말할 수 없는 비밀을 너무 많이 간직한 무거움에 발걸음이 쉽게 움직여지지 않았다. 카디건 사이로 찬바람이 들자 따뜻한 국물이 먹고 싶어졌다. 오늘은 몸보다 머리가 더 어지럽다. 버스를 타자마자 졸음이 쏟아졌다.

정류장에서 내려 성당 골목을 접어드는 순간 가로등 밑에 군복을 입은 남자가 서 있는 것이 보였다. 담벼락에 기대어 담배라도 피우는 듯 옅은 담배 냄새가 풍겨왔다. 빠르게 고개를 숙이고 그 앞을 지나갔다.

"정미정, 이제 오냐?"

내 이름을 부르는 군인은 뜻밖에도 성현 오빠였다.

"어, 뭐야? 군복을 다 입고. 나는 군인 아저씨인 줄 알았네."

"너는 군인 아저씨가 뭐냐? 이 오빠에게?"

"다들 그렇게 부르던데? 근데 어쩐 일이에요."

"그냥. 오늘 예비군 훈련 갔다가 마지막 날이라서 친구들하고 한잔 하고 집에 가려다가 여기가 미정이 너희 동네 아니냐? 혹시 퇴근하고 오면 얼굴이나 한번 볼까 해서 기다렸지."

"내가 언제 올 줄 알고 기다려요? 오래 기다렸어요?"

"아니 뭐, 너 막걸리 한잔 할래?"

"그러죠 뭐."

오빠를 따라 들어간 곳은 빈 공터에 천막을 치고 막걸리와 순대를 파는 포장마차였다. 오빠는 묻지도 않고 막걸리와 순대와 어묵꼬치를 시켰다. 따끈한 어묵국물을 급하게 퍼먹자 한기가 조금 누그러졌다. 오빠가 따라주는 막걸리도 단숨에 들이켰다. 빈속에 짜릿해져 오는 게 갑갑한 뭔가가 내려가는 기분이었다.

"오늘도 많이 힘들었지."

"늘 하는 일인데요. 뭘?"

"고 주임이 뭐라고 안 해?"

"그래서 이렇게 늦도록 뒤치다꺼리하고 왔잖아요."

같이 잠시 웃었다. 회사 일을 잊으려 성현 오빠에게 집중했다. 군복을 입은 오빠의 모습은 좀 껄렁해보였다. 군복이라면 단정하고 멋있는 것이라고 생각했는데 삐딱하게 쓴 모자며 풀어헤친 군복 윗도리 때문인지 이건 무슨 태도지 싶어 오빠를 찬찬히 훑어보았다.

"왜? 이상하게 보여?"

"응. 이상해. 오빠가 회사 유니폼을 입고 있었을 땐 그냥 오빠다웠는데 이렇게 군복을 입고 있으니 뭐랄까? 허수아비처럼 보여."

"제대하고 이 옷을 걸치면 미정이 말대로 다들 기가 빠져서 헬렐레해진단 말이야."

"정말 아이러니다. 그렇게 멋진 군인 아저씨들이 사회에 나와서 조금만 지나면 군복을 입혀 놓아도 왜 도시의 찌질이 아저씨들로 보일까요?"

웃으면서 농담을 건넸다.

"먹고 살려고 하다 보니 이렇게 변했겠지. 모두 다 때가 있는 거야. 군인은 군복 입을 때가 멋지고 학생은 교복 입을 때가 예쁜 것처럼."

"그럼 나는 우리 회사 유니폼 입을 때가 제일 예쁘겠네."

"넌 항상 예뻐."

"진짜야?"

오빠의 칭찬이 설령 빈말이더라도 기분은 좋았다. 저쪽 끝 테이블에 앉아 왁자하게 큰소리로 얘기하면서 술을 마시고 있는 예비군 옷을 입은 남자 둘이 일어나 계산을 하며 나간다. 모자를 바지 뒷주머니에 찔러넣고 침을 뱉으면서 농담을 주고받는 모습이 시시껄렁하다. 아무리 좋게 잘 봐주려고 해도 저건 군복에 대한 예의가 아니었다. 계산을 마치고 우리 자리에 있는 그릇에 따끈한 어묵국물을 퍼주는 주인아줌마가 말했다.

"군인일 때 우리 집에 오면 그렇게 점잖게 술을 먹더니만 저 개구리복만 입으면 180도로 달라지는 이유를 나는 아직도 모르겠다."

오빠와 시선이 마주치며 동시에 웃었다.

"오빠, 나 내일 밤 진주 가."

"진주는 왜?"

"응. 진주 개천예술제 축제장에 맛나 선전하려고 가지 뭐하러 가겠어? 오늘 왜 늦었냐면 내일 부를 노래 만든다고 늦었어."

조금 느릿하게 대납했다.

"무슨 노래를? 너희 회사에 노래가 있었어?"

"있어. 맛나 노래."

"그럼, 너 사람들 앞에서 노래도 하고 춤도 추는 거야."

"아니야. 시음회같이 음식 만들어서 맛보게 하고 맛나도 팔고 그렇게 행사를 한다는 거지."

"왜 그런 힘든 일을 해?"

"그럼, 어떡해? 이번 행사만 잘 치르면 나 정식 유니폼 입을 줄도 모르는데 해야지."

"그러지 말고 나한테 시집 와라."

"농담하지 마."

"농담 아니다."

오빠가 정색을 하면서 말했다. 농담 아닌 줄은 알지만 느닷없이 들으니 당황스러웠다. 괜히 분위기 이상해질까봐서 얼른 비어 있는 오빠 잔에 막걸리를 가득 채웠다.

"이번에 정식 안 되면 그때 가서 다른 곳으로 옮기든지 할게."

말이 끝나기도 전에 바깥에서 소란스러운 소리가 들리더니 비닐 가림막을 들추고 고등학생 교복차림의 덩치 큰 녀석들이 들어온다. 운동을 하는 녀석들인지 모자도 안 쓰고 책가방을 옆구리에 끼고 들어온다. 찬바람이 서늘하게 테이블을 지나간다.

"할매, 우리 어묵국물하고 막걸리 한 주전자만 주이소."

"학생들한테 술 안 판다."

"오늘은 그런 일이 좀 있었다니까요. 한 되가 안 되면 반 되만 주이소."

"한 되고 반 되고 너희들한테는 팔기 싫다."

"진짜 까칠하시네. 저번에는 팔더니만 오늘은 왜 안 되는데요?"

"그때는 사복을 입고 와서 대학생인 줄 알고 팔았지. 교복을 입고 술집에 오는 놈들이 무슨 학생이고? 교복을 입었으면 학생답게 빵집에 가든지 해야 될 거 아니가?"

"아, 진짜. 반 되만 주이소."

"됐다고 했다. 쓸데없는 말하지 말고 어서 집에나 들어가라."

"와, 진짜 할매 이상하네."

투덜대던 녀석들이 비닐 가림막에 화풀이를 하듯 밀치며 나간다.

"저 더러운 화상들 때문에 이 장사 못해먹겠다. 교복 입고도 와서 술처먹으려고 하니 내가 장사를 접는 수밖에 없다. 학교 가면 선생 앞에서는 가만히 있으면서 밖에만 나오면 저 지랄을 하는지 말이다."

"괜히 허세부리는 거죠. 나쁜 녀석들은 아닌 것 같은데요."

"사고치는 놈들이라고 얼굴에 쓰여 있나? 학생은 학생답게 선생은 선생답게 군인은 군인답게 해야 되는 것 아니가?"

"끓은 피를 유니폼 속에 가둬놓으니 벗어나고 싶어서 그렇겠죠?"

"자네도 해병대 옷 입고 지랄했나?"

"네."

"와?"

"귀신 잡는다고요."

웃음이 터졌다. 농담을 아는 오빠였다. 늦었다며 담배를 집어넣고 일어선다. 나도 따라 일어났다. 아무 말 없이 그냥 집을 향해 오르막이 이어지는 골목길에 들어서자 오빠가 슬쩍 손을 잡았다. 오빠의 손이 차가운 내 손을 잡아 군복 호주머니 속으로 가져간다. 따뜻한 온기가 가슴까지 전해졌다. 우리 집 대문이 보이는 가로등 밑에 와서야 오빠의 손을 놓을 수 있었다.

"들어가. 조심하고."

"응. 진주 다녀와서 연락할게."

"그래."

쉽게 돌아서지 못했다. 미적거리다 돌아서 몇 발자국 걷는데 훅, 끼치는 술 냄새가 내 머리카락을 덮쳤다. 느닷없는 포옹이었다. 움직일 수가 없었다. 불빛 때문에 얼굴을 들 수도 없었다. 성현 오빠는 나를 돌려 세워 입술에 가볍게 입맞춤을 하고는 뚜벅뚜벅 큰걸음으로 골목길을 빠르게 걸어내려간다. 가을이 깊숙하게 들어왔는지 집 앞 화단가에서 울어대는 풀벌레 소리가 제법 요란스럽다. 손끝으로 입술을 더듬어보았다. 아무 흔적도 남아 있지 않았다. 다만 내 입술이 많이 화끈거린다는 것은 손끝으로 느낄 수 있었다.

축제 속으로

축제에 사용할 용품들을 챙기다보니 늦은 밤이 되어서야 진주에 도착했다. 진주 특판소장이 마련한 촉석루 근처 숙소의 화장실 거울 앞에 섰을 때에야 낯선 곳이라는 게 느껴졌다. 대충 씻고 잠자리에 들었지만 잠자리가 바뀌어서 그런지 쉽게 잠을 이루지 못했다. 여러 명이 한방에서 잠을 자는 것도 불편하고 들려오는 숨소리마저도 낯설었지만 일주일 동안 이어지는 행사에 시달릴 일이 더 걱정되었다. 고 주임은 내 실적과 행동거지와 열정을 일일이 체크할 것이다. 자기의 눈에 흡족하도록 재깍재깍 움직여야 하고 교묘히 지적하는 고 주임의 감시 카메라 같은 눈을 견뎌내야 한다. 어떤 애사심과 충성심을 보여줘야 진짜배기 유니폼을 입을 수 있는지 모르겠다.

내 옆자리에 누운 경하를 바라봤다. 충무에서 배를 타고 한참을 더 들어가는 욕지도에서 왔다고 했다. 미역 따고 전복이나 따면서 총각선생님이나 그리고 살 걸 그랬다고 술에 취해 울먹이던 경하의 목소리가 지금도 들린다. 나이 어린 동생들이 언니가 있는 자취방으로 차례대로 오기에 빨리 자리잡아야 된다고 했다. 먼저 태어난 게 경하의 죄라면 오빠보다 늦게 태어난 나도 죄다. 아들은 대학 보내는 게 당연하고 딸은 돈 벌어 집안 돕는 것 또한 당연했다. 그러면 내가 벌어 내 앞길 닦아야 되는데 왜 내가 번 돈으로 오빠의 방을 얻는 데 보태야 하는지 그게 엄청 섭섭하고 불공평하다는 것이다. 경하나 나나 둘 다 세빠지게 살아야 할 팔자였다. 진숙 언니 말대로 주차장 앞 번개도사 집에 가서 나도 내 사주팔자 한번 풀어보고 싶다. 이 꼴로 계속 살 것인지 그래도 반짝 해 뜰 날이라도 있는지. 이번에 좋은 결과를 얻어서 정식직원이라도 되면 이 고생도 원망 안 할 것 같다. 경하에게 이불을 당겨 덮어주었다.

왼쪽으로 몸을 돌렸다. 진숙 언니였다. 이번에 새로 특별팀에 합류했다.

무소불위 고 주임에게 유일하게 딴지를 걸 수 있는 분위기 파악은 제로이지만 그래도 집에 돈을 보태줘야 하는 아픈 아버지가 계시다고 했다. 그리고 그 너머에 누운 제 양 언니는 일 년 가까이 수습 딱지를 달고 온갖 구박을 다 박고도 묵묵하게 변두리만 돌고 있다. 그녀가 신은 구두를 우연히 보게 되었을 때 그 고단함을 알게 되었다. 시골길을 걸었는지 뿌연 먼지와 진흙이 검은 구두를 뿌옇게 덮고 있었다. 늘 피곤을 얼굴에 달고 있어 파운데이션이 뿌옇게 떠 있고 입술 밑 턱선에 뾰루지는 벌겋게 일어나 있었다. 정식으로 가는 티켓을 모두 받았으면 좋겠다. 제 양 언니도 진숙 언니도 나도 경하도….

우리 모두 절실하게 티켓을 잡아야 할 사람들이다. 그 절실함을 알고 마음껏 부려먹는 저 불여우 같은 고 주임을 누가 당하랴. 주인처럼 일하는 열정에 요즘 지점장님도 고 주임의 의견이라면 무조건 오케이다. 충성심과 애사심은 하늘을 찌른다. 부디 하늘만 찌르고 나는 안 찔렀으면 좋겠다. 가벼운 코고는 소리와 이가는 소리가 동시에 들린다. 고개를 들어 창가 쪽에 보니 고 주임이다. 골고루도 한다. 어디에도 안 빠지는 게 우리의 고안나 주임이다. 꿈에도 할 일이 많으시구나, 지금 많이 하고 눈뜨면 조용했으면 좋겠다. 억지로라도 잠을 자려 이불을 깊숙이 끌어당겼다. 쿰쿰한 냄새가 급하게 딜러들었다. 살찐 양들을 차례대로 세기 시작했다.

옆구리를 누군가 쥐어박는 느낌과 선뜻한 바람에 눈을 떴다. 창가 커튼이 젖혀져 있고 벌써 씻고 나온 고 주임이 눈앞에 버티고 서 있었다. 내 옆구리를 발로 찬 사람이 누군지 단박에 알아차려졌다. 옆자리 진숙언니도 지금 일어났는지 부스스한 모습이고 경하랑 나만 자리에서 뭉개고 있었다.

"잘하는 짓이다. 젊은것들이 빨리 일어나서 씻고 기다려도 봐줄까 말까인데 아직도 퍼질러 자빠져 있는 거야?"

아침부터 또 시작이다. 경하가 얼른 일어나 어질러져 있는 이불을 갠다. 조 주임이 분위기를 바꾸려고 대화에 끼어들었다.

"그냥 놔두고 씻으러 들어가. 내가 해줄 테니."

애들 간 키운다고, 타박하는 고 주임 목소리에 대고 욕실 문을 쾅 닫아버렸다. 씻고 나오자 화장을 마친 고 주임의 얼굴이 가부키 배우같이 뽀얗게 피어나 있었다. 그 위에 얇은 입술과 두툼한 쌍꺼풀이 길 잃은 미아 같아 보였다. 오늘은 그나마 붉은 아이섀도가 아니고 갈색이라 다행이었다. 서울 오빠들 의식이 되긴 되나 보다. 우리가 조금만 립스틱 진하게 바르면 난리도 아니면서 본인은 본인 스타일을 모르는 것 같다. 말해주는 사람이 없으니 모르겠지. 그냥 저렇게 살게 냅둬가 정답이다.

드디어 오늘 출정식이다. 밥을 먹는 식당에서 고 주임은 여직원들에게 오늘의 활동 스케줄과 각자 맡은 역할을 알려주며 파이팅을 당부했다.

"오늘 드디어 맛나의 힘을 보여줄 때가 왔습니다. 오늘 행사 일정 보고에 앞서 우리가 왜 회사를 위해 열심히 일해야 하는지를 얘기할게요. 저는 크면서 잘한다는 소리, 예쁘다는 소리 그런 칭찬 한번 멋들어지게 들은 적 없이 자랐습니다. 그런데 회사에 입사하니 아니더라고요. 제가 열심히 하니 인정도 해주고 정식직원도 되고 월급도 오르고 회사가 알아봐주더란 말입니다. 여러분, 얼마나 고맙습니까? 나를 알아봐주는 회사를 위해 제가 못할 게 뭐가 있습니까? 저는 늘 이런 감사의 마음으로 하루를 시작합니다. 그냥 월급쟁이의 마음으로 하루를 시작하지 말고 내가 주인이라는 마음으로 일하면 일의 능률도 오르고 스트레스도 덜 받고 또 보상까지 주어집니다. 회사는 말입니다. 열심히 일하는 직원을 키워주지, 게으른 직원은 키워주지 않습니다. 여러분 앞에 이렇게 서 있는 저를 보세요. 특히 수습 여직원들은 본보기로 삼으라고 이렇게 말하는 겁니다. 주인의 마음으로 해달라는 당부의 말씀을 드리고 다음으로 오늘 행사건을 간략하게 말씀드리겠습니다."

헐, 무슨 일이야 하는 표정을 경하랑 살짝 주고받았다. 잘난척하는 소리는 늘 듣고 살지만 저렇게 자신에 대한 얘기를 하는 건 처음이었다. 여태 보여주었던 모습하고는 많이 달라 미친 것 아니냐고 묻는 표정은 진숙 언니가 지었다. 직원의 마음으로 일을 하는 게 아니라 주인의 마음으로 해달라는 당부의 말씀은 맞는 말이지만 고 주임처럼 일할 마음은 요만큼도 없다. 그래도 사랑받지 못하고 자랐다는 고백은 좀 짠하게 들렸다.

머리에 맛나 색으로 맞춘 노란 캡을 쓰고 노란 앞치마를 둘렀다. 노란 맛나의 포장지 색이랑 한 세트였다. 눈에 확 띄는 모습이었다. 바구니에 담긴 조미료와 판촉 물건들을 챙겨 행사장내 우리 구역으로 향했다. 우리 코너는 촉석루 입구가 보이는 도로 쪽이었다. 옆 도로는 민물장어를 파는 가게가 늘어서 있는 곳이고 이쪽은 도로 폭이 넓어 야시장이 서는 곳이어서 사람들의 이동이 많은 곳이다. 이른 아침인데도 벌써부터 각자 배정받은 부스 안에 장사할 채비를 하느라 장사꾼들이 바쁘게 움직이고 있었다. 우리 옆 구역에는 부산어묵을 파는 부부가 어묵탕을 끓일 가스를 연결하고 있었다.

"무슨 아가씨들이 이렇게 떼거지로 장사하러 왔노?"

몸매가 후덕한 중년 아줌마가 먼저 아는 체를 했다.

"안녕하세요? 저희들은 신제품 맛나를 홍보하러 나왔습니다. 이렇게 나란히 장사하게 되었네요. 잘 부탁드립니다."

조 주임이 먼저 상냥하게 인사를 했다.

"어묵탕에 우리 멸치맛나 넣으면 더 맛날 거예요. 제가 우리 신제품 맛나 샘플을 좀 드릴 테니 넣어보세요."

"고맙지만 사양합니다. 우리는 다시마랑 남해 멸치하고 무 넣고 땡초 몇 개 넣으면 끝나는 게임이거든요. 조미료는 안 넣습니다."

"아지매는 미원 안 먹습니까? 드셔보지도 않고 그리 말하면 안 되지

예?"

퉁명스런 사투리로 고 주임이 되받아쳤다.

"아가씨, 참 이상한 소리하시네. 우리 부산어묵은 조미료가 필요 없다는데 웬 시비야?"

지금 부산어묵 주인아줌마의 심기가 갑자기 불편하다는 말씀이다. 인간사 도움 안 되는 고 주임은 우리 옆자리에서 전을 펴는 튀김집을 기웃거리기 시작했다. 이웃집 간섭에 눈을 돌리고 있는 사이 특별팀인 우리는 축제 준비를 위해 바삐 움직였다. 지점장님이 행사 점검 차 오시기 전에 완벽하게 준비가 되어 있어야 된다. 긴 판매대 위에 휴대용 가스레인지를 설치하고 큰 냄비에 미역을 불리고 박스에 담긴 제품을 챙겼다. 신선로 그림이 그려져 있는 미원을 중심으로 규격과 종류 별로 맛나를 진열했다. 보기 좋게 수북하게 쌓았다. 마요네즈와 케첩까지 우리 제품 전부 다 진열했다. 몇 발자국 뒤로 물러나서 봐도 중심이 딱 잡혀 있는 게 제품들이 눈에 확 들어왔다. 여직원들의 옷차림도 다시 서로 챙겼다. 노란 캡을 고쳐 쓰고 노란 앞치마에 맛나 출시를 알리는 어깨띠까지 두르니 폼나게 예뻤다. 사은품 그릇과 샘플 제품과 물통까지 진주특판 영업직원들이 미리 가져다놓았다. 준비 완료였다. 이제 시식용 국물만 있으면 된다.

먼저 불려둔 미역을 큰 냄비에 간장 조금하고 참기름을 넣어 볶다가 물을 부어 끓이다가 마지막에 쇠고기맛나를 넣고 푹 끓이면 된다. 한 곳에는 쇠고기맛나를 넣은 미역국을 끓이고 다른 냄비에는 콩나물국에 멸치맛나를 넣고 끓였다. 두 냄비가 맛나게도 끓고 있다. 종이컵에 국을 담아 먼저 맛을 보니 진한 국물맛이 끝내준다. 완벽하게 반할 맛이었다.

모든 것이 준비되었다.

점점 축제 분위기를 돋우어줄 팔도 음식 냄새가 향수 향보다 더 향기롭게 음식 골목에 퍼져나가기 시작했다. 시간되면 슬슬 한 바퀴 돌며 모두 맛보고 싶어질 만큼 유혹적이다. 그런데 우리 판매 구역 바로 앞에 엇비슷한 위치에 현수막이 걸리고 있었다. 붉은 색이었다. 자판대도 짜 맞춘 듯 붉은 색으로 칠해져 있고 그곳에는 이렇게 적혀 있었다.

쇠고기 국물 맛! 쇠고기다시다
다시다!! 제일제당

내가 잘못 본 것인가 싶어 눈을 감았다 다시 바라봤다. 맞다. 맞았다. 우리의 라이벌인 그 다시다였다. 남자직원이 박스를 짐 운반용 수레에 싣고 와서 판매대 위에 우리와 똑같은 시식용품들을 진열하고 있었다. 일사분란하게 차려지고 있었다. 라이벌끼리 끝내주게 만난 것이다.

"뭐야, 저것들?"

고 주임의 목소리가 크게 들렸다.

"언제 저것들이 준비한 거야?"

"우리 따라하는 것 같은데요."

"설마?"

우리들의 입방아에 지고는 못 살고 궁금해도 못 사는 고 주임이 성큼성큼 다시다 매대 쪽으로 걸어갔다.

"뭐하는 짓들인데?"

고 주임을 쳐다보는 다시다 남자직원들의 표정이 묘하다.

"보시다시피 홍보 나왔죠."

"왜 하필 이 자리인데? 언제부터 다시다가 홍보했다고 이 짓거리를 하는데?"

"왜 이러세요? 우리도 정식으로 축제위원회에 신고하고 자리 배당 받아서 하는데 왜 이러세요?"

할 말 없다. 그러니까 제일제당 다시다 쪽에서도 이 축제의 중요성을 알고 정당하게 접수하고 자기 구역 받아서 홍보한다는 것이다. 점점 고 주임의 목소리가 커진다.

"거지발싸개도 아니고 왜 우리 따라하냐고?"

"따라하긴 누가 따라해요? 우리도 홍보할 능력이 되니깐 하지요."

실랑이가 길어지는 게 아무래도 곧 싸움으로 번질 것 같아 불안해졌다. 얼른 조 주임과 여 직원들이 고 주임을 억지로 데리고 우리 자리로 왔다.

"아, 정말? 저것들이 언제 저런 정보를 입수해서 저 짓을 하는지 모르겠네. 좋아! 이에는 이, 눈에는 눈. 누가 이기나 해보자는 거지. 너희들 지금부터 똑바로 해라."

고 주임의 단호한 말에 얼른 각자의 위치에 자리를 잡았다. 서서히 사람들이 나타나기 시작했다. 축제장의 무대로 가는 길목이라서인지 축제 운영위원회 사람들과 행사 진행요원과 관광객들이 뒤섞여 지나간다.

"어머님, 우리 미원 맛나 국물맛 좀 보세요."

먼저 조 주임이 지나가는 50대 아줌마들을 불렀다. 우리 쪽 직원은 여직원들이 여섯 명이다. 저쪽 다시다 직원은 4명이다. 호기심을 느낀 아줌마들이 우리 쪽으로 다가왔다. 종이컵에 미역국을 담아 건네주며 설명도 하고 샘플도 정성껏 챙겨주면서 맛나를 사가도록 유도했다. 의도가 먹혀들어가 맛나와 미원을 골고루 팔았다. 첫 출발이 괜찮았다.

"쇠고기맛나, 맛보고 가세요. 노린내 나지 않은 미원 맛나입니다."

의식적으로 큰소리로 외쳤다. 다시다 쪽도 그 소리에 답변이라도 하겠다는 듯이 외쳤다.

"쇠고기다시다 맛보러 오세요."

우리 쪽에서 국물맛을 보던 한 아줌마가 뒤돌아보며 친구들에게 알렸다.

"야들아, 다시다는 저기 있네. 우리는 다시다 먹는데."

"나도 다시다 먹는데. 이건 뭔데?"

나는 얼른 대답했다.

"미원에서 만든 천연조미료 맛나입니다. 이번에 맛나가 출시되어서 홍보하는데 미원이 들어가서 훨씬 담백하고 맛이 깊습니다."

"서울 사는 우리 딸이 미원 먹지 말라카던데. 몸에 안 좋다고."

"나도 요즘 미원 안 사먹고 다시다로 맛낸다."

이건 사람 약올리기 딱 좋은 고객이었다.

"미원은 사탕수수에서 뽑은 추출물로 만들어서 우리 몸에 아무런 해를 입히지 않습니다. 해가 된다면 어떻게 국가에서 허가를 내주었고 지금까지 우리 식탁을 책임졌겠어요. 어머니?"

나는 얼굴이 벌게지면서 항변했다. 한 사람이라도 놓칠 수 없는 문제였다. 이건 자존심의 문제였고 내 유니폼이 걸린 문제였다.

"아이고, 이 아가씨가 와 이리 무섭게 말하노."

그때 건너편 다시다 쪽에서 기다렸다는 듯이 티브이에서 많이 듣던 노래 소리가 흘러나왔다. 약 올리기 딱 좋은 타임이었다. 보글보글 찌개 끓는 소리에 맞추어 네 명의 여직원이 나란히 서서 예쁘게도 불렀다. 테이프에서 계속 반복되는 CM송 소리는 크기도 했다.

쇠고기 국물맛 쇠고기 다시다! 다시다~.

이 후렴을 계속 반복했다. 보글보글 찌개 끓는 소리에 계속 강조하는 다시다의 소리는 귀에 쏙들어왔다. 웃으면서 고객들에게 종이컵을 건네는 다시다 직원늘의 표정이 입맛을 다시게 만드는 탤런트 김혜자의 모습을 연상케 했다. 우리가 밀린다는 느낌이 확 와닿았다. 고 주임은 음향을 준비 안 한 것이 후회되는지 코뿔소처럼 씩씩대기 시작했다.

"너희들 준비한 것 있지. 맛나송 빨리 불러봐! 어서!"

우리는 바로 일렬로 좌판대 앞에 섰다. 부끄럼이란 건 느낄 사이도 없었다. 고 주임의 숨소리가 거칠어지면 다치는 건 우리였다. 재빨리 움직였다. 마음도 굳게 먹었다. 다시다 쪽에서 저렇게 완벽하게 준비할 줄은 상상도 못했다. 우리의 준비는 준비가 아니었다. CM송이라는 아이디어에 허가 찔린 우리가 할 수 있는 일은 몸으로 행동하는 수밖에 없다.

신나게 했다. 재미있게 했다. 오기가 발동해서 미친 듯이 움직였다. 적의 기세를 완전히 꺾어놓고 싶었다. 길을 가던 사람들이 멈춰서서 우리를 신기하게 바라본다. 춤을 추면서 보니 건너편 다시다 애들이 멀뚱하니 쳐다보는 게 의외라는 듯이 바라보고 있었다. 놀란 표정이다. 그러면 그렇지, 너희들이 우리의 이런 전략까지는 미처 생각 못했을 것이다.

좀 우쭐해졌다. 다시다에 밀린다는 조급함이 싹 사라졌다. 박수소리가 들린다. 돌아보니 사람들이 신나하면서 우리 쪽으로 몰려든다. 이 기회를 잡아서 맛나와 미원과 맛소금을 리본표 마요네즈를 현장판매하기 시작했다. 잠시 왁자하게 한 퍼포먼스에 가뿐하게 매상을 올렸다. 웅성거리든 손님들이 떠나고 건너편 다시다를 바라보다 깜짝 놀랐다. 언제 왔는지 성현 오빠가 서 있었다. 다시다 쪽 좌판에도 손님들이 빙 둘러싸고 제품을 구입하고 있었다. 우리는 멀뚱하게 서로를 쳐다보고 있었다.

뒤늦게 나타난 관할 과장님이 고 주임을 향해 말했다.

"고 주임, 이게 어떻게 된 일이야?"

"보시다시피 저 인간들이 제 간을 뒤집고 있습니다."

"곧 지점장님도 오실 텐데 이게 무슨 개망신이야?"

"진주특판 김 사장은 저것들 동향을 누구보다 잘 알 거 아니에요. 왜 보고를 안 했느냐고요?"

"김 사장도 모르는 일이라는데? 어제까지 아무런 이상 없었다고 하더라고. 지금 보이는 다시다 애들 지점 애들 아냐? 민 양도 보이는데. 이건 지점 차원에서 내린 결론 같은데?"

갑자기 고 주임이 허리춤에 손을 얹고 우리들을 째려봤다.

"너희들이야?"

"네?"

"아무래도 너희들이 수상해. 아니 딴따라가 수상해!"

고 주임의 굵은 손가락이 나를 지목했다.

"제가…, 뭘요?"

"너, 김성현한테 이야기했지?"

"무슨…. 말을요?"

"시치미떼지 말고 똑바로 말해. 우리 행사 내용 말이야."

얼버무려졌다. 했긴 했다. 그건 그냥 인사말이었다. 그게 왜? 어쨌다고 이러는지 의아했다. 나를 지목하는 고 주임의 손가락이 나를 단박에 주눅들게 했다. 주위 사람들이 모두 나를 쳐다봤다. 정적이 흘렀다. 무슨 큰 잘못을 저지른 사람으로 만들어버린 것이다. 머리 위에서 아지랑이가 빙글빙글 돌았다. 멍멍해졌다. 어떤 말을 해야 할지 감을 잡을 수가 없었다. 마른침을 꼴깍 삼켰다.

"전 그냥…."

말이 절로 더듬거려졌다. 심장은 뛰고 얼굴이 순식간에 달아올랐다.

"참 어이없네. 어이없어! 내가 스파이를 키웠네. 키웠어."

내 주저함이 범인으로 인정한 꼴이었다.

"별 말한 것 없어요. 축제에 간다고만 했을 뿐이라고요?"

"어쨌든! 네가 말했잖아. 보라고? 네가 무슨 짓을 저질렀는지 네 눈으로 지금 우리 꼴을 보란 말이야!"

내 팔을 우악스럽게 잡아당겨 건너편 다시다 매장을 똑바로 보게 돌려세웠다.

"그게…. 왜, 제 탓이에요?"

손가락으로 머리를 쿡, 쿡 찌르면서 멍청한 내 머리를 다시 지적했다.

"등신 같은 게 너 진짜 세상물정 몰라? 응? 순진한 척은 혼자서 다 하더니 이게 진짜 사람 잡네. 사람 잡아!"

고 주임의 말대로 내가 세상물정 몰라서 나불거린 것인가? 나도 내가 무슨 말을 어떻게 했는지 어떤 부분이 잘못되었는지 기억도 안 날 뿐더러 도통 감을 잡을 수가 없었다. 진짜 모르겠다. 저번 함양 장날에 다시다 쪽에서 사진까지 찍어갔는데 그들도 준비를 했겠지. 그런데 왜 내 탓일까? 고 주임의 말에 의하면 내가 오빠에게 이용당했다는 뜻이다. 그럼 저렇게 멍하게 서 있는 오빠의 표정은 뭐지? 아닐 것이다. 성현 오빠가 절대 그럴 리가 없다. 내 순수한 마음을 저렇게 이용할 사람은 결단코 아니다. 이건 고 주임의 지나친 상상에서 나온 말이다.

고 주임의 일방적인 질타가 이어지자 진숙 언니가 내 편을 들었다

"아직 확실히 모르면서 정미정 탓을 하는 건 너무 심한 것 아니에요."

"시끄러! 넌 입 닥치고 처박혀 있어! 나, 지금 머리 뚜껑 열리기 일보 직전이다."

의리로 나섰다가 욕만 잔뜩 얻어먹은 진숙 언니는 만만한 물통에게 화풀이를 급하게 해댔다. 고 주임은 나설 때 안 나설 때 구분도 못하는 쪼다등신들만 골라서 데려왔다고 단체적으로 욕을 퍼붓고는 건너편 매대 쪽으로 향했다. 욕만 배불리 먹고 나른해진 우리는 고 주임의 뒷모습만 멍하니 쳐다봤다. 쿵쿵쿵, 불안의 전조가 내 몸을 울렸다. 두려움이 바글바글 끓고 있는 냄비 속 미역국처럼 뜨겁고도 빠르게 퍼져나갔다.

고 주임은 상대사 판매대 앞에서 큰소리로 성현 오빠를 불렀다.

"김성현! 너, 뭐야? 남자새끼가 치사하게 말이야. 순진한 여사원 꼬드겨서 상대사 정보 빼내는 게 특기야?"

"지금 무슨 말을 하는 거예요?"

"야, 말해봐! 지금 너희들 하는 짓거리가 왜 우리랑 똑같아? 맹탕인 너희들이 언제부터 이런 시식회를 했어? 안 했잖아? 이것 모두 정미정 꼬드겨서 알아냈잖아?"

"아닙니다. 저도 오늘 아침에 이곳에 와서야 처음으로 알았습니다. 본사에서 준비를 했다는 것을요. 자꾸 정미정이랑 엮는데 사람잡는 그런 억측 그만하세요!"

오빠의 목소리가 단호하게 들렸다.

"야, 시끄러! 너 한번만 더 지껄이면 너 죽고 나 죽는다. 내가 저번에도 경고했지? 너 이러지 말라고. 똥물에도 파도가 있고 위아래가 있어? 최소한의 상도덕이란 게 있단 말이야. 상도덕! 선발주자에 대한 후발주자들이 갖는 예의 말이야. 길 가는 사람 잡고 물어봐라, 누구 회사 이름을 더 많이 알고 있는지? 개뿔도 모르면서 어디서 쥐새끼 같은 게 와서 위계질서를 흐려!"

"여기는 자유가 있는 대한민국입니다. 정정당당하게 경쟁하는 민주공화국이라고요."

"하, 이 새끼 봐라, 먹물 먹는다고 유식한 소리하네. 어디서 순진한 아이 꼬셔가지고 우리 것 따라해? 이 비겁한 스파이새끼가?"

"왜 그렇게 매사가 꼬였어요? 제가 이렇게 진실…."

오빠의 말이 끝나기도 전에 고 주임의 손이 먼저 올라가 성현 오빠의 뺨을 찰지게도 때렸다. 순간 오빠의 얼굴이 백지장처럼 하얗게 변하더니 벌겋게 달아오르기 시작했다. 그건 당황을 넘어 어쩌지 못하는 화를 억누르는 모습 같았다. 오빠와 눈을 마주치지 않으려고 눈을 불끈 감아버렸다. 놀란 심장 뛰는 소리가 나를 휘청거리게 했다. 꼬였다는 말에 흥분한 고 주임은 성현 오빠의 뺨을 때리고도 분이 안 풀리는지 진열대에 있는 다시다를 들고 길바닥에 패대기를 쳤다. 그러자 다시다 쪽 민주임이 성큼 앞으로 나타나 고 주임을 밀어내며 무식한 년이라고 말했다. 욕을 들은 고 주임은 욕대로 행동했다. 발로 다시다의 제품이 진열되어 있는 곳을 힘껏 걷어차버렸다. 냄비가 넘어지고 조미료가 쏟아지고 판매대가 휘청거리며 찌그러졌다.

오늘은 축제의 날이다. 고 주임에게는 과장 승진이 걸린 날이고 나에겐 정식이 확정될지도 모를 중요한 날이다. 이러면 안 되었다. 축제는 축제답게 즐겨야 되는 게 축제에 대한 예의이다. 고 주임의 방식은 예의하고는 상관없는 행동으로 축제를 즐겼다. 기대한 내로 우리의 맛나가 맛나게 선전되고 대박을 쳐야 하는데 생각도 못한 다시다의 선전에 허를 찔린 분풀이를 엉뚱하게 지금 하고 있는 것이다.

뺨 맞은 얼굴로 돌아서 있는 성현 오빠의 모습이 바보처럼 보였다. 아니라고, 절대 아니라고 오빠도 고 주임의 뺨을 세차게 때려주었으면 싶었다. 고 주임을 이해시킬 수는 없어도 그래도 그렇게 한번 해주었으면 했다. 나를 생각해서 저렇게 화를 누르고 있는 것이 그대로 보였다. 이러면 안 되는데…. 진짜 이러면 안 되었다. 이건 축제에 대한 예의가 진짜 아니었다.

사태의 심각성을 인식한 우리 쪽 여직원들이 몰려가 고 주임을 뜯어말리자 다시다 쪽 직원들이 합세해서 귀찮다는 듯이 우리 직원들을 밀쳐냈다. 순간 분함을 못이긴 고 주임이 물주전자를 들어 바로 다시다 직원들에게 던졌다. 그러자 뚜껑이 열리면서 쏟아지는 물이 사람들에게 그대로 쏟아졌다. 그쪽에서도 뭔가를 던졌다.

던지고 밀치고 거친 욕설이 날아다니고….

나는 영화 속의 한 장면처럼 멍하니 바라봤다. 이게 도대체 뭐지? 이곳이 내가 그렇게도 원하던 곳이 맞는 거야? 진짜 유니폼을 입고 서 있을 자리가 맞나? 하는 의문이 나를 들볶았다. 아우성 속에서 너도 나서서 뭔가를 보여줘야 하는 것 아니냐고 어떤 소리가 충동질했다. 어서 너도 저 자리에 뛰어들어 삿대질과 욕설로 저들 앞에 서야 된다고, 그래야만 너의 충성과 능력을 인정받을 것이라고 부추김이 나의 몸을 자꾸 밀어댔다. 하지만 생각과는 달리 내 몸은 굳은 석고처럼 한 발자국도 나아갈 수 없었다.

아니라고, 이건 아니라고, 내가 원하는 것은 이런 게 아니었다. 배멀미처럼 속이 니글거리면서 헛구역질이 났다. 내 발걸음은 한 발자국도 전진하지 못한 채 굳어버렸다. 만화에서는 꼭 이럴 때 누군가 나타나 위기에 빠진 주인공을 구해주는데 누군가 나타나지 않을까 싶어 주위를 두리번거렸다. 하지만 구경꾼만 한 가득이었다. 옆자리에서 풍기는 멸치우려내는 냄새가 스쳐가자 나의 기대에 부응이라도 하듯 멀리서 호루라기 소리가 힘차게 들려왔다. 만화가 현실에서 이루어지듯 소리와 냄새만 맡고도 달려오는 해결사가 나타난 것이다. 해결사는 완장을 차고 나타난 축제위원회 사람들이었다.

"모두 다 철수하시오. 철수!!! 철수하라고!!"

확성기로 외치는 소리와 호루라기 소리가 섞인 축제장은 아수라장이 되었다.

"경찰 부르기 전에 모두들 철거! 우리 축제 망칠 일 있어?"

축제는 축제인데 일그러진 축제가 되어버렸다. 온갖 지저분한 짓을 다 보여주어서 시작도 하기 전에 끝을 본 것 같아 진저리가 쳐졌다. 더 이상 있고 싶지가 않았다. 그곳을 벗어나고 싶었다. 이제 더 이상 아무 말도 듣고 싶지도 보고 싶지도 않았다. 혼자 있고 싶었다. 나는 뒤돌아

벚나무 아래로 가서 쭈그려 앉았다. 속도 울렁거리고 머릿속도 몽롱했다. 뒤따라 내 옆자리에 앉은 경하도 진숙 언니도 다들 할 말을 잃어 넋 놓고 앉아 있었다.

“뭐해? 왜 다들 질질 짜고들 있어?”

느닷없이 나타난 고 주임의 고함소리에 한 발이나 나가 있던 정신줄이 급하게 돌아왔다. 죄인들처럼 일렬로 고개 숙인 채 일어났다.

“따라와!”

“어…, 어디로요.”

“어디긴 어디야? 불려가는 거지. 정미정, 너 똑똑히 들어! 오늘 일 어쩌면 책임져야 할지도 몰라. 만약에 확인하고 사실이면 너는 오늘 죽는 줄 알아!”

어안이 벙벙했다. 무슨 잘못을 한지 떠올려봐야 했다. 아무리 머리를 굴려도 생각은 떠오르지 않고 몸만 부들부들 떨려왔다. 지랄법석은 혼자 다 하고선 왜 내 잘못이라고 하는지 도통 모를 일이었다.

“내가 호랑이 새끼를 키웠네.”

아니라고, 나는 뭐가 뭔지 모르는 일이라고 하고 싶었다. 하지만 내 진실함이 언어가 되어 나오지 못하고 갑갑하게 목만 꽉 조여왔다. 이건 아니었다. 하지만 내가 무슨 수로 이 모든 상황을 뒤엎을 수 있고 증명할 수 있을까? 이미 범인이라고 단정지어졌는데 짧은 내 머리와 어리버리한 말주변으로는 도저히 이해시킬 수 없는 곳까지 가버렸다. 펄펄 뛰는 고 주임의 원망의 말을 듣고 있는 동안 자존감은 끝없이 추락하여 혼이 잠시 이탈한 기분이었다. 멍하니 들으며 걸었다. 분명한 것은 이 모든 싸움의 원인이 바로 나라는 것만은 확실했다. 나는 아무리 생각해도 떠

오르지 않는 일을 내가 다 한 짓이 되어 있었다. 진숙 언니 말대로 침 한 번 제대로 쏘아보지 못하고 죽을 일벌의 꼴이 된 것이다. 쏟아지려는 눈물을 꾹 눌렀다. 성현 오빠 말대로 저렇게 꼬인 인간 앞에서 찌질하게 우는 것은 내 삶에 대한 모욕이었다.

내겐 너무 무거운 유니폼 1

축제위원회 사무실은 장어골목 입구에 위치한 3층짜리 건물 꼭대기에 있었다. 입구에 들어서기도 전에 3층에서 들려오는 고함소리가 건물을 흔들었다. 얼마나 더 센 분이 계시는지 건물마저 회색으로 뻣뻣하게 굳어져 있었다.

"나, 죽는 꼴 보려고 싸움질이야?"

"죄송하게 되었습니다."

"그게 아니고요?"

급하게 변명을 하는 소리와 다그치는 소리가 오래된 3층 콘크리트 건물 전체를 울리고도 남았다. 올라가는 계단 앞에 섰다. 지옥을 향해 오르는 듯 모두들 쉽게 오르지 못한 체 주춤거렸다. 앞서 오르던 고 주임의 발걸음도 멈출 만큼 파워 있는 목소리였다.

"당신들 말이야, 작당했지? 아니면 어떻게 내가 처음으로 맡은 이 축제를 이따위로 망칠 생각을 할 수 있냐고? 나 그렇게 당신들 생각대로 호락호락 넘어갈 사람 아니야! 이게 사과만 하고 쉽게 끝날 일이 아니란 말이야?”

열려 있는 사무실 문 가까이 겨우 겨우 올라가자 안쪽에서 뭔가를 박살내는 소리가 커다랗게 났다. 그때 진주특판 김 사장의 다급한 목소리가 들렸다.

“아, 네 참. 그게 아니라니깐요. 위원장님! 어디까지나 이건 먹고살려고 하는 말단 여직원들이 시작한 감정싸움이라니깐요.”

“당신도 한패야? 내가 이 축제를 얼마나 신경쓴다는 것을 당신이 이 지역에 산다면 알 거 아니야? 내가 미쳤다고 돈도 안 되는 이 짓을 내 돈 써가면서 하겠어? 다 이유가 있으니깐 하잖아? 김 사장, 당신이 무엇보다 나에 대해서 잘 알잖아? 그런데 벌건 대낮에 축제장에서 싸움질을 해? 신문사 김 기자 그 새끼가 벌써 전화 왔어? 어쩔 거야?”

진주특판 김 사장의 얘기처럼 그냥 우리들끼리 늘 겪는 감정싸움이 크게 확산되었다는 것만 확실해졌다. 고 주임이 크게 숨을 들이쉬고 마지막 계단을 올랐다. 아무리 대찬 고 주임이라도 긴장되기는 되는 모양이다. 멈칫거리며 따라들어간 사무실에는 이미 다시다 직원들도 창가쪽에 벌 받듯이 고개 숙이고 서 있었다. 성현 오빠도 보였다. 먼저 온 김 사장이 턱짓으로 우리를 안쪽으로 들어가라고 했다.

들어서며 슬쩍 쳐다보니 탁자 앞에서 버티고 서 있는 남자는 넥타이를 풀어헤치고 와이셔츠 소매를 걷어올린 대머리의 작달막한 남자였다. 대추씨보다 작고 매운 눈으로 들어서는 사람들을 일일이 노려보고 있었다.

“내 앞길을 망친 것들이 이 잘난 년들이야?”

비아냥거리는 목소리가 장난 아니게 들렸다.

"앞길을 망친 게 아니고 그냥 자기네들끼리 모이면 저렇게 경쟁하다 보니 서로 싸우고 하는 겁니다. 위원장님 앞길에 아무런 해도 되지 않습니다. 이 아가씨들이 어떻게 위원장님이 지역의 시의원으로 출마할지도 전혀 모르고 그냥 회사에서 하라고 해서 나온 것뿐인데 너무 앞질러 오해하신 겁니다."

"아, 씨발! 오해? 김 사장 나랑 입장 바꿔 생각해봐. 내가 이 축제위원장 되려고 몇 년을 고생한 줄 알아. 내가 돈이 썩어 자빠진 집구석도 아니고 비닐하우스에서 뼈빠지게 고추 농사지어서 시장 아지매들 쌈짓돈 밑천 삼아 여기까지 온 사람이야. 그런데 이 첫 농사에 이런 등신 같은 년들의 싸움질에 내가, 이 김삼국이가 허망하게 정치의 뜻을 접어야 한단 말이야?"

김삼국 위원장은 분하다는 듯이 가슴팍을 치며 말했다.

"아, 아니라니까요, 위원장님. 그냥 이 아가씨들은 원래 이래요. 지금 맛나하고 다시다하고 서로 경쟁하니깐 그런 사소한 싸움이 생긴 것이라니깐요? 맞제? 김 실장?"

진주특판 김 사장이 쩔쩔매며 도움을 요청하려는 듯이 김 실장 쪽으로 시선을 돌렸다.

"예, 뭐. 그렇게 보는 게 저는 맞다고 생각합니다."

우물쭈물 흘러내릴 머리카락도 없는 머리를 쓰다듬으며 김 실장이라는 사람이 떠듬떠듬 말했다. 양복바지가 헐렁하게 보이는 게 한때는 풍채 좋은 몸을 세월이 비누처럼 써버렸다는 것을 그 모양새로 짐작하게 만들었다.

"김 실장! 내가 너 이따위로 일처리하라고 월급 주고 데려온 줄 알아?

이런 일을 애초에 만들지 말라고 데려다놓은 거야. 혹시 저 새끼들한테 뒷돈 받았어?"

진짜 막무가내였다. 아니라고, 무슨 말씀이냐고, 손사래를 치는 김 실장을 향해 책상 위에 놓인 각티슈를 냅다 집어던졌다. 공포분위기를 확실하게 조성한다. 저런 인간이 무슨 정치에 나선다고 설치는지 저 인간의 수준도 또 이 동네의 수준도 알 만하다.

"당신들 대표 빨리 오라고 해. 저런 찌질한 년들하고는 말 안 하겠어! 어디서 무식하고 본데없이 자란 년들처럼 해가지고 남의 잔치에 와서 훼방을 놓아, 놓길. 누구 신세 망치려고 작당을 해도 유분수지. 빨리 너희들 대표 오라고 해! 안 그러면 나 그냥 넘어가는 사람 아니다. 이 김삼덕이가 어떤 놈이라는 걸 확실하게 보여줄 테니까."

그때 고개를 숙이고 있던 고 주임이 고개를 치켜들고 말했다.

"위원장님, 말씀이 너무 지나치십니다. 위원장님이 성을 내시는 것은 저희들이 백 번 잘못한 탓입니다. 그 부분은 저희들이 책임질 부분이 있으면 지겠습니다. 하지만 본데없고 무식한 년들이라니요? 저희들도 부모님 계시고 정식적으로 고등교육 받았습니다. 막무가내로 몰아붙이지 마시고 이유를 물어보고 잘잘못을 따져야 하는 것 아닙니까? 앞으로 시의원까지 하실 분이 이런 자잘한 민원도 해결 못하면 어떻게 지역 주민들을 위해 일한다고 하겠습니까?"

맞는 말이었다. 속시원한 말이었다. 하지만 때가 있는 것이다. 고 주임의 입바른 소리가 지금은 적절하지 않아 보였다. 도리어 활활 타오르는 불에 기름을 부은 격이었다.

"뭐야, 이런 개뼈다귀 같은 게 어디서 훈수질이야. 네가 나 의원 나가면 찍어줄 거야? 이것들이 어디서 와서 지역의 물을 흐려. 너 미원이면 전라도지? 너는 다시다고 그럼 경상도냐? 전라도고 경상도 년이고 다 같이 모자란 년들이구먼. 너희들 콩밥 먹고 싶어? 어디서 이게 따박따박 말대꾸야? 싹싹 빌어도 봐줄까 말까인데."

"저 미원 다니지만 경상도 년입니다. 그게 왜 전라도 경상도 따집니까? 그리고 우리 회사 서울에 있습니다."

"아, 씨발, 확 그냥 홍이같이 생긴 이년부터 고소해야겠다. 방해죄로다가 김 실장 빨리 파출소 최 소장 부르고 너희들은 빨리 대표자 불러. 아니면 나 방송국에도 연락하고 너희들 본사 사장한테 전화해서 너희들 다 해고시키고 손해본 것 청구할 거야. 이것들이 나를 뭘로 보고 어디서 행패야? 행패가?"

말투가 장난 아니었다. 그냥 하는 빈말이 아니란 게 느껴졌다. 발바닥이 저릿저릿해지고 가슴이 쾅쾅 뛰기 시작했다. 길길이 날뛰는 게 미친년 저리 가라였다. 돌하르방보다 몇 곱절 더 센 진짜 또라이를 만난 것이다. 고 주임의 얼굴이 벌겋다 못해 새파랗게 물들고 있었다. 고 주임도 대책 불가한 인간을 만나니 별 수 없는 꼴이었다. 고 주임의 입이 저지른 일에 우리까지 싸잡아 더 크게 욕 듣게 되었다. 진짜 뭐 저런 인사가 시의원이 된다고, 개나 말이나 닭도 정치한다고 설치겠다 싶어졌다. 정말 저 인간이 의원이 되나 두고 볼 일이지만 우리는 오늘 정말 다 죽었다 싶었다. 그때 열린 문으로 보니 지점장님이 계단참에 올라오는 것이 보였다. 진주특판 김 사장이 얼른 다가가서 잠시 귓속말을 건네자 고개를 끄덕인 뒤 들어섰다.

"아유, 위원장님! 이거 죄송하게 되었습니다. 우리 멋모르는 직원들이 너무 애사심이 앞서서 이런 불상사를 만들었습니다."

"당신이 대표요?"

김삼덕 위원장은 허리춤에 손을 얹고 큰소리로 물었다. 키도 크고 인물도 되고 스타일도 되는 지점장님이 깍듯이 허리를 숙여 인사를 하고 명함을 내밀었다. 마지못해 아래위를 훑어본 뒤 명함을 건네받은 위원장이 말했다.

"아이들 교육을 어떻게 시켰소? 지금 하는 짓거리가 완전히 시장판 양아치 짓거리를 하고 있단 말이오. 당신이 시켰소?"

"그럴 리가 있습니까? 그냥 자기들끼리 경쟁하다보니 이런 일들이 생겼습니다. 여직원 교육은 제가 다시 시키겠습니다. 새 제품이 나오다보니 경쟁도 생기고 또 홍보도 해야 해서 이런 불상사를 일으켰습니다. 제가 대신해서 사과를 드리겠습니다. 그리고 너희들 위원장님께 사과부터 해야지."

죄송합니다를 단체로 한목소리로 합창하듯 외쳤다. 꿇어앉아 빌어야 하면 빌어야 할 판이다. 시키는 대로 큰소리로 다시 여러 번 용서를 빌었다.

"우리나라를 대표하는 회사가 이따위 시장경제를 흐리는 짓을 대낮 천지에 그것도 축제마당에서 벌인다는 게 말이 되냐고? 이거 뉴스에 나와야 할 얘기 아니오? 그러면 회사 이미지가 어떻게 되겠어? 지점장 당신, 어떻게 생각하는지 말해보시오?"

"모두 다 제 불찰입니다. 직원들 교육을 확실하게 시키겠습니다."

지점장이 고개를 숙이며 한 몇 번의 사과 끝에야 꼬장꼬장하게 물고 늘어지는 김삼덕 위원장이 검은 일인용 소파에 앉았다. 지점장님과 같이 온 과장님이 손짓으로 우리를 나가라고 했다. 사나이들끼리 뭔가 할 말이 있다는 표시였다. 여직원들만 물러나왔다.

후들거리는 다리로 계단을 내려오는데 뭔가가 빠져나가는 기분이 들었다. 내 인생의 내리막을 걷는 기분이랄까? 그런 더러운 기분이었다. 까닭 모를 열기 같은 게 스물스물 기어오르기 시작했다. 나는 진짜 잘해보려고 했다. 그리고 잘하고 있었다. 나는 낙오하지 않으려고 노력했다. 그런데 아니란 말씀이다. 끝내 그 살난 정식 유니폼은 입을 수 없을 것이라는 예감이 직감으로 들었다. 서울 면접 건은 물 아래 갔다는 그 사실도 확실하게 느껴졌다.

맞다. 나는 아웃된 것이다. 아니, 바로 아웃이다. 욕을 바가지로 얻어먹은 고 주임이 가만있을 리 없고 난장판 무마하느라 땀 빼는 지점장님이 뭐 예쁘다고 우리를 정식직원으로 추천하실까? 아니라고 한들 믿을 인간도 아니다. 고 주임의 성격 하루이틀 겪나, 껌도 아니면서 두고두고 씹고 뱉을 것이다. 그 후환이 왕복 싸대기 맞는 것보다 더 두렵고 아프다. 기운이 스르르 빠져나갔다.

그래, 딱 여기까지다. 내가 그렇게 소망했던 것을 가지기 위해 했던 일들은 여기서 끝이라는 게 느껴졌다. 빽도 아부도 노력도 필요 없는 것이다. 실실 헛웃음이 나왔다. 다 되어가고 있었다. 유니폼도 성현 오빠와의 만남도 잘 되어가고 있었다. 그런데 이제 다 끝난 일이 되어버렸다. 진절머리가 났다. 온몸이 나른해지는 게 바짝 긴장하고 있었던 어떤 고리가 뚝, 끊어지면서 환멸이 밀려들었다.

"뭐, 저런 거지같은 인간이 다 있어! 와, 저게 시의원 하겠다고? 저 인간이 당선되면 내가 손에 장을 지진다. 진짜 열받네. 별 병신 같은 새끼한테 욕을 다 듣고 너희들 오늘 다 죽었어. 빨리 숙소로 가!"

분에 못이겨 씩씩대는 걸 보니 화풀이가 시작된다는 신호다. 건물 입구에 내려서자 고 주임의 독오른 독촉이 따갑게 들렸다. 오른쪽으로 향해야 하는 내 발걸음은 우뚝 서서 한 발자국도 움직이지 않았다. 빳빳하게 서 있는 내 등짝을 세차게 때렸다.

"뭐해? 빨리 안 가?"

"안 갈 건데요."

허리춤에 손을 얹고 지긋이 나를 꼬나보는 고 주임의 시선을 피하지도 않고 맞받아쳤다.

"너, 지금 뭐하자는 짓거리야?"

"이제 안 한다고요."

"왜 찔리는 게 있어?"

"아뇨. 없는데요."

내 말이 웃긴다는 듯이 피식 웃었다.

"이게 보자보자 하니까 사람을 보자기로 아나? 잘못한 게 있으면 솔직히 인정하고 용서를 구해도 봐줄까 말까인데 어디서 눈 똑바로 뜨고 기어올라? 오르길? 오늘 일 모두 너 때문에 생긴 일이잖아?"

고 주임의 목소리가 건물을 통째로 흔들었다. 고 주임의 눈을 똑바로 보면서 말했다.

"아무리 아니라고 해도 믿지 않을 거잖아요? 난장판은 고 주임이 쳤잖아요. 왜 제 탓을 해요? 그래서 전 이 짓 더 이상 안 한다고요? 됐어요?"

머리에 쓰고 있는 캡과 앞치마를 벗어 고 주임의 가슴팍을 향해 냅다 던졌다. 고 주임의 왕방울 눈이 곧 튀어나올 듯 정지된 채 이글거리고 있었다. 무섭지도 두렵지도 않았다. 보려면 보소서, 욕하려면 하소서, 나 예전처럼 너 앞에서 쩔쩔매는 수습 아니거든, 정식직원 그게 뭐라고 별 것도 아니면서 사람 얼마나 부려먹고 바보 취급했냐? 이렇게 계속 참고 살다가는 내가 쓸모없는 바퀴벌레가 될 것 같고 아무것도 할 줄 모르는 등신이 될 것 같았다. 그게 두렵고 그래서 싫다는 것이다. 기어이 이유를 더 듣고 싶으면 큰소리로 말해줄 수 있다.

'돌하르방! 못생긴 네 꼴, 더 이상 보기 싫다고!'

내 자신이 놀라웠다. 이 용기가 어디서 나왔을까? 아마도 살려달라는 내 마지막 자존의 외침이었고 순수를 잃고 싶지 않은 내 안의 보호본능이 시킨 것 같았다. 비굴할 필요도 계산할 필요도 참을 필요도 없다. 내가 얼마나 힘들게 버텼는지 넌 죽었다 깨어나도 모를 것이다. 뒤 돌아서 당당하게 걷기 시작했다. 어디서 이게 건방지게, 와 동시에 내 팔을 우악스럽게 잡아당겼다. 곧 죽어도 지고는 못산다는 것이다. 직원들 앞에서 말단 수습이 기어오르니 본때를 보여주고 화풀이도 하고 싶다는 것이겠지. 휘청거렸지만 휘둘리지는 않았다.

"좋은 말할 때 숙소로 가! 가서 얘기해!"

떨리는 목소리가 으름장같이 서늘했다. 잡은 손을 조용히 떼어내며 또박또박 말했다.

"안 한다고 분명히 말했어요!"

옆에 서 있는 경하가 달래듯이 말했다.

"미정아, 왜 그래?"

"됐어! 이제 그만둘 거야! 너희들도 알잖아. 우리가 얼마나 당하고 살았는지."

경하의 손을 뿌리치며 화풀이하듯이 말했다.

"이게 미쳐도 단단히 미쳤네. 지금 나랑 계급장 떼고 맞짱 뜨자는 거야 뭐야? 너 혹시 미안해서 튕겨보려고 하는 짓거리라면 나한텐 얄짤도 안 먹히는 수작이다. 알아?"

고 주임의 고함소리가 고막을 울렸다.

"미친 건 내가 아니고 너야!"

"너? 너라고 했어? 이게 간덩이가 아주 처부었구나. 아래위도 안 보이는게. 너 지금 하는 짓거리 이거 유니폼 안 입겠다는 소리 맞아?"

"유니폼?"

순간 헛웃음이 터졌다. 유니폼! 얼마나 웃기고 날곰한 시탕발림인가? 고 주임, 그냥 솔직해지시지 내 유니폼 입혀주는 것보다 고 주임 당신 과장 유니폼 입는 게 더 급하잖아. 그래서 달달한 유니폼으로 달래 내 잘못으로 몰아세우겠다는 말씀인 것 같은데 나는 이제 그 비굴함으로 얼룩진 유니폼, 다시는 입고 싶지 않고 꿈꾸기도 싫어졌다는 말입니다.

"그냥 혼자서 유니폼 놀이 많이 하세요. 전 치사하고 더러운 그 유니폼 이제 공짜로 줘도 입고 싶지 않네요."

"너, 내가 마지막으로 경고한다. 좋은 말 할 때 눈 깔고 따라와!"

마지막이라는 말에 웃기지 말라는 듯이 휙 돌아섰다.

"꼴에 자존심은 있다 이거지? 너, 각오해라. 내가 가만있을 줄 알아!"

네, 알아서 하세요. 하나도 겁나지 않네요. 뒤꽁무니를 따라오는 주제를 알라는 말씀도 맞고 이 바닥에 발도 못 붙이게 할 것이라는 말씀은 듣던 중 더 반가운 소리고요. 모자란 년도 맞고 넘치는 년도 맞습니다. 그러니 유니폼 입고 싶어 안달난 인간 데려다가 지금처럼 계속 노세요. 미친년이 된 나는 이제 사양한다는 겁니다. 근데 왜 잡고 늘어지느냐고요? 꿀릴 게 없으니 당당하게 걸었다. 협박에 가까운 악쓰는 소리가 내 뒤통수에서 삿대질을 계속 해댔다. 칼보다 강한 너의 혀에 이제 더 이상 상처 받지도 않는다. 독기찬 말들이 공허하게 들릴 뿐이다.

정미정! 잘했어!!! 파이팅이다.

좋은 경험이었다. 대학을 다녀도 이런 공부는 못했을 것이다. 유니폼 한번 입어보겠다고 간 빼고 쓸개 빼고 일했으면 됐다. 이룰 수 없는 꿈을 꾸고, 이루어질 수 없는 사랑을 하고, 이길 수 없는 적과 싸움을 하고, 잡히지 않는 저 하늘의 별을 잡자,라는 돈키호테의 황홀한 대사는 영원한 우리들의 낭만 DJ 사촌오빠 강현에게만 해당되는 말씀이었다.

꿈도 접고 사랑도 접고 적과의 싸움도 접었다. 접는 김에 유니폼도 깨끗이 접었다. 접고 나니 가벼워졌다. 기 안 죽으려고 똑바로 걸었다. 걸으면서 나를 누르고 있던 것들의 무게를 차례대로 벗어던졌다.

욕심 하나, 건방짐 하나, 겉멋 하나까지도.

찬바람 속으로 내 것이 아닌 것들이 하나씩 떨어져나갔다. 경하의 손을 잡고 올 걸 그랬나, 하는 후회가 잠시 들었지만 됐다. 이것으로 충분했다. 나의 용기가 두려움의 실체를 바로 보도록 했다. 그건 나도 모르게 고 주임 같은 인간이 될까봐서였다. 유니폼에 중독된 인간이 무엇보다 두렵고 무서웠던 것이었다.

시장 끄트머리에 다다르자 느닷없이 저 아래쪽 건물 너머에서 희미하게 음악소리가 들렸다. 그곳은 분수대가 있는 시내 중앙 로터리 쪽이었다. 어서 와보란 듯이 음악은 빠른 템포를 타기 시작했다. 나도 모르게 그쪽으로 발걸음을 돌렸다. 나를 지켜보고 있는 눈들에게서 벗어나기 위해 바삐 걸어내려갈수록 행진곡은 신나게 놀고 있었다. 자존심 상한 내 발걸음도 저쪽 너머의 사태가 궁금한지 빠르게 움직였다. 저 길 모퉁이만 돌면 또 다른 세계가 있을 것이다. 치사하고 더러운 이쪽 세계와 영원히 결별하고 싶었다. 인정한다. 방금 전 고 주임이 내게 알려준 건 모두 다 맞는 말이다. 나는 그냥 있어도 그만, 없어도 그만인 사무실 비품 같은 존재였다. 내 존재의 별 볼일 없음이 눈물나도록 고마웠다.

그까짓 것 유니폼 그깟 게 뭣이라고, 나 아직 안 죽었다고, 다른 세상의 유니폼도 얼마든지 있다고 삐죽거리는 내 자존심을 윽박지르듯 타일렀다. 행진곡을 들으면서 욕하는 것은 행진곡에 대한 예의가 아니라고. 네가 지독하게 흉을 봤던 노는 언니도 아니면서 뭔 개폼 잡느냐고, 쿨해지자고 멋지게 돌아서자고 나오려는 욕지기를 껌같이 씹었다.

나의 결심에 동의라도 한다는 듯 커다랗게 심벌즈의 부딪침이 귓가를 때린다. 무슨 일들이 저 건물 너머에서 일어나고 있는 것인지 궁금증이 자꾸 내 몸을 밀어대 발걸음이 점점 빨라지기 시작했다. 호기심이 이끄는 대로 저 너머의 세계를 향해 미련 없이 모퉁이를 돌았다.

내겐 너무 무거운 유니폼 2

맞았다. 내 예감대로 마칭밴드부였다.

삼거리까지 걸어내려오자 멀리서 하얀 제복과 흰 모자에 꽂힌 가느다란 깃털이 움직이는 게 보였다. 숨죽여 있던 심장이 느닷없이 쿵쿵거렸다. 그쪽을 향해 갈수록 내 몸의 촉수들이 긴장하기 시작했다. 대로에 긴 대열로 서 있는 사람들의 무리들은 가장행렬을 위해 기다리는 학생들이었다. 축제의 첫 번째 순서대로 가장행렬을 이끌기 위해 마칭밴드부가 제일 앞에 서 있었다. 그건 행진을 위한 순서 같았다. 전열을 가다듬은 밴드부는 악장의 호각 소리를 시작으로 악기들은 자신의 소리를 마음껏 내며 행진을 알렸다. 호른과 색소폰, 트럼펫과 심벌즈가 뿜어내는 행진곡은 힘찼다.

세상은 이렇게 축제의 나날인데 나는 지금 왜 이런 꼴인가 하는 생각도, 패배자 같은 꿀꿀한 기분도 다 안다는 듯이 큰북은 계속 내 심장과 어깨를 툭툭 쳐댔다. 행진곡은 잊고 있던 옛 기억을 단숨에 불러왔다.

멜로디를 따라 전진해오는 기억들은 머릿속을 어지럽히며 그날의 아픔을 들쑤셨다. 몇 년 전 나도 저 유니폼을 입고 악장 뒤에 서서 휘파람을 불며 행진한 적이 있었다. 메들리처럼 계속 이어지는 행진곡을 따라 내가 겪은 기억의 문을 조심스레 열었다. 내가 입었던 유니폼의 세계, 그 시절의 내가 조금씩 걸어나왔다.

"너희 팀한테 미안해서 어떡하니? 깃발 파트는 각 도의 선수들 입장할 때 함께 행진 못하게 되었어. 국기 앞에는 어떤 깃발도 앞세울 수 없다는 거야. 대회본부 측에서 내린 결정이라 항의해도 씨알도 안 먹히네. 너희들 고생했는데 아쉽게 되었다. 어쩌겠냐? 나라에서 시키는 대로 해야지. 그냥 너희들은 야구장에서 푹 쉬고 있어. 그래도 식전 공개행사는 모두 같이 했으니 그나마 다행이잖아."

마칭밴드부를 이끄는 음악선생 '변 가오리'가 알려준 기막힌 소식이었다. 식전 행사를 끝내고 선수 입장과 본 행사를 위해 종합운동장 옆에 있는 야구장 끄트머리 그늘막에서 산뜻하게 대기하고 있는 깃발 파트인 우리 팀으로선 충격적인 소식이었다. 듬성듬성한 머리숱 밑으로 땀까지 비질비질 흘리며 가오리가 전한 소식은 뒤통수 치는 뉴스 그 자체였다. 들뜬 우리는 갑자기 괄호 밖의 존재가 되어버렸다. 가오리의 말씀대로 우리의 모습은 티브이 화면에서도 제외되고 우리의 고생은 말 그대로 아무짝에도 쓸모없는 개고생이 되어버렸다. 티브이에 한번 나오겠다고 1년을 꼬박 고생했는데 기대가 물거품이 된 것이다.

어안이 벙벙했다. 맥이 탁 풀렸다. 기대가 무너질 때 다리의 힘도 풀린다는 것을 그때 처음으로 알았다. 나는 여기서만 아웃된 게 아니고 울

동네에서도 아웃된 것이다. 자랑질하고 싶은 내 주둥이가 온 동네방네 소문은 다 내고 다녔다. 나 오늘 티브이에 나온다고, 행진하는 모습 잘 보라고 얼마나 큰소리쳤는데…. 새벽 댓바람부터 언니 깨워 화장하고 나왔는데 이게 뭐지? 컬러티브이 안 산다고 집안을 발칵 뒤집어지도록 난리를 떨었는데….

그런데 쉬라고? 필요 없다고? 어이가 없다. 가오리는 제 정신으로 하는 말이겠지만 우리는 아무 이유 없이 아웃 당하는 입장이라 립스틱 바른 예쁜 입에선 거지 같은 불만만 계속 터져나왔다.

"너무해요? 왜 우리만 갖고 그러세요?"

"나도 위에서 시키는 대로 해야 해서 이렇게 너희들에게 이해하라고 하잖아. 아, 그 담당 공무원이 그러더라고, 정해진 규칙이라는데 어쩌겠어. 나를 보고 이해 좀 해주라. 너희들 고생 많았는데 내가 더 섭섭해."

"아, 진짜 너무해요."

여기저기서 볼멘소리가 터져나왔다. 당연한 항의였다. 마음 약한 명숙이는 벌써 눈물보가 터졌다. 여기저기서 훌쩍거리는 소리에 가오리의 넙데데한 얼굴은 더욱 납작가오리가 되었다.

"이게 뭐예요? 처음부터 아니라고 했으면 우리가 그 고생할 필요도 없었잖아요."

"나도 이렇게 될 줄 알았으면 애초에 너희들 뽑지도 않았다. 처음엔 아무 말 없더니 갑자기 저런다. 국가행사의 규칙이라는데 힘없는 내가 어쩌겠냐? 그냥 편안하게 그늘에서 쉬고 있어. 음료수랑 내가 맛난 것 너의 파트에만 쏠게. 행진해봤자 고작 스타디움 돌고 난 뒤 1시간 동안 꼼짝없이 서 있어야 되잖아. 도리어 잘됐지 뭐. 편히 쉬고들 있어."

콜라 한 병과 단팥빵으로 우린 제외되었다. 맥빠지고 존재감 잃은 모습으로 행사 대기자들이 있는 야구장 구역으로 터덜터덜 돌아갔다. 인정하는 수밖에는 다른 방법이 없어 보였다. 패잔병 꼴로 야구장을 들어서자 느닷없이 환호성이 터져나왔다. 예상하지 못한 반응이었다. 마스게임을 위해 대기하고 있는 또래 남학생들과 차전놀이를 준비 중인 남고 남학생들까지 언제 카메라를 가져왔는지 유니폼을 입은 우리들과 사진을 찍자고 단체로 몰려왔다. 입구마다 지키고 있는 전경대원들까지 합세해서 조용필 오빠의 팬미팅 같은 분위기를 금방 만들었다. 유니폼이라고 다 같은 유니폼이 아니었다. 검정과 흰색으로 된 쫄쫄이단체복을 입은 마스게임팀들과 차전놀이를 위해 입은 한복 수준은 부츠와 짧은 미니스커트를 입은 우리와는 비교가 되지 않았다. 고적대 유니폼을 입은 우리 모습은 행사에 동원된 많은 학생들 속에서 당연히 돋보였다.

어머머, 웬일이야. 웬일?

입이 다물어지지 않았다.

세상일은 한치 앞도 모를 일이라더니 지금 우리 꼴이 딱 그랬다. 몇 분 전까지 우리는 대열에서 제외된 인물들이었다. 괄호 밖으로 버려진 나머지들이 야구장에서 바로 스타가 되어버린 것이다. 티브이에 나오는 것보다 더 나은 결과였다.

세상은 10%의 유니폼만 빛나는 것이기에 고귀하고도 환한 유니폼의 힘이 바로 느껴졌다. 유니폼은 힘이 세다는 것을 온몸으로 느껴졌다. 포즈를 취하며 진짜 유니폼을 입어야 된다는 것을, 유니폼과 작업복을 구분하는 눈을 키워야 된다는 것을 나는 그 순간에 알아챘다. 알아차리자 서운함이 콜라의 기포처럼 사라졌다.

그런데 뜨거운 시간들이 식기도 전에 동문 쪽에서 가오리가 헐레벌떡 달려오는 것이 보였다. 벌겋게 상기된 얼굴을 보니 무슨 일이 터진 것 같았다.

"너희들 중에 수자폰 멜 사람 빨리 지원해. 한 사람만. 빨리!"

다급한 목소리가 꼴까닥 넘어가고 있었다.

"왜요? 뭔 일 있어요?"

나서기 민영이가 앞으로 나서며 물었다. 수자폰이라면 악기들 중에서도 제일 뒷자리를 차지하는 관현악기이다. 누구도 선호하지 않는 존재감 없는 악기지만 무시할 수 없는 악기였다. 학교 이름을 새긴 천을 수자폰 소리통 위에 붙여 널리 학교를 알리는 홍보용 악기였기 때문이다. 그러니 수자폰은 덩치가 큰 아이들의 몫이다. 수자폰팀인 현주와 지영이, 연희와 영숙이는 조금 전까지도 괜찮았는데 무슨 일이 생겼기에 갑자기 가오리의 얼굴을 가오리무침으로 만들었을까 싶었다.

"지원자 없어?"

가오리가 급하긴 급한가 보다. 고함을 쳐도 아무도 선뜻 나서지 않는다. 낙낙하게 음료수 마시며 무너진 자존심 다독이는 중인데 누가 선뜻 나설까. 그것도 엄청 큰 수자폰인데 스타일 죽일 일도 아니고. 반짝반짝 빛나는 내가 뒷줄에서 달팽이관이나 들고 다닌다는 걸 알면 내 체면이 뭐가 될까? 가오리 음악선생님도 그렇다. 사람 뼈빠지게 고생시켜놓고 행진에서 제외시킬 땐 언제고 지금 와서 다시 사람 필요하다고 하면 우리가 뭐, 예스하는 일회용 대일밴드인 줄 알았나보지. 사람 갖고 장난하는 것 아니거든, 애가 타도록 가만히 지켜볼 것이다.

"진짜 너희들 없어?"

"무슨 일인지 알아야 하든지 말든지 하죠?"

"갑자기 현주가 쓰러졌어. 그날이 오셨단다. 사람 환장한다니깐 없으면 내가 지목한다. 행진 시간 얼마 안 남았어. 그냥 현주랑 키 비슷하면 되는데. 그냥 영란이 네가 해라. 응?"

내 앞에서 얼쩡거리고 있는 꺽다리 영란이를 지목했다. 놀라서인지 영란이는 뒤에 선 내 쪽으로 냉큼 옮겨 섰다.

"저, 싫어요."

"너희들 정말 이럴래? 티브이 안 나가고 싶어?"

순간 쉬고 있던 내 머리가 파파팍 돌아갔다. 사진은 찍을 만큼 찍었다. 이제부터 지겹게 앉아서 여드름투성이 촌스런 남사애들만 쳐다보고 시간을 죽여야 된다. 나의 최종 목적을 다시 떠올렸다. 유니폼을 입고 스타디움에 서는 것이 내 목표였다. 그것도 식전 행사가 아닌 정식 행사에 참여하는 것이다. 달달한 휴식에 홀려 잠시 내가 정신머리를 놓았다는 게 실수였다. 입이 마르고 조바심이 일었다. 티브이에 나온다는 소리에 영란이 표정이 조금 누그러지는 듯 했다. 선택된 자의 오만을 조금 튕겨보듯이 제가요, 하는 놀란 제스처가 그럼 어디 한번 해볼까, 하는 태도로 나설 폼이었다. 얼른 행동으로 옮겨야 할 시점이었다. 수자폰이 무거우면 얼마나 무겁겠어? 그리고 영란이 저 계집애를 지목했다는 점이 내 기분을 살짝 상하게 했다.

"선생님, 제가 할게요."

적절한 타이밍이었다. 내 앞에서 알짱거리는 영란이를 가볍게 밀치며 앞으로 나섰다. 이건 어디까지나 걱정스러운 표정과 팀의 평화를 위해서 내 한몸 희생한다는 포즈였다.

"정미정, 네가?"

의외라는 듯이 가오리는 내 눈을 바라봤다. 영란이보다 내가 키는 조금 모자란다. 하지만 지목당해서 하는 게 아니라 스스로 자청해서 하겠다는 내 태도가 중요한 것이다. 가오리 입장에서 본다면 시간이 멱살을 잡는 시간에 은인을 만난 순간이지 않을까.

"그래? 그러면 영란이는 쉬고."

"제가 해도 되는데…."

어이없게도 좀 전에는 기겁을 하더니 갑자기 뺏긴 자리가 아쉬웠는지 조심스럽게 나선다. 이럴 땐 확실하게 나자빠질 한방이 필요하다. 내가 저를 위해서 무거운 달팽이관을 들어준다는 데 무슨 말이 더 필요해.

"여태까지 넌 전경 오빠들이랑 잘 놀고 있었잖아."

순간 가오리의 눈이 날카롭게 빛났다.

"너희들 쓸데없이 나대지 말고 조신하게 기다리고 있어. 미정이는 따라오고."

영란이의 고개가 절로 수그러졌다. 얼른 내가 들고 있던 깃발을 쓸데없이 나댈 것 같은 영란이에게 넘겼다. 무심결에 깃발을 받은 영란이의 얼굴이 벌겋게 달아오르고 있었다. 아이들 사이를 헤치고 당당하게 가오리 뒤를 따라갔다.

대기하고 있는 곳에 오니 수자폰을 드는 현주는 자리에 없고 덩그러니 수자폰만 땅바닥에 쓰러져 있었다. 통통한 코끼리 다리 같았다. 옆자리의 영숙이가 모자를 악대부원 것으로 바꿔 쓰게 했다. 가오리 선생의 도움으로 달팽이집을 닮은 수자폰을 들어 어깨에 고정시켜주었다.

순간, 휘청거리는 게 장난이 아니었다. 무게도 무게지만 커다란 부피가 사람을 옥박지르듯 눌렀다. 무게 중심을 잡기가 힘들었다. 겨우겨우 중심을 잡고 몇 걸음 옮겼다. 자꾸 오른쪽으로 걸음이 쏠리는 기분이었다. 걸어가는 것이 아닌 엎어지는 것 같았다. 달팽이집이 덩달아 흔들거렸다. 수자폰 소리통을 콱 움켜잡고 누르듯 내 몸의 무게를 실었다. 가오리 말씀대로 내 옷이다 생각하기로 했다. 그래도 흔들렸다. 어깨를 펴고 배를 조금 내밀었다. 내 머리 꼭대기에 있는 커다란 소리통에 붙은 학교 이름이 휘청휘청 혼자 흔들리고 있었다. 상체의 힘이 아래를 누르는 것 같았다. 가오리는 앞만 보고 가라고 신신당부를 했다. 나는 어떤 행동도 필요 없이 줄 맞추어 앞만 보고 걸으면 되었다. 옆자리의 친구처럼 악기를 불 일도 톤을 맞출 일도 없었다. 그런데 어려울 것 같다. 오로지 행진 시간만 견디는 게 내가 할 일이지만 행동은 뜻대로 되지 않았다. 욕심만 낸다고 될 일이 아니었다. 적응 시간이 필요한 것이었다. 다시 안 되겠다고 나자빠지기엔 시간상 끝난 게임이었다.

곧바로 본 행사의 시작을 알리는 사인이 들어왔다. 동문이 열리고 마칭밴드부는 제일 처음 스타디움에 들어서기에 메인 스타디움 출입구인 동쪽 문 앞으로 안내되었다. 우리 뒤로 각 도시들을 대표하는 선수들이 깔끔하게 유니폼을 입고 대기하고 있었다. 긴장감이 나를 눌렀다. 가오리는 정신 똑바로 차리고 앞만 보고 걸으면 된다고 계속 따라오면서 타일렀다. 못하겠다는 말을 꺼내면 죽일 것 같았다. 이미 내 몸은 떠밀리듯 행진 대열에 합류해 있었다. 어쩔 수 없었다. 따라갈 수밖에 없는 시간이었다. 적응하려고 배를 내밀고 어깨를 폈다. 관심을 다른 곳으로 돌리고 싶었다. 한가하진 않았지만 잠시 옆자리의 영숙이를 쳐다봤다. 걱정마라는 사인을 주었다. 사인은 사인일 뿐 내 숨소리는 점점 거칠어지기 시작했다.

드디어 동쪽 문이 열렸다. 휘청거리는 몸의 중심을 잡고 수자폰의 울림통을 힘껏 끌어안았다. 동문 안으로 한 발을 내딛으며 행진곡에 발맞추어 걷기 위해 온 신경을 곤두세웠다. 오른쪽 왼쪽 발가락에 힘이 절로 주어졌다. 두 다리가 뻣뻣해지는 게 워킹이 힘들 만큼 긴장을 하고 있었다. 땀이 삐질삐실 등허리를 타고 내렸다. 긴장과 흥분이 나를 눌렀다.

수많은 관중들 앞에서 어색한 것을 짊어지고 어색한 걸음으로 걷는다는 게 자신이 없었다. 긴장감으로 가슴이 쿵쾅대고 손발이 차가워지는 게 무섭기까지 했다. 하지만 이 자리에서 엎어지면 나는 끝장이라는 생각이 내 몸을 움직이게 했다. 나서고 싶어 안달난 내 욕심이 또 일을 저질렀지만 탓하기에는 너무 늦었다. 지금은 꼼짝없이 걸어야 했다. 내 앞으로 길고도 긴 붉은 선이 표시되어 있었다. 실수 없이 선을 따라 옆 친구와 나란히 간격을 맞추어 걷기만 하면 된다. 곧바로 악장의 신호에 따라 스타디움 안으로 들어서자 함성소리가 터져나왔다. 내 머릿속이 순식간에 하얗게 변했다. 높으신 분이 오셨다는데 종합 스타디움 쪽은 바라볼 엄두도 못 냈다.

오로지 뻣뻣한 다리와 쿵쾅대는 심장을 데리고 붉은 선을 따라 걸어가야 했다.

달팽이집 같은 수자폰은 내 몸을 옥죄는 족쇄였다. 긴장한 탓인지 입안은 바짝 마르고 비좁은 부츠 속에 갇힌 오른쪽 발가락이 끊어질 듯이 아파왔다. 고통이 나를 데리고 마음껏 놀고 있었다. 잘못된 유니폼을 입은 형벌의 시간이었다. 이 자리는 내 것이 아니었다. 나는 뭣도 모르고 덤빈 것이다. 티브이에 나가고 싶은 욕심이 나를 이 꼴로 만든 것이다. 그냥 영란이가 하도록 내버려 둘걸, 왜 나서서 이 고생을 하는지 유니폼의 유혹에 꼴까닥 넘어간 내가 진짜 밉다. 오른쪽 무지외반증이 있는 발가락 통증이 수자폰의 무게에 짓눌려 등허리를 타고 머리끝까지 뻗쳐 올라왔다. 신음이 절로 나왔다. 지금 견딜 수 없이 느껴지는 아픔은 유니폼에 욕심낸 내 탓이었다. 벌 받는 시간은 길고도 길었다.

마칭밴드와 행진을

모두 내 욕심 때문에 저지른 짓인 것을 아니까 기분이 더 처졌다. 한마디로 거지 같았다. 참으려고 해도 입에서 지랄 같은 욕지기들이 자꾸 비집고 나왔다. 수자폰을 둘러멘 그때의 나에게 하는 욕인지 지금의 나에게 하는 것인지 아니면 둘 다인지도 모르겠다. 욕이 욕 같아서 더 씁쓸해졌다. 나를 이 지경으로 만든 모든 것들이 미웠다. 욕이라도 퍼부어야 속이 후련해질 것 같아 나오는 대로 해댔다. 하면 할수록 기분이 더 나빠졌다. 한번의 실수는 너의 탓이라고 쳐도 두 번의 실수는 내 탓이었다. 뛰지도 못하는 내가 날아오르려다가 뜨거운 맛을 본 것이다. 아쉬움이야 남겠지만 그렇다고 전화기 붙들고 선배에게 하소연할 생각도, 친구들을 불러내어 징징거릴 생각도 없다. 술독에 빠질 생각은 더더욱 없다.

행진곡은 쉬지도 않고 계속 이어졌다. 지나간 일에 기죽지 말고 그냥 나를 따라 무작정 걷자고, 앞으로 나가자고 내 귀에 대고 건달처럼 꼬드겼다. 밟는다고, 엎어졌다고 기죽을 내가 아니잖아, 내 심장의 깐죽거림이 들려오기 시작했다. 이 순간 누구든 간에 내 얘기에 귀기울여주고 기다려준다면, 엎어져도 한번은 이렇게 손잡아준다면 못이기는 척 따라나서고 싶었다. 이제 그만하면 됐다고, 벗어나자고 말이다.

행진처럼 끝나봐야 끝난 것이지 않느냐고, 보기대령의 행진곡이 내 기분을 눈치챘는지 앞장서서 휘파람을 휘휘 불어댔다. 갈 데도 없고 할 일도 사라진 내가 망설일 이유는 조금도 없다. 꼬드김에 못이겨 따라가는 척 휘적휘적 뒤따랐다. 길가의 행인들도 발을 멈출 만큼 신나는 곡이었다. 내 미적거리는 발걸음도 서서히 리듬을 타기 시작했다.

보도블록을 내려서서 도로로 접어들었다. 하얀 유니폼이 가을의 햇살을 받아 반짝반짝 빛나고 있었다. 마칭밴드부원들의 유니폼을 보며 멀찍이서 따라 걸었다.

지금껏 나는 어떤 유니폼을 원했을까? 생각해보니 내가 원했던 유니폼의 세계는 어릴 적 친구들과 놀았던 의자놀이 게임 같았다. 친구들보다 어떻게든 먼저 앉아보려고 제대로 걷지도 돌지도 못하고 조바심만 내다 끝나버린 그 놀이 말이다. 하얀 유니폼 속에서 땀에 흠뻑 젖는 것도, 지친 발들이 비좁은 부츠 속에서 기진맥진한 것도 깡그리 잊고 있었다.

나는 늘 이렇다. 잘난 척은 혼자서 다하고 유치하게 자존심만 내세우다 결국엔 엎어진 꼴이 되었다. 뜻대로 안 되면 남 탓만 하고 친구를 이용해서라도 내 욕심을 채우려한 반올림도 할 수 없는 나머지였다. 고 주임의 말대로 내 주제를 알아야 했었다. 내 주제를 일깨워준 고 주임이지만 내가 들은 말은 마지막까지 알려주지 않았다. 과장의 꿈을 향해 무한질주하는 고 주임에게 찬물을 뒤엎고 싶지 않는 내 의리가 가로막았기 때문이다. 하지만 내가 듣고 싶어서 들은 것은 아니다. 다만 우연히 들은 말이 내 귓가를 맴돌고 있어 알려줄 뿐이다.

어제 진주로 떠나오기 전에 한 벌뿐인 블라우스 위에 입을 윗도리를 가지러 회사에 급히 들어갔다. 부픈 방광의 뜻에 따라 화장실부터 들러 볼일을 보고 나오려다 너무나 고요한 탓에 남자화장실에서 들려오는 지점장님과 총괄부장님의 하는 말씀을 듣게 되었다.

"고 주임, 하는 대로 그냥 내버려두실 겁니까?"

"어쩌겠어? 낫나가 자리잡을 때까지 맡겨야지. 잘할 수 있다는 사람 하게 해야지. 안 그래?"

"워낙에 고 주임이 다혈질이라서 혹시라도 잘못되면 지점장님께 불이익이 갈까봐 걱정되어 드리는 말씀입니다."

"그래서 예의 지켜보고 있어. 우리 집 아이들이 내년이면 중고등학교에 진학할 건데 내가 손 놓고 있겠어? 김 부장, 무슨 뜻인지 알지?"

"그럼요. 당연히 서울로 가셔야지요."

여왕벌인 줄 안 고 주임도 일회용 일벌이었구나. 모두가 그런 것이었다. 결국 우리 모두는 회사를 위해 마지막 침을 쏘고 죽을 일벌들이었다. 정식과 수습 나눌 것도 없이 자신에게 주어진 역할이 끝나면 꿀만 빼고 버려지는 존재들이란 걸 잠시 잊고 있었다. 다들 저렇게 자신들 잇속을 차리고 있었던 것이다.

까불지 마!

너도 나랑 같다고!

이 말을 했어야 했다. 하지만 나는 끝내 말하지 않았다. 그건 고 주임의 몫이다. 성현 오빠가 나를 이용했다고는 생각하지 않는다. 어디까지

나 그 순간의 타이밍이 그렇게 돌아갔을 뿐이다. 이제 와서 고 주임 탓도 하고 싶지 않다. 자신의 아집에 빠져 있는 한 어떤 진실도 진실일 수 없다는 것을 고 주임이 확실하게 보여주었다. 싫으면 내가 떠나면 되는 것이다. 천천히 걸음을 옮겼다. 어디로 가는 것일까? 목적지도 없다. 시외 주차장도 아니고 기차역도 아니다. 그냥 발걸음이 가는 대로 움직일 뿐이다.

빵빠레~ 빵~ 빠빠빠빵~.

길고 힘찬 호각소리에 맞추어 심벌즈의 경쾌한 부딪침과 묵직한 호른소리도 알맞게 섞여 있다. 반듯하게 열을 맞춰 마칭밴드의 행진은 시작되었다. 악장 뒤에 바톤부가 따르고 악대부원들 뒤로 가장행렬이 차례로 행진한다. 그들의 행진을 따라 나도 천천히 걸었다. 거리에는 점점 사람들이 모여들기 시작했다. 삼거리 분수 로터리 앞에 멈춰선 마칭밴드는 음악에 맞춰 멋진 율동을 선보였다. 지나가던 사람들의 발길도 멈추게 하고 닫혀 있던 식당 문이 열리고 서점과 철물점의 주인들이 거리로 쏟아져나오게 할 만큼 유혹적이었다. 축제는 이런 것이다. 모두를 둥글게 하나로 묶어주는 것이 축제인 것이다. 흰 칼라와 검정 치마를 입은 단발머리 여고생들의 교복도 보이고 검정 교복의 남학생도, 앞치마를 두른 식당 아줌마와 곤색 작업복을 입은 철공소 직원도 나왔다. 3교대를 마치고 나온 푸른 작업복을 입은 여공들도 보였다. 교통통제를 하는 푸른 제복의 경찰들도 나타났다.

모두들 유니폼을 입었다. 유니폼은 그들이 누구인지 대신 말해주고 있었다. 그들이 곧 유니폼이고 유니폼이 그들이었다. 저들이 입고 있는 유니폼은 스스로 원했던 유니폼일까? 모두들 자신에게 맞는 유니폼을 입기는 입은 걸까? 나는 어땠나? 한때는 멋진 유니폼도 입었고, 때론 강제적인 유니폼도 입었다. 그리고 몇 시간까지 힘 있는 유니폼 입기를 누구보다도 강렬히 원했었다.

내 앞에서 트럼펫을 부는 소녀의 입술 위에 붉은 자국이 둥글게 나 있는 게 보인다. 무거운 큰북과 수자폰을 든 여학생 어깨에는 피멍이 들고 그들의 발을 감싸고 있는 부츠 속에는 오른쪽 엄지발가락이 발갛게 부어올랐을 것이다. 겉모습이 전부가 아니었다. 짊어질 무게를 견디는 자만이 유니폼을 입는 것이다. 벗어던진 유니폼은 내가 감당하기엔 너무 무거운 것이었다. 겉모습에 홀린 나는 뭣도 모르고 덤빈 것이다.

그 힘센 유니폼을 입고도 더 힘센 유니폼 입기를 갈구하는 이번 축제의 승자는 과연 누구일까? 장담컨대 이번 축제의 승자는 조현숙 주임이다. 여직원 총괄과장 유니폼은 고안나 주임이 아닌 조 주임이 입을 것이다. 낮말은 새가 듣고 밤말은 쥐가 듣는다더니 지점장님의 속내를 몰래 들은 소라귀를 가진 나는 잠시나마 새가 되고 쥐가 되었다.

"고 주임이 이번 축제를 의외로 잘 마무리하면 추천서는 써줘야겠지?"

지점장님이 총괄부장님에게 다시 물었다.

"잘해낸다면 당연히 써주셔야 공평하고 뒷말도 안 생기죠. 성과만 봤을 땐 고 주임이죠. 하지만 적들이 안과 밖에 너무 많아요. 사실 다루기도 힘들고요. 여직원들 아우르는 것은 조 주임이 세 명 중에선 제일 무난하고 무엇보다 회사 입장과도 잘 맞죠. 어디까지나 제가 볼 땐 그렇습니다."

"김 부장도 나랑 생각이 같구먼. 추천하는 선까지 마무리하는 걸로 알고 있게. 우리 김 부장도 커가는 애들 공부시키려면 교육비가 만만찮게 들 텐데, 안 그런가?"

"전 제가 모시는 지점장님이 본사에 올라가시는 것으로도 만족합니다."

"고맙군, 김 부장. 알아서 신경써주겠네."

"감사합니다, 지점장님. 생맥주집은 '아파치'가 분위기 괜찮습니다."

그들은 서로의 살길을 교환하고 격려하며 가벼운 술자리를 위해 화장실을 떠났다. 공기 중에 떠다니는 낱말들이 자꾸 내 얼굴에 부딪쳤다. 놀란 심장이 쿵, 하고 내리꽂는 소리가 내 몸을 흔들었다. 몰래 엿들은 죄로 한방 크게 맞은 것이다.

모두 다 잘 될 줄 알았다. 바람대로 잘 되고 있었다. 하지만 과장 자리 욕심난 고안나 주임이 나대는 바람에 확실하게 개판친 것이다. 뒷감당하느라 열받은 지점장의 속내는 추천서까지다. 나도 아웃이고 고안나 주임도 아웃이다. 지점장님은 이번 일 알아서 잘 대처하고 서울로 올라가실 것이다. 부장님은 굽은 소나무처럼 지점을 꿋꿋하게 지킬 것이고, 회사는 앞으로 더욱 승승장구할 것이다.

이제 와서 누구를 탓하고 싶지도 않다. 뒷일은 더더욱이나 떠올리기 싫다. 엄마의 곗돈도 성현 오빠의 황당해할 얼굴도, 경하의 고개숙인 모습도 친구들의 단정한 정식 유니폼도 개나 물어가라고 멀리 던져버렸다.

나는 앉고 싶지도 걸음을 멈추고 싶지도 않다.

오로지 내 몸이 지칠 때까지 걷고 싶을 뿐이다.

보기대령의 행진곡이 끝나고 귀에 익은 노래곡인 〈아! 대한민국〉이 들려온다. 거리엔 사람들로 넘쳐났다. 양념 묻은 앞치마를 두른 분식집 아줌마도 빵집 아저씨의 밀가루 묻은 흰색 유니폼도 빗자루를 든 청소부의 곤색 점퍼도 있었다. 방직공장의 3교대를 위해 바삐 걸음을 옮기는 잠이 고픈 여공들의 푸른 유니폼이 눈이 시리도록 환하다. 예전에는 유니폼 측에도 들지 못했든 관심조차 없었던 작업복들이었다. 하지만 그들이 입은 작업복은 정직한 사람들이 입은 착한 유니폼이다. 그들 사이에 서 있자 내 자신이 초라해보였다. 더 가까이 그들 사이로 들어가 온기를 느끼고 싶었다. 그들이 입은 유니폼을 모른체한 내가 한없이 부끄러워졌다.

머뭇거리지 말고, 휘청대지도 말고, 기운내라는 듯 심벌즈의 창창한 소리가 힘차게 등을 밀었다. 촌스럽게 이제 와서 눈물이 비질비질 흘러내렸다. 누가 볼까봐 얼른 손등으로 닦았다. 노래 가사처럼 원하는 것은 무엇이든 얻을 수 있고 뜻하는 대로 무엇이든 될 수가 있는 나라에서 태어났고, 엎어져도 다시 시작할 수 있으니 진짜 유니폼을 입기 위한 예행연습을 지금껏 한 것이다.

그러니 괜찮다. 진짜 괜찮다고 스스로를 격려했다.

행진곡은 그동안 묻어두었던 웃음을 햇볕에 말려 다시 싱싱해지자고 화답해준다. 갈 길 바쁜 사람들은 나를 앞질러 가버린다. 조급할 필요도 따라잡을 필요도 없다. 천천히 내 보폭으로 걸으면 된다.

누군가 어깨를 툭, 치고 옆자리에 선다. 진숙 언니였다. 오른쪽 팔장을 끼는 사람은 경하였다. 너를 찾아다녔다는 듯이 두 볼이 빨갛게 상기되어 있었다. 놀란 내 마음을 다 안다고 우리도 너랑 같다는 듯 힘주어 나를 이끈다.

"됐어, 그냥 가! 앞만 보고 걷는 거야."

행진곡은 계속 행진하라고 등을 밀어댄다. 심벌즈의 쨍쨍한 목소리는 구호처럼 느껴진다. 내 옆으로 다가온 걸음이 느린 이들과 함께 걸으니 처져 있던 기분이 점점 괜찮아진다. 그들에게서 전해져오는 따뜻한 온기가 온몸을 휘감았다. 내 곁의 사람들과 이렇게 함께 걸으면 된다. 그러면 되는 것이다. 함께하는 온기 하나만으로도 길 위에 선 나는 지치지 않고 오래도록 걸어갈 수 있을 것이다.

네가 꿈꾸는 유니폼을 찾아라

지금 희진의 손에는 호치민 행 비행기 티켓이 쥐어져 있다. 1시간 뒤면 희진은 베트남으로 떠난다. 공항 로비에서 서로 멀뚱히 얼굴만 바라보기가 뭐해서 약국 옆 귀퉁이에 있는 작은 커피숍에 앉아 쓴 아메리카노만 홀짝거렸다. 공항이 주는 분위기에 들뜰 법도 한데 둘 다 아무런 말도 나누지 않은 채 바쁘게 지나가는 여행객들에게만 눈길을 주었다. 1층 로비에는 주말이어서인지 승무원들이 자주 보였다. 항공사 별로 입은 유니폼이 그녀들이 누구인지 말해준다. 저 유니폼을 입기 위해 노력했던 시간들이 훤하게 그려지는데 과연 기대만큼 보람을 느낀 순간들이 있었을까? 어쩌면 그녀들은 꿈꾸던 유니폼을 입고 나서 깨달았을지도 모른다. 유니폼은 결코 유토피아가 아니라는 것을.

가까이에서 본 그녀들의 얼굴에는 다가올 비행에 대한 부담감과 긴장감이 화장으로 커버한 얼굴에 딱딱하게 묻어 있다. 그녀들이 입은 깔끔한 유니폼 속엔 그녀들이 견뎌야 하는 노동의 시간이 들어 있다. 내 시선이 그녀들의 유니폼에 오래 머물렀는지 희진이 테이블을 가볍게 툭, 친다.

얼마나 더 공부를 해야 되는지 모르겠지만 결국 희진은 또다시 처음부터 시작해야 했다. 계약직 일 년을 보낸 뒤 재계약을 하자는 말을 미련 없이 거절하고는 친구가 있는 베트남으로 여행 삼아 가더니 늦은 밤 뜬금없이 전화로 물어왔었다.

"엄마, 진짜 미안한데…. 일 년만 더 기다려주면 안 돼?"

술의 힘을 빌렸는지 혀가 풀린 듯 늘어지는 희진의 말에 어떤 핑계라도 대며 말리고 싶었다. 언제 벌어서 시집 갈 거냐고, 학원강사 자리라도 알아보라고, 친구들과 해외여행 한번 가보지 못하고 너희 남매 뒷바라지만 한 내 꼴은 뭐냐고, 시시콜콜 안 되는 핑계거리가 백 가지도 넘게 입안에서 맴돌았다.

"왜 하필 베트남이야?"

"엄마, 살 만한 나라에는 내가 있을 자리가 없어. 그곳은 나보다 더 괜찮은 애들이 이미 다 점령했어. 내가 있을 자리가 아예 없다니깐."

트집을 잡다가 도리어 트집에 잡혔다.

"일 년 동안 그곳에서 뭐하게?"

"언어도 배우고 인턴도 있으면 찾아서 하고, 다른 나라 애들은 어떻게 사나 보면서 나도 뭔가 움직이고 싶어."

"네 나이가 몇인데?"

절로 언성이 높아졌다.

"엄마…, 나 이러지 않으면 영원히 패배의식에 쌓여 평생 불만만 가득 갖고 살 것 같아. 엄마가 말했잖아. 나처럼 이렇게 살지 말라고, 도전해보지도 않고 살 거냐고 했잖아. 그래서 그곳이 아닌 이곳에서 나를 찾고 싶다고. 아예 우리나라를 떠나서 정말 낯선 곳에서 나를 던져놓고 싶어. 나 지금껏 엄마 곁에서 살았잖아? 이젠 다른 곳에서 한번 살아보고 싶어."

전화기 너머로 술기운은 느껴졌지만 간절하게 들렸다. 또 구구절절 맞았다. 20대 중반이 넘도록 우리 곁을 뱅뱅 돌며 사는 대로 생각했다는 소리다. 이제는 생각하는 대로 살아보겠다는 것이다.

"식구들 보기 미안해서 그러니?"

"그런 것도 있고. 열심히 살았다고 생각했는데 이게 뭐지 싶기도 하고. 그동안 엄마, 나 참 많이 생각했어. 생각해보니까 내가 너무 안일하게 살았더라고 바보같이. 세상에는 나보다 똑똑하고 잘난 애들이 너무 많다는 걸 사회에 나와보니 알겠더라고. 그래도 찾아보면 내가 할 일은 있지 않을까? 엄마…, 괜찮지?"

"응? 뭐. 그래, 엄마는… 괜찮아."

먼 곳에서 조심스럽게 부탁하는 희진의 마음은 짐작하고도 남았다. 딸의 조심스런 요구 앞에서 나의 자잘한 욕망은 물에 담긴 건미역처럼 풀어져버렸다. 이제껏 애쓰는 모습 많이도 지켜봤다. 방구석에 처박혀 있는 것보다 뭔가를 하겠다고 애쓰는 게 어디인가 싶어 그것 하나만 믿고 또다시 수긍해야 했다.

하지만 전화를 끊고 나니 마음과는 다르게 불쑥 엉뚱한 말이 튀어나왔다.

괜찮다니? 개뿔, 사실 난 하나도 괜찮지 않다. 안 괜찮아도 괜찮은 척해야 했기에 한 것이다. 명문대학 나온 친구의 딸처럼 대기업에 입사하는 건 바라지도 않는다. 그냥 중소기업 정도의 회사에 취직해 평범하게 살기를 바란 것이다. 그게 그렇게도 어렵고 잘못된 바람인지 뜨거운 불길이 등허리를 타고 얼굴로 몰려오는 게 지금 막 시작되는 갱년기 증상에 불을 놓을 만큼 딸아이의 제안은 힘이 셌다.

그래도 인정해야 했다. 희진이 갈 수 있는 길은 여기가 아닌 그곳이었다. 처음부터 정해져 있는 길을 우리는 애써 외면하고 좁은 땅에서만 찾아헤맨 꼴이었다. 지방의 4년제 대학을 나온 희진이 있어야 할 자리는 지금 손에 쥐고 있는 호치민 행이었다. 낯선 곳에서 자신을 던져놓겠다는 제안을 받아들여야 했다. 여행에서 돌아와 짐을 싸서 떠나는 지금까지 마음은 전쟁터처럼 복잡했다.

길게 늘어선 호치민 행 대열에 차례를 기다리는 베트남 청년의 짐이 눈에 들어왔다. 고향을 향하는 그의 짐은 카트에 가득 채워져 있다. 여행용 가방과 포장 박스마다 끈을 바짝 채우고 이름표를 붙인 그이의 짐속에는 어떤 선물이 들어 있을까. 청년의 앞가슴에 채워져 있는 작은 슬링백에는 이 땅에 와서 그가 꿈꾼 희망만큼 통장에 들어 있을까? 야간작업과 특근을 밥먹듯이 하고 한 달에 두 번 노는 휴일마저도 반납했을 그들의 힘든 노동과 외로움이 처음으로 느껴졌다.

“엄마, 걱정하지 마. 나 자리잡으면 엄마가 와서 우리 같이 여행해. 응?”

내 걱정과는 무관하게 마냥 들뜬 희진의 목소리가 그나마 위안이라면 위안이었다. 무언가 한다는 것에 희망을 걸기로 했다. 일 년마다 재계약만 요구하는 이류취업자 신세인 계약직보다, 몇 만 명이 응시한다는 공무원 공부하겠다는 소리보다 나았다. 경험을 해야 경력도 쌓이니 친구처럼 어학을 배워 한국기업에 현지 취업을 하는 게 빠른 선택으로 보였다.

그래, 세계가 모두 같은 마을이고 네 말대로 지구촌이라는데 어디에 있든 너는 내 딸이고 네가 할 수 있는 일이 있으면 된 것이다. 그곳도 따뜻한 사람들이 사는 곳이잖아.

지나고 나서보니 엄마 시대가 그런 대로 이 땅에서 비비적거리면 견딜 수 있는 시대였다. 유니폼을 잘 차려 입은 몇몇 어른들의 잘못된 판단으로 끊임없이 밀려오는 시대의 바람에 맨몸으로 내몰고 있었다. 캐리어를 끌고 국경을 넘어 어디든지 떠나야 살 수 있는 삶을 너희들에게 주다니….

아마도 면접 때 '너는 한 게 별로 없네'라고 면접관이 한 얘기는 넌 다른 사람과 다른 게 뭔가라고 물어온 것이다. 시키는 대로 하면 다 되었던 엄마의 시대는 찬란히 저물었다. 구질구질한 스펙 쌓아 이력서 칸 채우는 시대도 쓰나미처럼 지나갈 것이다. 넌 너만의 힘을 길러 네가 누구인지 증명해야만 한다. 어떤 시대가 오더라도 견뎌낼 힘을, 버틸 힘을 지금부터 만들면 된다. 나이가 든다는 불안감과 돈에 대한 걱정, 뒤처진다는 조급한 마음 같은 것 다 내려놓고 진짜 네 꿈이 뭔지 찾아보라고 호기롭게 말해주고 싶었다.

희진의 앞날에 어떤 맛이 기다리고 있을지 그건 희진만이 느낄 수 있다. 야윈 아이의 등을 몇 번이나 쓰다듬으며 모든 게 다 잘 될 것이라고, 웃으면서 배웅했다.

늦어도 괜찮아!

어릴적 나라 살린다고 네 돌반지 팔 때도 고개 끄덕였잖아.
그 나라의 더위 정도에 지칠 네가 아니란 것도 알아.
엄마는 널 믿으니 두려워 말고 맘껏 부딪쳐봐.
너의 선택이 방황과 아픔이 되지 않고
네가 꿈꾸는 유니폼을 찾는 길이 되길.

게이트 안으로 들어서서 손을 흔드는 희진의 푸른 희망에 내가 다 부르지 못한 젊은날의 팡파레를 힘차게 불어본다. ●

1990년대 생들에게 바치는 이야기

1990년대 생들의 시대, 그들이 온다.

1990년대 태어난 두 아이 엄마들 모임에 가면 하지 말아야 할 얘기와 묻지 말아야 할 얘기가 있다.

"요즘 너희 집 아이 뭐하니?"와 "우리 아이 이번에 취직했어"이다. 오랜 인연의 만남으로 모임은 계속 되었지만 아이들 얘기만큼은 계속 이어지지 않았다. 1990년대 생들은 현대사의 한 페이지에 참여한 세대이기도 하다. IMF 시절 금 모으기 운동에 자신의 돌반지도 기꺼이 바친 아이들이니깐 태어나자마자 나라를 위해 반강제(엄마들에 의해)로 힘을 실어준 세대들이라고 말할 수 있다. 물론 엄마들은 자신들의 결혼예물도 보탠 대단한 엄마들이기도 했다.

모임에 나오는 엄마들의 숫자대로 10명이 넘는 아이들 중에 밥벌이하는 아이와 대기업에 취업을 한 녀석은 고작 두세 명 정도다. 나머지는 여러 항목에 해당하는 취준생들이다. 그래서 씁쓸했다. 그 씁쓸함이 내 아이들의 시대인 1990년대 생들에게 더 많은 관심을 가지게 된 계기가 되었을 것이다.

내 말을 들어줘서 고맙다.

아들 또래의 녀석이 아파트 상가 족발집에서 뱉은 말을 옆 테이블이 워낙 가까워서 듣게 되었다. 몇몇 청년들이 둘러앉아 소주를 나눠 마시며 서로의 처지를 확인하는 자리 같았다. 내 귀는 한 발이나 늘어져 그들이 내뱉는 말과 10분마다 비어지는 소주병에 관심이 갔다. 어쩌면 그날 꼬질꼬질한 추리닝을 입은 그 녀석이 한숨처럼 내뱉은 저 말에 나는 이 소설을 쓰려고 마음먹었을지노 모른다.

만약 내 아이라면 어떤 말을 해줄 수 있었나? 늦어도 괜찮다고, 자신의 길을 가라는 얘기? 그런 착한 교과서적인 얘기는 안주처럼 씹어버렸다. 내가 할 수 있는 일은 그저 목소리 큰 녀석들의 얘기를 반강제적으로 들으며 묵묵히 술잔만 기울이는 일이었다. 그것만이 그 자리에서 내가 할 수 있는 최대한의 친절이었다. 하루하루 각자의 삶을 살아내느라 힘들게 분투하는 그들에게 우리는 무엇을 할 수 있을까? 그래서였을 것이다. 그날 느꼈던 무기력함이 오래도록 남아서 이 글을 쓰게 부추겼을 것이다.

그들의 말을 모두에게 전하고 싶었고, 그들의 하소연에 가까운 모든 얘기들을 언제까지 들어주고 싶었다. 그러면서 나의 이야기 또한 들려주고 싶었다. 이렇게 너와 나 우리가 소통하고 공감하고 함께 만들어가고 싶은 어떤 희망과 바람이 이 소설을 짓게 한 원동력이 되어 주었다.

어떠한 시대의 바람이 불어도 우리는 멈추지 않고 가야 한다. 그것만이 답인 것 같다. 아울러 여기에 나오는 작품 속 인물과 지칭은 모두 소설적 구성임을 밝힌다.

이 소설이 책으로 나오기까지 힘이 되어준 것은 무엇보다 가족의 힘이 컸다. 가끔 커피 한 사발씩 내려준 남편과 1990년대 생인 두 아이 석과 경에게 사랑한다는 말을 전하고 싶다. 또한 힘내라고 맛난 반찬 해준 옥기샘과 그러함에도 다시 일어서서 걸어가는 멘토 같은 친구 프란체스카와 멜랑콜리한 날에 칼칼한 갈치찌개를 사순 글벗과 다시 일상으로 건강하게 돌아온 지윤에게도 이 자리를 빌려 고마움을 전한다. 늘 정신 번쩍 들게 해주는 정소임 여사님과 동료 선생님들과 영원한 내 편인 금희, 화숙언니에겐 낭만커피 쏠게요. 건강을 염려해준 화진 선배와 야무진 글쟁이 진숙씨 덕분에 이 책이 나올 수 있었어요. 진짜 맛난 것 사드릴께요. 기대하시길. 내 소설의 안부를 수시로 묻는 어린 친구들에게도 고마움을 전한다. 너희들의 매서운 눈 때문에 견뎌냈다는 말과 함께 무지 큰 하트를 뿅뿅 쏜다.

고맙다. 포기하지 않고 여기까지 온 나 스스로에게 오늘만큼은 크게 사랑한다고 말해주고 싶다. 창밖은 연두와 초록의 세상이다. 그래서 희망은 있다고 본다.

지금 이 시간에도 묵묵히 자신의 유니폼을 찾기 위해 분투하는 모든 1990년대 생들에게 이 이야기를 바친다.

2019년 5월

마산에서 박영희

박영희 장편소설
유니폼

지은이_ 박영희
펴낸이_ 조현석
펴낸곳_ 북인
디자인_ 푸른영토

1판 1쇄_ 2019년 07월 25일
출판등록번호_ 313 - 2004 - 000111
주소_ 121 - 842 서울 마포구 서교동 467 - 4, 301호
전화_ 02 - 323 - 7767
팩스_ 02 - 323 - 7845

ISBN 979 - 11 - 87413 - 49 - 3 03810

이 도서의 국립중앙도서관 출판예정도서목록(CIP)은 서지정보유통지원시스템 홈페이지(http://seoji.nl.go.kr)와 국가자료종합목록시스템(http://www.nl.go.kr/kolisnet)에서 이용하실 수 있습니다. (CIP제어번호 : CIP2019026597)

이 책은 경남문화예술진흥원의 문화예술지원금을 보조받아 발간되었습니다.

책값은 뒤표지에 있습니다.
저자와 협의 아래 인지를 생략합니다.